Zu diesem Buch

Romain Rolland sah im «Meister Breugnon» «eine Reaktion gegen den zehnjährigen Zwang in der Rüstung des ‹Johann Christoph›», der seit 1904 zu erscheinen begann, und Stefan Zweig nannte den Roman ein «Intermezzo scherzoso». Im Vorwort bekennt Rolland: «Ich fühlte ein unwiderstehliches Bedürfnis nach gallischer Fröhlichkeit, ja sogar nach Übermut.» Im August 1914 entwirft er die ersten Kapitel, knapp ein Jahr später ist das Buch vollendet. Der Ausbruch des Ersten Weltkriegs verzögert die Auslieferung bis 1919; danach tritt der Roman seinen Siegeszug um die ganze Welt an.

«Meister Breugnon» spielt in der Heimat Rollands, in der Bourgogne: die Orte Clamecy, wo er geboren wurde, Vézelay und Brèves werden immer wieder beschworen; es ist die Gegend seiner Kindheit und der ersten Schuljahre, in der er dieses in die Zeit Ludwigs XIII. (1601–43) zurückversetzte liebenswürdig-ironische Selbstporträt ansiedelt und mit dem er zugleich der Familie und besonders dem Urgroßvater ein literarisches Denkmal errichtet.

Stefan Zweig hat das Buch auch als «das letzte große Lachen vor dem Krieg» bezeichnet; doch Colas Breugnon, Holzschnitzer und pfiffiger Geschichtenerzähler, sprachgewaltig wie Rabelais, trinkfest und unbeugsam, eine Gestalt von renaissanceartigem Zuschnitt, verkörpert mehr als nur einen fröhlichen Helden, wenn er seine kleine Enkelin mit Märchen, Legenden und Schnurren unterhält und im Kreis der Zechkumpane über Gott und die Welt wettert und dabei höchst eigenwillige Ansichten über die katholische Kirche und die eheliche Treue zum besten gibt: mit ihm hat Rolland, inspiriert von Bergsons ‹élan vital›, eine Figur geschaffen, die moralische Selbstbehauptung, menschliche Bewährung und Lebensfreude symbolisiert, einen Streiter für Wahrheit, Recht und Würde. Breugnons «gallische Fröhlichkeit» ist tiefgründig; was Rolland mit ihr meint, hat Eugen Lerch als Übersetzung von ‹sérenité› so umschrieben: «gelöste Anmut, sinnliche Harmonie, göttliche Freiheit, die große stille Heiterkeit Italiens».

Colas Breugnon durchlebt alle Stufen des Leidens und gibt dennoch nicht auf. Nachdem er seine Frau und das Haus, Gesundheit und Unabhängigkeit verloren hat und seine Bildwerke verbrannt sind, sagt er: «Ich bin, was sein wird, und nicht, was gewesen ist.»

Rowohlt Jahrhundert

Herausgegeben von Bernd Jentzsch
Band 8

Romain Rolland

Meister Breugnon

Roman

Aus dem Französischen übersetzt von Erna und Otto Grautoff

Rowohlt

Titel der französischen Originalausgabe:
Colas Breugnon

Veröffentlicht im Rowohlt Taschenbuch Verlag GmbH,
Reinbek bei Hamburg, Juni 1987
Lizenzausgabe mit Genehmigung des Verlages
Rütten & Loening, Berlin

Umschlaggestaltung Peter Wippermann
(Foto des Autors: Bilderdienst Süddeutscher Verlag)
Satz Garamond (Linotron 202)
Gesamtherstellung Clausen & Bosse, Leck
Printed in Germany
1480-ISBN 3 499 40008 1

Zuvörderst ist da, und solches ist wohl die Hauptsach bei der Angelegenheit: ich selbsten, ich, Colas Breugnon, ein braver Bursche aus Burgund, gesund und kugelrund, vorn und hinten gut im Stande.

Vorwort nach dem Krieg

Dieses Buch war vollständig ausgedruckt, fertig, um vor dem Krieg zu erscheinen. Das blutige Epos, dessen Helden und Opfer die Enkelsöhne Meister Breugnons soeben gewesen sind, hat es übernommen, der Welt zu beweisen: «Bäuerle lebt immer noch».

Und indem sie sich aneinander reiben, werden die ruhmreichen und zerschrotenen Völker Europas, so glaube ich, einigen gesunden Menschenverstand in den Betrachtungen finden, die ein «Lamm von uns daheim zwischen Wolf und Schäfer» anstellt.

November 1918 R. R.

Sankt Martin,
dem Schutzpatron
von Clamecy

Sankt Martin tät gut Wein gern saufen
Und läßt das Wasser zur Mühle laufen.

Sprichwort aus dem 16. Jahrhundert

An den Leser

Die Leser des *Johann Christof* sind auf dieses neue Buch sicherlich nicht gefaßt. Immerhin wird es sie nicht mehr überraschen als mich selbst.

Ich arbeitete an anderen Werken – einem Drama und einem Roman über zeitgenössische Themen und in der etwas tragischen Atmosphäre des *Johann Christof*. Plötzlich mußte ich alle Aufzeichnungen, alle vorbereiteten Szenen zugunsten dieses heiteren Werkes, an das ich noch am Tag vorher nicht gedacht hatte, liegenlassen.

Es bedeutet eine Reaktion gegen den zehnjährigen Zwang in der Rüstung des *Johann Christof*, die, anfänglich nach meinem Maß geschnitten, mir schließlich zu eng wurde. Ich fühlte ein unwiderstehliches Bedürfnis nach gallischer Fröhlichkeit, ja sogar nach Übermut. Zu gleicher Zeit ließ mich ein Besuch des Heimatbodens, den ich seit meiner Jugend nicht wiedergesehen hatte, von neuem Fühlung nehmen mit meiner Niverner Burgundererde; sie weckte eine Vergangenheit in mir, die ich für immer entschlafen glaubte, erweckte alle die Colas Breugnons, die in meiner Haut stecken. Ich mußte für sie das Wort ergreifen. Diese verflixten Schwätzer haben zu ihren Lebzeiten noch nicht genug geredet! Sie machten es sich zunutze, daß einer ihrer Urenkel das glückliche Vorrecht besitzt, schreiben zu können (sie haben ihn oft beneidet!), und nahmen mich zum Sekretär. Ich konnte mich noch sosehr wehren: «Schließlich ist deine Zeit um, Großpapa! Laß mich zu Worte kommen. Jeder der Reihe nach.»

Sie erwiderten: «Junge, du wirst nach uns auch noch reden können. Zunächst hast du nichts Interessanteres zu erzählen. Da setz dich hin, höre zu und laß dir kein Wort entgehen... Los, mein Söhnchen, tue es deinem Alten zuliebe. Später, wenn du dort angelangt sein wirst, wo wir sind, wirst du sehen – das Unangenehmste am Tod, siehst du, ist das Stillschweigen...»

Was tun? Ich habe mich fügen müssen, ich habe nach dem Diktat geschrieben.

Jetzt ist es vorüber, und ich bin wieder frei (wenigstens glaube ich es). Ich werde meine eigene Gedankenfolge wieder aufnehmen können, es sei denn, einem meiner alten Schwätzer fiele es bei, noch einmal aus dem Grab aufzustehen, um mir seine Briefe an die Nachwelt zu diktieren.

Wage ich auch nicht zu glauben, daß die Sippschaft meines Colas Breugnon die Leser ebenso wie den Verfasser ergötzen wird, so mögen sie dieses Buch wenigstens ganz als das hinnehmen, was es ist: ganz ehrlich, ganz in sich geschlossen, ohne Politik, ohne Metaphysik, ein echt französisches Buch, ohne Anspruch, die Welt umzuwandeln noch sie zu deuten, das über das Leben lacht, weil ihm das Leben gut erscheint und weil es ihm wohl ergeht. Kurz, wie die Jungfrau von Orléans sagt (ihr Name mußte unbedingt am Anfang einer gallischen Erzählung angerufen werden): Freunde, *nehmet es günstig auf.*

Mai 1914 R. R.

Die Lerche von Mariä Lichtmess

2. Februar

Gelobet sei der heilige Martinus! Mit den Geschäften ist es aus und vorbei. Ein eitles Tun wär's, sich noch weiter abzurackern. Ich habe in meinem Leben genugsam gearbeitet. Jetzo will ich mir's ein wenig wohl sein lassen. Da sitze ich an meinem Tisch nieder, rechts einen Humpen Wein, links das Tintenfaß. Vor mir liegt ein gar schönes neues Heft, das mir zum Schreiben winket. Zum Wohl, alter Junge, nun laß uns schwatzen! Unten belfert meine Frau. Draußen bläst der Nord, und von fern dräuet der Krieg. Nur zu, laß sie! Wie prächtig, daß wir endlich einander wiederhaben, mein vielgeliebter alter Dickwanst, und selbander uns gegenübersitzen! (Zu dir rede ich, altes Weingesicht, du farbenstrotzende, frohgemute Fratze, darinnen ganz schief, gleich einem Hut, den man aufs Ohr gestülpt hat, die lange Nase sitzt, dran man die Leute aus Burgund erkennt.) Doch kannst du mir erklären, welch absonderliche Lust es für mich ist, dich wiederzusehen, mich ungestört in dein altes Angesicht zu vertiefen, fröhlich in seinen Runzeln zu lustwandeln und mich an den alten Erinnerungen zu laben, die aus meinem Herzen sprudeln gleichwie aus einem Brunnen (pfui, welch ein Vergleich!), gleichwie aus einem vollen Faß meines Kellers? Träumen, solches geht ja noch an, aber niederschreiben, was man träumt! Träumen, was rede ich nur? Meine Augen mit etlichen Falten an den Schläfen stehen weit offen, sind voller Ruhe und Spottlust. Mögen andere an krausen Träumen sich ergötzen. Ich erzähle nur, was ich gesehen, was ich gesagt und getan habe. Ist solches aber nicht Narrheit? Für wen schreibe ich denn? Gewißlich nicht des Ruhmes wegen. Ich bin kein Esel, ich weiß, Gott sei gelobt, was an mir ist. Für meine Kindeskinder? Was wird von all meinem Geschreibsel denn in zehn Jahren noch geblieben sein? Meine Alte ist ohnedies eifersüchtig darauf und verbrennet, was sie findet. Für wen also? Ei, für mich selbsten und weil es mir also beliebet. Schreibe ich nicht, so platze ich. Nicht umsunst bin ich der Enkel meines Großvaters, jenes alten Breugnon, der nicht einzuschlafen vermochte, so er nicht, bevor er sich aufs Ohr legte, angeschrieben hätte, wie viele Maß er getrunken und wieder von sich gegeben. Mir tut es not, zu reden; und in meinem Clamecy ist mitnichten Überfluß an Leuten, die solches gleichermaßen verstehen. Schweigen drückt mir das Herz ab wie einst dem Bartkratzer des Königs Midas. Meine Zunge ist gar lose, und wenn man mich hörete, könnte ich leicht in den Geruch eines Ketzers kommen. Sei's drum! Wollte man nicht hie und da dem Ungemach Trotz bieten, so erstickete man im Trübsinn. Mir ist es eine Kurzweil, am Abend, gleichwie unsere großen weißen Ochsen ihr Futter, meine tägliche Atzung wiederzukäuen. Wie gut tut es, alles nachschmecken, nachkauen, durchschmatzen, durchdenken, so man tagsüber gedacht, beobachtet, aufgeschnappt hat, es wieder und wieder zu kosten, auf der Zunge es zerschmelzen zu lassen, indes man es sich erzählt, bedachtsam zu genießen, was man in Ruhe nicht genießen konnte, dieweil man sich hasten mußte, es im Flug zu erhaschen! Es tut gar wohl, solchermaßen einen Rundgang durch die eigene kleine Welt zu machen und sich zu sagen: Dies ist mein eigen, hier bin ich unumschränkter Herr und Gebieter. Nicht Kälte noch Frost haben Gewalt darob. Nicht Könige noch Päpste, noch der Krieg. Nicht einmal meine belfernde Alte...

Doch jetzo will ich einmal Umschau halten in dieser selbigen Welt.

Zuvörderst ist da, und solches ist wohl die Hauptsach bei der Angelegenheit: ich selbsten, ich, Colas Breugnon, ein braver Bursche aus dem Burgund, gesund und kugelrund, vorn und hinten gut im Stande, mitnichten im ersten Jugendglanz, dieweil die Fünfzig bereits geraume Weile überschritten sind, aber lendenstramm, mit festen Zähnen, klaren Augen, frisch wie ein Fisch im Wasser und mit Haaren, die, obwohl ein weniges grau, noch festiglich am Kopf sitzen. Hiemit will ich nicht sagen, es wäre mir nicht lieber, so sie blond wären; desgleichen wollte ich nicht den Spröden spielen, so man mir böte, zwanzig oder dreißig Jahre noch einmalen zu leben. Jedoch zehn Lustren sind ein gut Ding! Spottet nur, ihr Grünschnäbel, jeder bringt es mitnichten soweit. Vermeint ihr, es sei ein kleines, wenn man seine Knochen fünfzig Jahre hindurch zu heutiger Zeit auf allen Wegen Frankreichs hat spazierengeführt? Heiliger Gott, was hat unser Buckel alles zu kosten bekommen an Sonne und Regen! Hin und her geschleudert sind wir, Freundlein, wieder und wieder ausgekocht und dann von neuem ausgewaschen sind wir! Etliches ist in diesen gegerbten Ranzen hineingestopft worden an Freuden und Trübsalen, an lustigen Bosheiten, an Erfahrungen und Narreteien, an Weizen und Spreu, an sauren Trauben und süßem Wein, an Rosen und Dornen, an unterschiedlichen Dingen, die man erlebt, erlitten, erfahren, erdacht, erstritten hat. Alles dies ist kunterbunt über und drüber in unseren Ranzen gepackt. Welch eine Lust, darin zu wühlen! Doch Geduld, Colas! Morgen ist auch noch ein Tag, wir wollen morgen darin herumstöbern. So ich heute damit anfange, werde ich nicht endigen. Für den Augenblick wollen wir das Inventarium aller Habseligkeiten aufnehmen, deren Eigentümer ich bin.

Ich bin Herr über ein Haus, ein Weib, vier Buben, einen Weinberg, eine (Gott sei gelobt) verheiratete Tochter, einen Eisam (solcher läßt sich nicht umgehen), achtzehn Enkel, einen grauen Esel, einen Hund, sechs Hühner und ein Schwein. Potz Wetter, bin ich reich! Setzen wir nunmehro die Brille fein ordentlich fest, auf daß wir unsere Schätze besser betrachten. Deren letzte nenne ich, um die Wahrheit zu ehren, nur noch in zärtlichem Gedenken. Die Kriege haben sich darüber hergemacht, die Soldaten, die Feinde und die Freunde gleichermaßen. Der Esel lahmt, das Schwein ist gepökelt, das Geflügel gerupft, der Wein getrunken.

Aber das Weib, das habe ich noch, bei Gott, ich habe es wahrlich! Hört es nur unten zetern! Unmöglich, dies mein Glück zu vergessen: selbig holdes Wesen ist mein, gänzlich mein, ich bin sein Besitzer. Du bist ein Glückspilz, Breugnon! Alle Welt beneidet dich... So euch darnach gelüstet, werte Herren, greifet zu, dafern einer von euch sie haben möge! Ein Weib, sparsam, emsig, rechtschaffen, ehrbar, kurz, mit allen Tugenden gemästet. (Dicker ist sie davon bislang nicht geworden, und ich gesteh, ich arger Sünder, eine dralle, dicke Sünde wäre mir annehmlicher denn sieben magere Tugenden... Aber was hilft's, seien wir ein tugendhafter Mann, dieweil man's nicht besser haben kann, also ist Gottes Wille, du halt stille.) Hui, wie sie sonder Ruh umherhastet, unsre Maria ohne Gnaden, wie sie das Haus mit ihrem dürren Körper schier erfüllet, murrend, brummend, knurrend, grunzend stöbernd und kletternd vom Keller bis zum Boden, den Staub verjagend samt der Friedsamkeit. Nunmehr sind wir bald dreißig Jahre verheiratet. Weiß der Teufel, warum! Ich liebete eine andere, so sich über mich lustig machte; diese aber wollte mich, mich, der ich doch von ihr mitnichten was wissen wollte. Dazumal war sie ein kleines, blasses braunes Dirnlein mit harten Augen, die wollten mich bei lebendigem Leib schier auffressen und brannten gleichwie zwei Tropfen des Wassers, das den Stahl zerfrißt. Sie liebte mich, liebte mich zum Sterben toll und heiß. Schließlich, dieweil sie mich schier nicht mehr losließ (wie dumm die Männer doch sind!), ein weniges aus Mitleiden, ein weniges aus Eitelkeit, ein gut Teil aus Nachgiebigkeit und letztlich, um solcher Belagerung (ein gar treffliches Mittel!) ledig zu werden, wurde ich (wie Jean de Vrie, der ins Wasser ging, auf daß der Regen ihn nicht nässe), wurde ich ihr Mann. Seither habe ich sie gänzlich zu eigen, habe die Tugend in persona im Haus, und sie, sie läßt mich's büßen, die wonnesame Kreatur. Was nur? Daß sie mich geliebt hat. Sie bringet mich zur Raserei, oder sie mühet sich doch darum, aber es ist ihr nichts nütze; ich liebe meine Ruhe, und bin nicht also dumm, daß ich leerer Worte willen mir tät einen Deut Kümmernis machen. Regnet's, laß ich's ruhig regnen, pfeift der Sturm, pfeif ich ein Lied, schmälet sie, gibt keine Ruh, nun, so lache ich dazu. Warum sollt ich mich vermessen, sie, dieses Weib, davon abzuhalten. Ich will sie gewißlich nicht umbringen. Allwo ein Weib, da ist Streit. Möge sie nach ihrer Weise selig werden, ich werd's auf die meine. Es sei denn, daß es ihr beifiele, mir den Schnabel zu stopfen (doch dessen hütet sie sich weislich, sintemalen sie die Erfahrung hat, daß es sie teuer zu stehen kommt), der ihre kann weiterzwitschern: es hat jeder sein eigene Weis.

Übrigens, sind die Instrumente auch nicht sonderlich aufeinander gestimmt, so haben wir dennoch gar hübsche Stücklein darauf selbander exekutieret: eine Tochter und vier Buben. Allesamt fest und derb gebaut. Nicht an Stoff und nicht an Mühe habe ich gespart und gute Arbeit geliefert. Desohngeachtet finde ich in der ganzen Hecke einzig und allein in der Schelmin Martine, meiner Tochter, die Saat, die ich säte, gänzlich wieder. Der Racker! Welche Mühsal hat es gekostet, bis ich sie sonder Schiffbruch glücklich in den Hafen der Ehe gebracht habe. Uff! Nun hat sie Ruhe! Wohl darf man nicht allzu fest darob bauen, doch dieses ist nimmer meine Sache. Ich habe lange genug müssen aufpassen und ihr nachlaufen. Jetzo ist die Reihe an meinem Eidam Florimond, dem Zuckerbäcker. Nunmehr soll er über seinen Ofen wachen. Wir zanken uns, allwo wir uns sehen, doch ist niemand, mit dem ich mich besser verstünde. Ist ein braves Mägdelein und ohngeachtet etlicher toller Streiche auf sich bedacht und wohlanständig, dafern es bei der Anständigkeit zu lachen gibt, denn ihrem Sinn zufolge ist das größeste der Laster die Langeweile. Arbeit scheut sie mitnichten. Arbeit ist Kampf, und Kampf ist Leben, und sie liebet das Leben. Sie weiß, was gut ist; wie ich: das ist mein Blut, nur hab ich sie, als sie entstund, allzu freigebig damit bedacht.

Die Buben sind mir nicht also gut geraten, da hat die Mutter zuviel mitgeholfen, und der Teig ist geronnen. Von den vieren sind zwei Frömmler gleichwie sie, und überdies frömmelt jeder woanders. Der eine steckt allzeit mit den Schwarzröcken, den scheinheiligen Pfaffen, zusammen, und der andere hält's mit den Hugenotten. Ich frage mich oftmals, wie diese Enten auf meinen Hühnerhof geraten sind. Der dritte ist Soldat, betreibt das Kriegshandwerk, strolcht umher, ich weiß niemalen recht wo. Und der vierte endlich ist nichts, schier gar nichts, ein kläglicher kleiner Krämer und Schafskopf. So ich nur seiner denke, fange ich an zu gähnen. Nur derweil wir mit Messer und Gabel hantieren, derweil wir allesamt, sechs Mann hoch, um meinen Tisch herumsitzen, erkenne ich mein Geschlecht wieder. Bei Tisch schläft mir keiner, da sind wir ein Herz und eine Seel, und es ist ein prächtiger Anblick, wann wir sechs mit den Kinnladen arbeiten, das Brot mit kräftigen Fäusten brechen und den Wein sonder Seil und Schrotleiter in die Tiefe befördern.

Nach den Insassen lasset uns nunmehro vom Haus sprechen. Es ist auch mein Kind. Ich habe es gebaut, Stück für Stück, und zwar dreimalen und nicht einmalen, am schönen, fetten grünen, mit Erde und Mist wohlgedüngten Ufer des Beuvron. Es steht zuvorderst am Anfang der Vorstadt, jenseits der Brücke, die einem kurzbeinigen Dackel gleichsieht, so über dem Wasser lieget und sich den Bauch netzet. Ihm gegenüber erhebt sich stolz und leicht der Turm von Sankt Martin mit seinem bestickten Gewand und seinem überblühten Portal, zu dem steil und altersgrau die Stufen der Alt-Rom genannten Treppe emporsteigen, als ginge es stracks ins Paradies. Mein Schneckenhaus, mein ärmliches Hüttlein, lieget außerhalb der Mauer, und also geschiehet es, daß allemal, so man vom Turm einen Feind erspähet und die Tore schließet, der Feind nur bis zu mir kommt. Schwatz ich auch gerne, so sind das Besuche, deren ich entraten könnte. Mehrstens mache ich mich davon und lege den Schlüssel auf die Schwelle der Tür. Doch komme ich heim, so geschieht es, daß ich weder Schlüssel noch Tür wiederfinde und nur die vier Wände geblieben sind. Dann fang ich von neuem zu bauen an. Man sagt mir: «Du Dummkopf, du arbeitest für den Feind. Laß deine Kate, allwo sie ist, komm in die Stadt. Dorten bist du wohlgeborgen.»

Ich antworte: «Heidideldi! Mir behagt's, allwo ich nun einmal bin. Ich weiß wohl, hinter einer dicken Mauer wäre ich sorgsamer geschützt, doch was sehe ich hinter einer dicken Mauer? Die Mauer. Ich würde allda vor Langeweile vergehen. Ich brauche Freiheit. Ich muß mich am Ufer meines Beuvron ins Gras strecken können, ich muß, dafern ich nicht arbeite, von meinem Gärtlein aus das Glitzern seines Gewässers sehen können, betrachten, wie die Fische an seiner Oberfläche nach Luft schnappen und die langen Gräsersträhnen auf seinem Grund schwanken, und ich muß darein fischen, meine Lumpen darein waschen und meinen Unrat darein leeren können. Und überdies, ich hab in guten und bösen Tagen dort gehaust, nun ist's zu spät, umzuziehen. Ärgeres denn bisher kann mir nimmer geschehen. Das Haus wird zu anderen Malen zerstört werden, sagt ihr? Schon möglich, liebe Leute, ich will ja nicht für die Ewigkeit bauen. Doch allwo ich einmal eingewurzelt bin, da ist's, bei meinem Leben, nicht leicht, mich wieder loszureißen. Zu zween Malen hab ich es wieder aufgebaut, ich werd's noch zehnmalen tun, so es nötig ist. Nicht zwar, daß ich sonderlich Spaß daran hätte; doch es würde mich zehnmal tiefer kränken, wenn ich umziehen müßte. Ich würde mir gleich einem Körper ohne Haut erscheinen. Ihr bietet mir eine neue, schönere, weißere? Sie würde Falten werfen oder platzen. Nein, nein, die meine ist mir lieber.»

Also in summa: Weib, Kinder, Haus. Habe ich hiemit alles Meine aufgezählt? Nein, das Beste stehet noch aus, das habe ich bis zuletzt aufgespart: mein Handwerk ist noch übrig. Ich gehörte zur Zunft von Sankt Annen, bin Schreiner. Bei Leichenbegängnissen und Prozessionen trage ich den Stab, mit Zirkel und Leier gezieret, darob die Großmutter unseres lieben Herrn zu sehen ist, wie sie ihre Tochter, Maria voller Gnaden, da sie ein Kindlein war, im Lesen unterweist. Bewaffnet mit Hacke, Stemmeisen, Meißel und Hobel, schalte ich an meinem Werktisch nach meinem Willen mit der knorrigen Eiche und dem glatten Nußbaum. Was werde ich daraus erstehen lassen? Das bestimmt nur meine Laune und das Geld meiner Kunden. Wie mannigfache Formen schlummern wartend und verborgen darinnen! Um Dornröschen zu wecken, ist nur vonnöten, gleich dem Prinzen weit genug ins Gehölz vorzudringen. Aber die Schöne, so ich unter meinem Hobel hervorzaubere, ist kein Zierpüppchen. Lieber denn eine dürre Diana, dran hinten und vorn nichts ist, wie sie diese Italiener darstellen, ist mir ein dunkelgebeiztes, wuchtiges Burgunder Hausgerät, üppig und quellend, mit Früchten beladen gleich einem Weinberg, eine schöne bauchige Truhe, ein geschnitzter Schrank, in der herben Art des Meisters Hugues Sambin. Ich bekleide die Zimmerwände mit Paneelen und Gesimsen. Ich lasse Wendeltreppen sich ringeln und geräumige, kernfeste Möbel gleich Äpfeln aus einem Spalier aus den Wänden herauswachsen: die passen prächtig an den Platz, allwo ich sie aufpfropfe. Jedoch meine Erquickung und beste Herzfreude ist, so ich die fröhlichen Gebilde meiner Phantasie zu Papier bringen kann, eine Bewegung, eine Gebärde, einen gebeugten Rücken, einen schwellenden Busen, blühende Voluten, eine Girlande, irgendwelche Grotesken oder, so es mir glückt, die Fratze eines Vorüberwandernden, die ich im Flug auffange und auf meinem Zeichenblatt festnagele. Ich habe auch (und dieses ist mein Meisterstück) zu meinem eigenen und unseres Herrn Pfarrers Ergötzen die Chorstühle der Kirche von Montréal geschnitzt, darauf zwei Bürgersleute, am Tisch sitzend, sich bei ihrem Henkelkrug verlustieren und miteinander anstoßen, indes zwei Löwen sich brüllend um einen Knochen raufen.

Arbeiten und darnach trinken, trinken und darnach arbeiten, welch köstliches Leben! Um mich her sehe ich mißvergnügte Toren, sie sagen mir, ich hätte einen feinen Augenblick erwählet, um zu singen und lustig zu sein, sintemalen wir in gar bösen Zeitläuften leben... Ach, es gibt keine bösen Zeitläufte, es gibt nur böse, traurige Gesellen. Zu selbigen, gottlob, gehöre ich mitnichten. Pack schlägt sich, Pack verträgt sich, also wird es allzeit bleiben. Ich lege meine Hand ins Feuer, daß unsere Ururenkel in vierhundert Jahren noch gleichermaßen erpicht sein werden, einander in die Haare zu fahren und das Fell zu gerben. Ich sage auch nicht, daß sie nicht vierzig neue Arten erfunden haben werden, es gründlicher zu machen denn wir. Aber ich stehe dafür, daß sie keine neue Art des Trinkens erfinden werden, und leugne gewiß, daß sie solches besser verstehen werden denn ich. Wer mag sagen, was die Schelme in vierhundert Jahren beginnen werden! Kann sein, daß sie vermöge des Krautes des Pfarrers von Meudon, des wundersamen Pantagruelion, es fertigbringen, die Gefilde des Mondes, die Schmieden der Blitze und die Schleusen des Regens zu besichtigen, im Himmel Quartier zu nehmen und mit den Göttern Zechgelage zu halten... Wohl! Da gehe ich mit ihnen. Stammen sie nicht aus meinem Samen, sind sie nicht meines Blutes? Schwärmt lustig umher, kleine Schäker! Indes, an meinem Platz ist es sicherer. Wer sagt mir gut, daß der Wein in vierhundert Jahren gleich vorzüglich ist wie heute?

Mein Weib hält mir vor, ich sei ein arger Schlemmer. Mitnichten! Ich weiß nur alles zu würdigen. Ich liebe alles Gute: gutes Essen, guten Wein, die saftigen Freuden und die zarten, duftigen, so man nur im Traum auskostet. Ich liebe das göttliche Nichtstun, dieweil man da am tätigsten ist (da ist man Herr der ganzen Welt, ist jung, schön, ein Eroberer, erschafft die Welt neu, hört das Gras wachsen und pflegt Zwiesprache mit Bäumen, Tieren und Göttern), und ich liebe meinen alten Gefährten, der mich nimmer im Stich läßt, dich, meinen Freund, meinen Achates, dich, mein Schaffen! Wie wonnesam ist es, mit dem Werkzeug in der Hand am Arbeitstisch zu stehen, wie herrlich, den schönen, festen Werkstoff, so da widerstrebet und sich dennoch formen läßt, zu sägen, zu schneiden, zu hobeln, zu stutzen und auszuhöhlen, wieder zusammenzusetzen, zu feilen, zu zerreiben und von neuem zu binden, das weiche, feste Nußholz, das unter der Hand wie ein Feenleib bebt, gleichermaßen jeder Hülle bloß, die blonden und rosigen, die braunen und goldigen Körper der Nymphen unserer Wälder, die die Axt gefällt hat! Welche Freude verschafft die sichere Hand, welche Freude die geschickten Finger, diese groben Finger, aus denen emporsteiget das zarte Werk der Kunst! Welche Freude für die Seel, die Elemente der Erde zu beherrschen, dem Holz, dem Eisen, dem Stein den Stempel ihrer edlen Einfälle aufzudrücken! Ich fühle mich wie der Herrscher eines Feenreiches. Mein Feld gibt mir sein Fleisch und mein Weinberg sein Blut. Die Geister des Saftes lassen meiner Kunst zuliebe die schöngegliederten Bäume, so meine Finger kosen werden, heranwachsen, lassen sie länger und stärker werden, sich strecken und glätten. Meine Finger sind willfährige Diener, regiert von meinem Obergesell, meinem alten Gehirn, das, selbsten mir untertänig, nur das Spiel leitet, das da meinen Träumen gefällt. Wer war je besser bedient als ich? O welch trefflicher kleiner König! Sollte ich da nicht auf mein Wohl trinken? Aber vergessen wir derweil nicht (ich bin nicht undankbar) meine braven Untertanen. Gesegnet sei der Tag, der mich geboren! Gar herrliche Dinge hat diese runde Erde, so da fröhlich anzuschauen und mit Behagen zu genießen sind. Herrgott, wie ist das Leben schön! Ich mag mich noch so voll damit stopfen, immer noch hungert mich darnach, immer noch lechze ich darnach; ich muß krank sein: zu welcher Stunde des Tages es sei, immer läuft mir das Wasser im Mund zusammen, so ich an den Tisch denke, den mir Erde und Sonne gar herrlich gedeckt haben.

Aber ich bin ein Prahlhans, Gavatter! Die Sonne ist verstorben, es friert in meinem Reich. Der Teufelskerl, der Winter, hat in meinem Zimmer Einzug gehalten. Die Feder taumelt in meinen erstarrten Fingern. Gott bewahre mich! Ein Eiszapfen bildet sich in meinem Glas, und meine Nase wird schier weiß: schauderhafte Couleur, eine wahrhafte Kirchhofslivree! Ich mag das Blasse nicht ausstehn. Hallo, machen wir uns ein wenig Bewegung! Die Glocken von Sankt Martin läuten und klingen. Heute ist Mariä Lichtmeß... *Der Winter geht vorbei oder kommt zu Kräften.* Der Erzschurk, er kommt zu Kräften! Nun wohl, machen wir's gleich ihm. Ich werde auf die Landstraße gehen und mich im Aug in Auge gegenüberstellen...

Die schöne Kälte! Hundert Nadeln pieken mir die Wangen. An der Wegkreuzung liegt der Nordwind auf der

Lauer und zaust mir den Bart. Jetzo glühe ich, Gott sei Dank, und meine Haut zeiget wieder ihre ganze Pracht. Gar gern höre ich die hartgefrorene Erde unter meinem Schritt klingen. Ich fühle mich zu jedwedem tollen Streich gelaunt. Was wollen die Leute alle mit ihren kläglichen, unholden Mienen?

«Wohlan, Nachbarin, seid wohlgemut, wer hat Euch in Zorn gebracht? Der Wind, der Schalk, der Euch die Röcke aufhebt? Er tut recht daran. Er ist jung, ich wollte, ich wär's auch. Er packt an der rechten Stelle zu, der Schelm, der Schlemmer, er weiß, allwo die besten Bissen zu finden sind. Geduld, Frau Gevatterin, leben und leben lassen! Und wohin denn so eilend, als wenn der Teufel Euch auf den Fersen wäre? Zur Messe? Laus Deo! Er wird auch fürderhin über den Bösen siegen. Es wird lachen, wer da weint, und dem Erfrorenen wird warm werden. – Na, da lacht Ihr ja schon! So ist's recht. – Wohin ich selbsten will, wollt Ihr wissen? Gleich Euch in die Messe. Aber nicht zum Pfaffen, zur Messe unter freiem Himmel.»

Vorerst aber spreche ich bei meiner Tochter vor und hole mir meine kleine Glodie. Wir vollführen alle Tage selbander unseren Spaziergang. Sie ist meine liebste Freundin, mein kleines Schäflein, mein zwitscherndes Vögelein. Sie ist ein weniges über fünf Jahre alt, lebhaft wie ein Eichhörnchen und schlau wie ein Füchslein. Alsobald sie mich erblicket, kommet sie gelaufen. Sie weiß, ich habe meine Hucke allweil voller Geschichten, und die liebet sie gleichermaßen wie ich selbst. Ich nehme sie bei der Hand.

«Komm, Kleinchen, wir wollen der Lerche entgegengehen.»

«Der Lerche?»

«Es ist Mariä Lichtmeß. Weißt du's nicht, sie kehret heute vom Himmel zurück.»

«Was hat sie denn dorten getan?»

«Das Feuer für uns geholt.»

«Das Feuer?»

«Das Feuer, das in der Sonne brennt. Das Feuer, das den Kochtopf unserer alten Mutter Erde zum Sieden bringt.»

«War es denn abhanden gekommen?»

«Ja freilich, seit Allerheiligen. Jedwedes Jahr im November geht es fort, die Sterne am Himmel wieder anzuwärmen.»

«Wie kommt es denn heimwärts?»

«Die drei kleinen Vögel sind es holen gegangen.»

«Erzähle doch!»

Sie trippelt auf der Straße mir zur Seite; warm eingepackt in einem Wämslein von weißer Wolle, eine blaue Kapuze auf dem Kopf, gleicht sie einer kleinen Meise. Sie hat keine Angst vor der Kälte, indes, ihre kleinen Bäckchen sind feuerrot, und das zierliche Nasenknöpfchen läuft wie ein Springquell.

«Holla, kleines Lichtschnüppchen, schnupfe dich, puste die Lichter aus! Ist das wegen Mariä Lichtmeß? Die Lampe wird am Himmel angesteckt.»

«Erzähle doch, Großvater, die drei kleinen Vögel sind...» (Ich lasse mich gern ein wenig bitten.)

«Wohlan, die drei kleinen Vögel sind auf die Reise gegangen. Die drei tapferen Weggenossen Zaunkönig, Rotkehlchen und unsere liebe Freundin, die Lerche. Der erste, unser Zaunkönig, flink und behend wie der kleine Däumling und stolz wie ein wirklicher König, erblicket in der Luft das schöne Feuer, nicht größer denn ein Hirsekorn, das rollet ihm entgegen. Ich hab's, ich hab's! schreit er und stürzt sich darauf, und die anderen rufen und schreien: Ich, ich, ich! Aber der Zaunkönig hat's schon im Flug erhascht und schießt blitzschnell damit in die Tiefe.

Zu Hilfe! Feuer! Zu Hilfe, ich verbrenne! ruft er, dieweil er's gleich einem kochend heißen Brei von einer Seite des Schnabels zur andern wälzt. Er kann nicht mehr, er reißt den Schnabel auf, die Zunge hat er sich schier verbrannt, er spuckt es aus und birgt es unter seinen kleinen Flügeln. Au, au, zu Hilfe! Die kleinen Flügelchen beginnen zu flammen. (Hast du schon seine roten Flecke und die kraus gesengten Federn erspäht?) Nunmehr kommt ihm Rotkehlchen zu Hilfe. Es pickt das Krümchen Feuer und setzt es andächtig in sein weiches Vorhemdchen. Sieh nur, das schöne Wämslein, wie es rot und immer röter wird, und Rotkehlchen schreit: Ich kann nimmer, mein ganzes Kleid ist verbrannt! Doch jetzo kommt die Lerche, unsere tapfere kleine Freundin. Das Flämmchen im Flug erhaschend, das schon wieder zurück gen Himmel wollte, schießt sie gerade und sicher gleichwie ein Pfeil eilends damit zur Erde nieder und versenkt mit ihrem Schnäbelchen das schöne Körnlein Sonne in die vereisten Furchen, die sich vor Freude nicht zu lassen wissen...»

Meine Geschichte ist am Ende. Nunmehr ist es an Glodie, mit mir zu liebäugeln. Maßen wir die Stadt hinter uns ließen, habe ich sie auf den Rücken genommen, um den Hügel hinaufzuklimmen. Der Himmel ist grau, der Schnee knirscht unter den Holzschuhen. Die Sträucher und die zarten Bäume mit ihren feinen Ästen sind weich gepolstert. Aus den Hütten steigt kerzengerade der Rauch, blau und langsam. Kein Laut ist vernehmbar, nur mein kleines Vöglein zwitschert. So kommen wir oben an. Zu meinen Füßen die Stadt, meine Stadt, umgürtet von den Bändern der trägen Yonne und des mutwilligen Beuvron. Mit ihrer Haube aus Schnee, schier erstarret, wie sie ist, frostig und bebend vor Kälte, macht sie mir doch, alsooft ich sie sehe, das Herz warm.

Du Stadt der schönen Farben und der sanften Hügel. Rings um dich her, geflochten gleich den Strohhalmen eines Nestes, ziehen sich die sanften Linien der bebauten Felder hin, wogen weich, zu fünf oder sechs Reihen ineinandergeschoben, die langen Wellen der bewaldeten Hügel. Wie sie in der Ferne verblauen, möchte man meinen, dorten sei das Meer. Doch von dem tückischen Element, das Odysseus von Ithaka und seine Gefährten schüttelte, ist hier nichts zu spüren. Keine Stürme, kein Hinterhalt. Ruhe allerorten. Kaum daß die Berglinien sich hie und da unter einem Hauch zu heben scheinen gleich einem wogenden Busen. Von einem Wellenkamm zum andern gehen die ganz geraden Wege, ohn Hast, gleich den Spuren einer gleitenden Barke im Wasser. Auf der höchsten Spitze der Wogen, weit hinten, reckt die Magdalenenkirche von Vézelay ihre Masten, und zuvorderst, an der sich schlängelnden Yonne, strecken zwischen dem Dickicht die Felsen von Basseville ihre Eberzähne in die Luft. Lässig hingestreckt, eingebettet in den Kreis der Hügel, neigt die schmuckreiche Stadt ihre Gärten, ihr altes Gemäuer, ihre Lumpen, ihr Geschmeide, allen Schmutz und alle Schönheit ihres Leibes und ihr Haupt, gekrönt von dem durchbrochenen Turm, hinab zum Ufer ihres Flusses.

Also stehe ich in Bewunderung vor dem Gehäuse, des Schnecke ich bin. Die Glocken meiner Kirche erheben im Tal ihre Stimmen; ihre reinen Klänge breiten sich in der dünnen, erstarrten Luft wie klare, kristallene Fluten aus. Dieweil ich freudig bewegt ihren Klang einsauge, siehe, da dringt schon ein Sonnenstrahl durch die graue Hülle, die den Himmel versteckt hielt. Im selben Augenblick klatscht meine Glodie in die Hände und ruft: «Großvater, ich höre sie, die Lerche, die Lerche!»

Und ich, lächelnd vor Glück über ihr kleines Stimmlein, küsse sie und sage: «Auch ich höre sie, die Lerche, so den Frühling bringet.»

Die Belagerung oder Der Schäfer, der Wolf und das Lamm

Lamm von Charmoux,
Drei nur drücken dem Wolf die Kehle zu.

Mitte Februar

In Bälde wird mein Keller leer sein. Die Soldaten, so unser Herzog, der Herr von Nevers, uns zur Verteidigung sandte, haben eben mein letztes Faß angezapft. Nun denn, verlieren wir keine Zeit und trinken wir mit ihnen! Mich zugrunde richten, gut, das will ich tun, indes auf lustbare Weise. So geschieht mir's nicht zum erstenmal!

Gefallet es Gottes Güte, wird's auch nicht das letzte Mal gewesen sein.

Die braven Burschen! Nun, da ich ihnen kundtue, daß der Wein zur Neige geht, sind sie betrüblicher noch als ich. Ich kenne etliche unter meinen Nachbarn, die solcher Verlust gar leidvoll stimmet. Mir kann es nimmer etwas anhaben. Dazu bin ich allzu abgebrüht. Zu oft in meinem Leben habe ich das Spektakel gesehen. Ich vermag nimmer, die Komödianten ernst zu nehmen. Gar unterschiedliche dieser Soldatenfratzen habe ich zu schauen bekommen, seit ich auf der Welt bin: Schweizer, Deutsche, Gascogner, Lothringer, lauter Kriegsvolk, den Harnisch auf dem Buckel und die Waffe in der Faust, Vielfresser, ausgehungerte Windhunde, die es niemalen müde werden,

den schlichten Bürger auszuplündern! Wer hat je erkunden können, um welcher Ursach sie sich eigentlich schlagen? Gestern für den König, heute für die Liga. Einmalen sind's die Pfaffen, zu andern Malen die Hugenotten. Sie sind sich alle gleich. Der Beste von ihnen ist den Strick zum Hängen nicht wert. Was kümmert uns, ob dieser oder jener Räuber dem Hof mit Schelmenstreichen zusetze? Und wenn ich gar ihrer Anmaßlichkeit denke, mit der sie den lieben Gott in ihre Händel mengen – potz Zickel! Lasset den lieben Gott nur ruhig machen, liebe Leute, er ist alt genug! So euch das Fell juckt, gerbt es euch selbander. Gott seid ihr nicht vonnöten. Der weiß sich schon zu helfen, sofern ich recht unterrichtet bin. So's ihm beliebt, wird er sich selbsten kratzen, wann's ihn juckt.

Das ärgste ist, daß sie vermeinen, auch mich dazu zu drängen, ihn über den Löffel zu barbieren! – Herrgott, ich ehre Euch und glaube ohne Rühmens, daß wir einander mehrer denn einmalen am Tag begegnen. Dafern nämlich das Sprichwort, das gute, gallische Sprichwort, wahr ist: *Wer da trinket guten Wein, dem schaut Gott ins Herz hinein.* Niemalen aber fiele mir bei, gleich jenen Gleisnern zu sagen, daß ich Euch gut kenne, daß Ihr mein Vetter seid, daß Ihr mich zum Vertrauten all Eurer Angelegenheiten machet. Ihr werdet mir gerechtsamerweis zugeben, daß ich Euch in Frieden lasse, und alles, was ich verlange, ist, daß Ihr desgleichen tuet. Wir haben beide genugsam zu schaffen, um Ordnung in unserem Haus zu halten, Du in Deinem Weltall, ich in meinem kleinen Reich. Herrgott, Du hast mich frei geschaffen. Ich vergelte Dir Gleiches mit Gleichem. Aber sieh einer, da kommen diese Schelme und tun, als wenn ich für Dich das Wort führete, wollen gar, daß ich sage, wie Du genommen sein willst, und daß ich den, so Dich anders nimmt, für Deinen Feind wie für den meinigen erkläre! – Für meinen Feind? Mitnichten! Ich hab nie keinen. Alle Menschen sind meine Freunde. Schlagen sie sich, so ist das ihre Sach. Ich für mein Teil bleib aus dem Spiel... Ja, wenn es geht! Denn solches ist gerade, was das Lumpenpack nicht will. Wann ich des einen Feind nicht bin, habe ich sie beide zu Feinden. Nun denn, in Gottes Namen! Maßen ich zwischen zwei feindlichen Lägern müßt immer der Geschlagene sein, schlagen wir halt selbsten drein. Auch das ist mir lieb. Lieber als Amboß, Amboß, Amboß lasset uns Amboß sein und dann Hammer.

Doch sage mir einer an, zu wes Nutzen all dies Gesindel auf der Erde herumläuft, diese Edelmarder, diese Politiker, diese großen Herren, die unser schönes Frankreich verheeren, die, indes sie seinen Ruhm verkünden, ihm gründlich die Taschen leeren, die, nicht gesättigt, wenn sie an unserem Scherflein nagen, auch noch fremde Kornböden auffressen wollen, sintemalen sie Deutschland bedrohen, sich's nach Italien gelüsten lassen und ihre Nasen in den Harem des Großsultans stecken. Die halbe Erde möchten sie gar verschlucken, verstehen indes noch nicht einmal, Kohl darauf zu pflanzen! Aber nur ruhig Blut, Freundchen, werde nicht zornmütig. Alles ist gut also, wie es ist... bis wir es eines Tages besser machen werden (was so balde sein wird wie möglich). Auch das jämmerlichste Vieh ist zu etwas nutz. Ich hab erzählen hören, daß der liebe Gott (aber ich spreche heute nur von Dir, Herr!), als er eines Tages mit Petrus spazierenging, in der Vorstadt Béyant* eine Frau auf der Schwelle ihres Hauses sitzen sah, die müßig ihrer Langeweile nachhing. Die Zeit ward ihr so lang, daß unser

* Populärer Name für Bethlehem, eine Vorstadt von Clamecy.

Herrgott in seiner Herzensgüte sich die Tasche durchsuchte, eine Handvoll Flöh herauszog, sie ihr zuwarf und sagte: «Nimm, meine Tochter, verlustiere dich damit!» Alsobald ermunterte sich die Frau und begann zu jagen; und jedwedes Mal, wenn sie solch ein Vieh erwischte, lachte sie vor Behagen. – Zweifellos ist solches die gleiche Art von Barmherzigkeit, als wann der Himmel uns zur Kurzweil diese zweibeinigen Bestien schenket, so an unserem Fell nagen. Wohlan denn, lasset uns fröhlich sein, juchhe! Ungeziefer ist, so scheinet, ein Zeichen von Gesundheit. (Ungeziefer sind auch die, so uns beherrschen.) Freuen wir uns, Brüder: denn folglich ist niemand gesünder als wir... Und überdies sag ich Euch (ins Ohr): Geduld, wir überdauern das Arge. Der Kälte, dem Frost, dem Geschmeiß aus den Feldlägern als dem vom Hof gehöret nur eine kurze Zeit; es wird vergehen. Die gute Erde bleibet und wir gleicherweis, um sie zu befruchten. Mit einem einzigen Wurf wird sie alles wiedergutmachen. Mittlerweil lasset uns den Rest aus meinem Faß trinken. Man muß Platz schaffen für die künftigen Weinlesen.

Meine Tochter Martine sagt mir: Du bist ein Prahlhans. Höret man dich, so sollte man vermeinen, du schafftest nur mit dem Maul, könntest nur gaffen, schwatzen, klatschen, wie ein Glockenschwengel in Bewegung sein, vor Durst ewig das Maul aufreißen und Maulaffen freihalten, lebtest nur um Gastereien willen, versäuftest Haus und Herd – und gleichwohl vermagst du nicht einen Tag ohne Arbeit zu sein. Du möchtest, daß man dich für einen lockeren Zeisig, für leichtfertig, vertuend, liederlich erachte, für jemanden, so nicht weiß, was in seine Geldkasse einkommt, noch was wieder herausgeht – und gleichwohl würdest du krank werden, so nicht alles in deinem Tag würd genauestens geschehen wie am Glockenspiel der Turmuhr. Du weißt auf den Pfennig, was du seit Ostern Jahrs zuvor ausgegeben, und niemand hat noch den gesehen, der dich übers Ohr gehauen hätt... Ach, du unschuldsvoller Engel, du Brausekopf, seh mir einer das schöne Lämmlein an! Von solchen Lämmern braucht's nur drei, damit ein Wolf erwürget sei...

Ich lache, ich antworte der Dame Plapperschnut nicht. Sie hat recht, das Kind! Indes, sie tut nicht recht, es auszusprechen: aber eine Frau verhehlet nur, was sie nicht weiß, und sie kennt mich, dieweil ich sie geschaffen! Wohlan, Colas Breugnon, gesteh es zu, mein Junge, magst du auch gar mannigfaltige Narreteien treiben, du wirst nie kein ganzer Narr werden. Ei freilich, gleichwie jeder andere, also hast auch du ein weniges von Narretei in deiner Tasche verborgen. Du lassest es herfürschauen, so es dir beliebet, aber du lassest es wieder verschwinden, wann du die Hände frei und den Kopf zum Arbeiten benötigest. Gleichwie alle Franzosen hast du auch den Sinn für Ordnung und Vernunft so fest in deinem Schädel verankert, daß du wohl einmalen zu deinem Ergötzen den Tollhans spielen kannst. Die Geprellten (die armen Teufel!) sind dabei nur die Leute, so dir offenen Mundes zuschauen und die es gelüstet, es dir gleichzutun. Schöne Reden, rollende Verse, himmelstürmende Pläne sind gar ergötzliche Dinge: man begeistert sich, man fängt Feuer. Indes, wir verbrauchen solcherweis nur unser Kleinholz und bewahren die großen Klötze fein säuberlich geschichtet in unserem Holzschuppen. Meine Phantasia vergnüget sich, da sie meiner Vernunft, die ihr bequem zurückgelehnet zuschauet, ein Schaustück gibt. Alles dienet zu meiner eigenen Kurzweil. Das ganze Weltenall ist mein Theater, und ohne daß ich mich von meinem Sitz erhöbe, folge ich der

Komödia, bedenke Matamoros oder auch Francatrippa mit Beifall, erfreue mich der Turniere und des königlichen Prunkes und rufe den Leuten da capo zu, so sich da droben die Hälse brechen. Alles zu meinem eigenen Ergötzen! Auf daß ich dieses noch vermehre, stelle ich mich, als spiele ich in dem Stücklein mit und sei guten Glaubens dabei. Aber ich hüte mich gar wohl; ich glaube nur genausoviel davon, als not tut, um meinen Spaß zu haben. Solcherweise lausche ich den Geschichten von Feen... Nicht allein von Feen... Da ist zum Beispiel das von dem hohen Herrn dort droben in den himmlischen Gefilden... Wir ehren ihn überaus, und wann er mit Kreuz und Banner vor sich her beim Klang seiner Gebete durch unsere Straßen wandelt, behängen wir die Mauern unserer Häuser mit weißen Tüchern. Aber unter uns gesagt... Hüte deine Zunge, Schwätzer! Das klingt nach Ketzerei... Herr, ich will nichts gesaget haben, ich mache Euch meine Reverenz.

Ende Februar

Nachdem der Esel die Wiese abgegrast hatte, sagte er, nunmehr habe er nicht nötig, sie zu hüten, und machte sich auf eine nachbarliche Wiese, sie abzugrasen (zu hüten, wollt ich sagen). Des Herrn von Nevers Besatzung ist heutigen Morgens abmarschiert. Es war eine Lust, sie zu betrachten, also dick und wohlgenährt, gleich Mäusen im Speck, sahen sie aus. Ich war stolz auf unsere Küche. Wir trennten uns voneinander in herzinnigem Einvernehmen. Sie haben uns tausend gute und artige Wünsche ausgesprochen, auf daß unser Korn gedeihe, unsere Rinder fett werden und unsere Reben nicht erfrieren mögen.

«Arbeite nur tüchtig, Onkelchen», sagte Fiacre Bolacre, der Sergeant, so bei mir einquartiert war. (Den Namen Onkel hat er mir gegeben, und ich habe ihn gar wohl verdient: *Der ist wahrlich mein Onkel, der mir den Wanst ordentlich vollstopfet.*) «Laß dich der Mühe nicht verdrießen und beschneide deinen Wein; am Sankt-Martins-Tag kommen wir wieder, ihn zu trinken.»

Brave Burschen, immer bereit, einem ehrlichen Mann zu Hilfe zu kommen, so er bei Tisch im Kampf mit seinem Trinkbecher lieget!

Seit sie fort sind, ward uns das Herz leichtlicher. Weislich öffnen nunmehr die Nachbarn ihre Versteckwinkel. Alle, so in den letzten Tagen Fastenmienen zur Schau getragen und vor Hungers gestöhnt hatten, gleichwie als rumore ein Wolf in ihrem Bauch, bringen jetzo unter dem Stroh der Bodenkammer oder aus der Erde im Keller noch etliches herfür, das zu des Lebens Notdurft gehöret. Da ist keiner so bettelarm, als daß er nicht bei gar schrecklichem Gejammer, daß ihm schier nichts, schier gar nichts bliebe, hätt Mittels gefunden, seinen fürtrefflichen Wein irgendwo zu verstecken. Ich selbsten (wie solches geschehen konnt, weiß ich mitnichten), mein Gast Fiacre Bolacre war kaum abmarschiert (ich hatte ihm bis zum End der Vorstadt Judäa* das Geleit gegeben), erinnerte mich plötzlich, dieweil ich mich vor den Kopf schlug, an ein kleines Faß Chablis, so aus Versehen, auf daß es warm bleiben möge, unter dem Pferdemist war vergessen wor-

* Judäa ist der Spitzname, den man der Vorstadt Bethlehem gegeben hat, die die Flößer von Clamecy bewohnen. Rom ist die obere Stadt, so genannt nach der Alt-Rom geheißenen Treppe, die vom Platz der Sankt-Martins-Kirche zur Vorstadt Beuvrong herunterführt.

den. Ich war, wie man sich fürstellen kann, überaus betrübet deswegen. Indes wann das Unglück ist geschehen, so ist's getan und wohlgetan. Ich schickte mich ganz wohl darein. Ach, Bolacre, mein armer Neffe, was ist dir da entgangen! Welch köstlicher Nektar, welche Blume! Aber du sollst mitnichten zu kurz kommen, nein, viellieber, lieber Freund, nein, nein, du kommst wahrlich nicht zu kurz: ich trinke es auf dein Wohl!

Von Haus zu Haus erstattet man sich nunmehr freundnachbarliche Besuche. Man weist sich den glücklichen Fund, so man in seinem Keller gemacht hat; und gleichwie die Auguren blinzelt man unter Beglückwünschungen einander zu. Man erzählet von zugefügter Unbill und von den Damen (von den Damen und von der ihnen zugefügten Unbill). Die, so den Nachbarn geschehen, ergötzet uns und tröstet über die eigene hinweg. Man erkundet sich bei Vincent Pluviaut nach dem Ergehen seines Weibes. Ein absonderlicher Zufall will's, daß jedwedes Mal nach dem Durchmarsch von Truppen durch die Stadt diese tapfere Gallierin ihr Gurtband weitet. Man beglückwünschet den Vater, man bewundert die zeugende Kraft seiner Lenden, dieweil die gemeinigliche Wohlfahrt darniederliegt, und freundwillig, zum Pläsier, ohne tückische Gedanken, schlage ich dem Schelm, den Fortuna begünstigt, auf den dicken Wanst, indes ich sage, sein Haus sei das einzige, in dem der Bauch sich füllet, dieweil alle anderen geleert werden. All dieses zum Spaß, wie es sich gehört und hübsch unauffällig, den Dummen spielend und nur im Geflüster von einem zum andern. Aber Pluviaut nimmt unsere Komplimente übel auf und sagt, ich täte besser, auf mein Weib ein Auge zu haben. Hierauf erwidere ich, daß betreffs ihrer der glückliche Eigentümer auf beiden Ohren schlafen könne sonder Furcht, man könne ihm seinen Schatz rauben. Des waren alle einer Meinung.

Doch siehe da, die Karnevalstage sind kommen. So schlecht gerüstet man sein mag, jetzo heißt es, ihnen Ehre antun. Der gute Ruf der Stadt und unser eigener steht auf dem Spiel. Was würde man von Clamecy, berühmet wegen seiner Würste, sagen, wenn's uns zu Fastnacht an Würsten mangelte? Man hört's in den Backöfen brutzeln, ein lieblicher Duft von Fett durchdringet die Luft der Straßen. Springe, Krapfen, nur immer höher, springe für meine kleine Glodie!

Ein Trumterum von Trommeln, ein Tirreli von Flöten, Lachen und Scherzen. Das sind die Herren aus Judäa, die auf ihren Wagen daherfahren, Rom einen Besuch abzustatten.

Voran marschieren die Musik und die Hellebardiere, die, immer die Nase voran, die Menge zerteilen; Rüsselnasenmasken siehet man da, Nasen gleich Lanzen so spitz, Nasen gleich Jagdhörnern, Nasen wie ein Blasrohr, stachliche Nasen und Nasen mit Knollen oder gar solche, die Vögel ob ihrer Spitze tragen. Sie puffen und knuffen in die Reihen der Gaffer, wühlen sich in die Röcke der kreischenden Mägde. Jetzo aber fliehet alles auseinander, sintemalen der König der Nasen kommt; der stößt gleichwie ein Sturmbock und rollt seine Nase gleich einer Bombarde auf einer fahrbaren Lafette vor sich her.

Nunmehr folget der Wagen der Fastenzeit, der Herrscherin aller Fischesser. Breite, kreidige, fleischlose Gesichter siehet man da, bärbeißig in Mönchskutten steckend, unter der Kapuze vor Frost klappernd, und solche, so wie Fischköpfe herausstaffiert sind. Gar mannigfache Fische gibt es allda! Der eine hält in jedweder Faust einen Barsch oder einen kleinen Karpfen; jener andere schwinget auf einer Fischgabel einen Haufen Gründlinge, ein dritter stellt in der Hauptsache einen Hecht aus, aus dessen Maul ein Weißfisch heraushängt und der sich, mit einer Säge entbindend, den Bauch aufschlitzt, in dem's von Fischen wimmelt. Mir wird ganz schlecht davon. Andere reißen sich das Maul mit den Fingern noch größer auf, als es schon ist, und ersticken schier, indem sie sich Eier in die Gurgel stopfen (Nun prost!), die fürder nicht hineinwollen. Und rechts und links oben auf dem Wagen Fledermausmasken, Kapuzenträger, Fischer, die an einer Schnur die Gassenbuben angeln; die springen gleich Zicklein und recken die Mäuler in die Höh, auf daß sie flugs eine kandierte Birne oder Zuckerwerk erhaschen und krach, krach knacken. Und hintennach tanzet ein Teufelskerl, als Koch maskieret. Er schwingt einen Kochtopf und einen Kochlöffel und füttert mit einem schandbaren Fraß sechs barfüßige Höhlenbewohner, so im Gänsemarsch hinterdreinmarschieren und ihre grinsenden Fratzen, geschmückt mit baumwollenen Mützen, durch die Sprossen einer Leiter stecken.

Doch da sind sie, die Triumphatoren, die Helden des Tages! Auf einem Thron von Schinken, unter einer Kuppel von Räucherzungen erscheinet die Königin der Würste mit einer Krone aus Zervelatwürsten, den Hals gezieret mit einem Rosenkranz aus aufgereihten Würstlein, damit sie liebäugelnd mit ihren dicken Wurstfingern spielt; sie ist geleitet von ihren Lakaien, den Weißwürsten, den Blutwürsten, den Clamecyer Kalbswürsten, die von ihrem Obersten, dem großen Wurstvertilger, zum Sieg geführt werden. Mit Bratspießen und Spicknadeln bewaffnet, dick, fett und glänzend, gehen sie mit gewichtiger Miene einher. Gar gern schaue ich auch jene Würdenträger, dero Bauch ein Kochtopf oder dereo Leib aus Pastetenteig ist und die gleich den Heiligen Drei Königen der eine der Schweinskopf, der andere ein Gefäß dunkelroten Weines, der dritte einen Senftopf tragen. Beim Lärm der Blechmusik, der Zimbeln, Schaumlöffel und Bratpfannen erscheinet unter männiglichem Gelächter auf seinem Esel der König der Hahnreie, Freund Pluviaut. Vincent, er ist der Auserkorene, ihn hat man erwählet! Rücklings sitzend, einen großen Turban auf dem Kopf, einen Becher in der Hand, lauscht er seiner Garde von Flößern, so als gehörnte Teufel, Hacken und Stangen über der Schulter, drauflosschwadronieren und in lautem, frankem Französisch schier unverhüllt seine Geschichte und seinen Ruhm künden. Als weiser Mann bezeiget er dabei keinerlei auffallenden Stolz, gleichmütig trinket er, gießt seinen Humpen Wein hinunter, doch wann er an einem Haus vorüberkommt, so von dem gleichen Glück betroffen ward als er, erhebt er sein Glas und ruft: «Holla, Gevatter, auf dein Wohl!»

Letztlich, um den Festzug zu beschließen, erscheint der holde junge Frühling. Ein frisches, lachend und rosig Jüngferlein mit heiterer Stirn, blonden Haaren, hellgelbe Schlüsselblumen auf dem krausen Gelock, um ihre kleinen, runden Brüstlein kreuzweis grüne Kätzchen geschlungen, so man von den Haselnußstauden nahm. Einen vollen klingenden Geldbeutel im Gürtel und einen Korb in den Händen, singt sie, die hellen Augenwimpern emporgeschlagen, also daß ihre Augen von zartem Himmelsblau weit offenstehen, den Mund gleichwie ein O über ihren messerfeinen Zähnlein geöffnet, singt sie mit einem kleinen, dünnen Stimmlein von der Schwalbe, so bald wiederkehren wird. Neben ihr auf dem Wagen, den vier große weiße Ochsen ziehen, liebliche Kindlein, recht im Stand und recht an ihrem Platz, schöne, kecke Geschöpfe mit geschmeidigen, anmutigen Körpern, und Mägdlein zur Wachstumszeit, die gleichwie junge Bäume nach allen Seiten aufgeschossen sind. Jeder fehlt's noch an etlichem, gleichwohl aber wär das übrige ein trefflich Fressen für den Wolf... Gar liebreizende Jungfräulein! In Käfigen tragen sie Zugvögel, und aus dem Korb der Frühlingskönigin schöpfend, werfen sie unter die gaffenden Zuschauer Kuchen, Überraschungen, Knallbonbons, darinnen man Mützen und Weiberröcke, Zuckerwerk, seine Zukunft aufgeschrieben, Liebesverse – oder wohl gar Hörner findet.

Unten am Markt beim Turm angelangt, da springen die Jüngferlein vom Wagen und tanzen auf dem Platz mit den Schreibern und den Kaufmannsgehilfen, mit Ladenrittern und fürnehmen Herren, dieweil Prinz Karneval, der Fastenwagen und der König der Gehörnten ihren Triumphzug vollenden, alle zwanzig Schritt verweilend, auf daß sie den Leuten die Wahrheit sagen oder um sie auf dem Grund des Bechers zu suchen...

> Nun prost! Nun prost! Nun prosten!
> Sollen wir scheiden, ohne zu prosten?
> Nein!
> Die Burgunder sein nicht krank.
> Gehen niemal voneinand ohne Trank!

Indes, vom reichlichen Begießen wird die Zunge schwerflüssig, und die hitzige Närrischkeit sinket. Ich lasse Freund Vincent und sein Geleit im Dunkel eines Weinkellers eine neue Rast nehmen. Der Tag ist zu prächtig, als daß man im Zimmer eingesperrt verweilen möchte. Laßt uns die frische Luft im freien Feld genießen!

Mein alter Freund, der Pfarrer Chamaille, so in seinem

Eselsgefährt aus seinem Dorf gekommen ist, bei dem Herrn Erzbischof von Sankt Martin Zechgelage zu halten, ladet mich ein, ihn ein Stück Wegs heimwärts zu geleiten. Ich nehme meine Glodie mit. Wir klettern in den Rumpelkasten. Vorwärts, kleine Eselin! Sie ist so winzig, daß ich vorschlage, sie in den Wagen zu nehmen, zwischen Glodie und mich... Der weiße Weg dehnet sich vor uns hin. Die müde Sonne schlummert; sie wärmt sich an ihrem Feuer mehr, als sie uns erwärmet. Auch der Esel schläft ein und bleibt stehen, um nachzudenken. Der Pfarrer mit seiner großen Brummbaßstimme ruft ihn unwirsch an: «Madelon!»

Der Esel fährt zusammen, zieht ein Bein nach dem andern hoch, geht im Zickzack zwischen zwei Wagenspuren, bleibt abermalen stehen und überläßt sich, ohn unserer Vorwürfe zu achten, seinen Betrachtungen.

«Ei, du verfluchtes Vieh!» schmält ihn Chamaille, sein Herr, und traktiert ihn mit Hieben. «Wie wollte ich dir meinen Knüppel auf dem Rücken zerbrechen, trügest du nicht das Zeichen des Kreuzes darob!»

Um uns auszuruhen, machen wir bei der Wegbiegung im ersten Wirtshaus eine Rast. Von dorten steiget der Weg nach dem weißen Dörflein Armes hinab; das spiegelt sein artiges Frätzlein in klarem Gewässer. Auf einem nachbarlichen Feld vollführen etliche Dirnen einen Rundtanz um einen großen Nußbaum, der sich gar mächtig ausbreitet und seine schwarzen Arme und sein prächtiges entlaubtes Gezweig gen den weißgrauen Himmel emporrecket. Tanzen wir mit! – Sie haben der Gevatterin Elster ihre Fastnachtskrapfen gebracht.

«Schau, Glodie, schau die Schwäterzin, die Elster da oben, ganz da oben, mit ihrem weißen Vorhemdlein, auf dem Rand ihres Nestes, wie sie sich herabwärtsbeuget, um zu sehen, was da geschieht! Die Neugierige! Auf daß ihren kleinen, runden Augen und ihrer geschwätzigen Zunge nur ja nichts entgehet, hat sie ihr Haus schier ohne Türen und Fenster, allen Winden offen, ganz hoch oben in den Zweigen gebaut. Sie ist erstarrt, durchnäßt, indes, was tut das? Sie kann alles sehen. Sie ist schlechter Laune. Sie scheint zu sagen: Was tue ich mit euren Gaben? Nehmt sie von hinnen, ihr Dorfbewohner! Vermeinet ihr, wann ich Lust auf eure Krapfen hätt, ich vermöchte nicht, sie mir bei euch zu holen? An dem, so man mir bringet, finde ich mitnichten Wohlgefallen. Nur das, was ich stehle, macht mir Eßlust.»

«Ja, Großvater, was gibt man ihr diese Krapfen mitsamt den schönen Bändern, warum dem Dieblein auch noch zu seinem Namenstag Glück wünschen?»

«Dieweil es im Leben klüger ist, siehst du, mit den Bösen in gutem Vernehmen zu stehen denn in schlechtem.»

«Ei, Colas Breugnon, du lehrest sie gar schöne Dinge!» schilt der Pfarrer Chamaille.

«Ich sage ihr nicht, daß solches gut sei; ich sage ihr, alle machten es solcherweis, du, Pfarrer, als erster. Ja, rolle die Augen. Hast du mit einer von deinen Betschwestern zu tun, die alles sehen, alles wissen, ihre Nas in alles stecken, dero Mund gleichwie ein voller Sack mit Bosheiten ist, so wirst du mitnichten behaupten wollen, daß du ihr, um sie zum Schweigen zu bringen, nicht mit Fastnachtskrapfen das Maul stopfen würdest.»

«Ach du gütiger Gott, wann es damit getan wär!» ruft der Pfarrer.

«Ich habe Frau Elster verleumdet, sie ist mehr wert denn ein Weib. Ihre Zunge ist zumindest hie und da zu etlichem gut.»

«Wozu denn, Großvater?»

«Kommt der Wolf, so schreit sie.»

Und siehe da, just bei diesen Worten beginnet die Elster zu schreien. Sie tobet, fluchet, schlägt mit den Flügeln, flattert umher, bedenket Gott weiß wen, Gott weiß was im Tal von Armes mit Schmähreden. Vom Waldrand antworten ihre gefiederten Gefährten, der lustige Brachvogel und der Kohlrabe, in dem gleichen scharfen und gereizten Ton. Die Leute lachen, die Leute rufen: «Der Wolf!» Niemand glaubt daran. Gleichwohl geht man nachsehen (glauben ist gut, sehen ist besser). Und was sieht man? Potz Wetter noch mal! Einen Haufen Bewaffnete, so den Abhang im Trab heraufsteigen. Wir erkennen sie wohl. Das sind jene Schelme, die Truppen aus Vézelay, die, sintemalen sie unsere Stadt ohne Besatzung wissen, vermeinen, sie vermöchten den Vogel (aber nicht den, so wir just beredeten) im Nest zu fangen.

Ich bitte euch zu glauben, wir verweileten nicht bei ihrer Betrachtung! Jedweder ruft: «Rette sich, wer kann!» Man stößt sich, schlägt sich; man reißt aus so schnell als nur möglich, auf der Straße, über die Felder hinweg; der auf dem Bauch rutschend, ein anderer auf der Kehrseite seiner geschätzten persona. Wir springen in unseren Eselswagen. Madelon, als wann sie verstünde, um was es gehe, schießt gleichwie ein Pfeil davon. Der Pfarrer Chamaille peitscht in seiner Erregung aus Leibeskräften auf sie drein, hat jede Erinnerung an die Fürsicht verloren, die man einem solchen mit dem Kreuz gezeichneten Eselsrücken schuldet. Wir rollen durch eine Flut von Menschen, die überaus durcheinanderschreien; und mit Staub und Ruhm bedecket, ziehen wir als die ersten in Clamecy ein, die übrigen Flüchtlinge uns auf den Fersen. Und immer im Galopp; indem der Wagen springt, Madelon den Boden kaum berührt und der Pfarrer peitscht, durchqueren wir die Vorstadt Béyant und schreien: «Der Feind kommt!»

Die Leute, so uns vorüberkommen sahen, lachten vorerst. Aber sie brauchten nicht lange, um zu begreifen. Im Nu ward es gleichwie in einem Ameisenhaufen, darein man mit einem Stock gestochen. Jedweder rührete sich, lief heraus, hinein und wieder heraus. Die Männer bewaffneten sich, die Weiber packten alles zusammen, und die Sachen häuften sich in Kiepen und Karren. Die ganze Bevölkerung der Vorstadt wollte sich nimmer auf ihre Hausgötter verlassen und strömte in die Stadt, in den Schutz der Mauern zurück; die Flößer, ohn ihre Kostüme, ohn ihre Masken abzulegen, mit Hörnern, Klauen, den Bauch vollgeschlagen, der als Gargantua, jener als Beelzebub, liefen, mit Hacken und Spießen bewaffnet, zu den Schanzen. Also eilends, daß, als die Vorhut der Herren von Vézelay vor den Mauern anlangte, die Brücken hochgezogen und auf der anderen Seite des Grabens nur noch ein paar arme Teufel zurückgeblieben waren, so nichts nicht zu verlieren hatten und sich darumb nicht weiter beeilet hatten, in Sicherheit zu kommen, und der König der Gehörnten, unser Freund Pluviaut, der, von seinem Gefolge vergessen, dick und rund wie Noah und bis an den Hals vollgesoffen, auf seinem Esel schnarchte, des Schwanz er in der Hand hielt.

Solchermaßen erkennet man, was für Vorteile man hat, so man sich Franzosen als Feinden gegenüberfindet. Die anderen Tölpel, Deutsche, Schweizer oder Engländer, so ihr Begriffsvermögen an der Leine hinter sich dreinziehen und zu Weihnachten verstehen, was man ihnen zu Allerheiligen erzählt, hätten gemeinet, man treibe seinen Spaß mit ihnen; und ich hätt für die Haut des armen Pluviaut keinen Pfifferling gegeben. Indes, unter unseren Landsleuten versteht man sich mit halben Worten. Woher man auch kommt, aus Lothringen, aus der Touraine, Leute aus der Champagne oder aus der Bretagne, Gänse aus Beauce, Esel aus Beaune oder Hasen aus Vézelay, ob sie sich verprügeln, ob sie einander totschlagen, ein guter Witz bleibt für jedweden frisch-fröhlichen Franzosen allzeit ein guter Witz.

Beim Anblick unseres Silen lachte das ganze feindliche Lager – mit Mund und Nase, mit Kehle und Kinn, mit Herz und Bauch. Und, beim heiligen Rigobert, als wir sie so lachen sahen, dröhnete auch bei uns das Gelächter los, all unsere Schanzen entlang. Alsdann tauschten wir über die Gräben hinweg gutlaunige Grobheiten nach Art des Ajax und des Trojaners Hektor aus. Aber unsere waren bei weitem die sanftigeren. Ich möchte sie wohl niederschreiben, aber ich habe keine Zeit dazu. Ich werde sie (Geduld!) dermalen noch niederschreiben in einer Sammlung – seit zwölf Jahren arbeite ich daran – der besten Witze, Schnurren, Unflätigkeiten und Possen (es wär wirklich schade, wenn sie verlorengingen), die ich im Laufe meiner Pilgerfahrt durch dieses Jammertal gehört, gesagt oder gelesen habe. So ich nur daran denke, schüttelt's mir den Bauch, also daß ich beim Schreiben hab einen großen Tintenklecks gemacht.

Als wir genugsam geschrien hatten, hieß es nunmehr handeln (handeln nach ausgiebigem Reden ruht aus). Weder ihnen noch uns lag sonderlich an dem. Ihnen war der Streich mißlungen; wir waren in Sicherheit: sie hatten nicht die mindeste Lust, unsere Mauern zu erklimmen; man lief dabei allzusehr Gefahr, sich alle Knochen zu zerbrechen. Indes, es sollte da, koste es, was es wolle, etwas getan werden. Man verbrannte etliches Pulver, man vollführte einiges Gefarze: Na, willst du was? Ah, da hast du's! Es tat niemand Schaden, ausgenommen den Spatzen. Mit dem Rücken gegen die Mauer friedsam am Fuß unserer Brustwehr sitzend, harreten wir, bis daß der Pflaumenregen vorüber war, feuerten sodann unser Teil, doch ohn groß Zielens (man muß die Gefahr nicht allzusehr aufsuchen). Erst wann man ihre Gefangenen brüllen hörte, wagte man Umschau zu halten. Es waren gut ein Dutzend Männer und Frauen aus Béyant, männiglich der Reihe nach gen die Mauer gestellt, doch nicht mit dem Gesicht, sondern mit der Kehrseite; denen versetzte man eine ordentliche Tracht Prügel. Sie schrien, gleichwenn sie am Spieß steckten, wiewohl es so arg nicht war. Um uns zu rächen, marschierten wir in guter Deckung unseren Mittelwall entlang und ließen auf der Spitze unserer Piken Schinken, Zervelat- und Blutwürste über die Mauern hinabbaumeln. Da vernahmen wir das wutvolle und begehrliche Geschrei der Belagerer. Solches war uns ein wahrer Labetrunk; und um nur ja nichts davon zu verlieren (wann du einen guten Spaß hast, dann koste ihn bis zum letztlichen Tropfen aus!), setzten wir, als der Abend kommen war, unter dem klaren Himmel auf den Böschungen hinter der Mauer, als spanische Wand, Tische nieder, bedeckt mit Lebensmitteln und Flaschen. Wir schmauseten unter großem Getös, sangen, stießen an und ließen die Fastnacht leben. Die anderen wollten vor Wut schier aus der Haut fahren. Also verging der Tag gar annehmlich ohn allzuviel Unheil; abgesehen davon, daß einem der Unsern, dem dikken Aff, dem Pousseaux, der in seinem Rausch, um sie zu hänseln, durchaus wollt mit dem Glas in der Hand auf der Mauer spazierengehen, durch eine Muskete Kopf und Glas zu Brei zermalmt wurden. Wir unsererseits schossen dafür einen oder zwei der ihren ab, aber derhalben ward weder unser Gemüt erhitzet noch unser Durst gekühlet. Kein Fest, das weiß man ja, ohn ein paar Scherben.

Chamaille wartete den Anbruch der Nacht ab, um die Stadt zu verlassen und nach Hause zurückzukehren. Wir hatten gut reden und ihm sagen:

«Freund, du riskierst allzuviel. Warte lieber, bis die Geschichte ihr End hat. Gott wird sich deiner Beichtkinder gewißlich annehmen.»

Er antwortete: «Mein Platz ist unter meinen Schafen. Ich bin der Arm Gottes, und wann ich fehle, ist der Herrgott ein Einarmiger. Solches darf mitnichten geschehen, solange ich da bin, das schwöre ich.»

«Ich glaub's, ich glaub's», sagte ich. «Du hast es bewiesen, als die Hugenotten deinen Kirchturm belagerten und du ihren Hauptmann Papiphage mit einem großen Baustein niederschlugst.»

«Er war baß erstaunt darob, der Ungläubige!» sagte er. «Und ich war es gleichermaßen. Ich bin ein guter Kerl und sehe ungern Blut fließen. Es ist schauderhaft. Aber weiß der Teufel, was über einen kommt, wenn man sich unter lauter Tollhäuslern befindet! Man wird zum Wolf.»

Ich sagte: «Wohl, wohl, man braucht nur in der großen Masse zu stecken, um seinen gesunden Menschenverstand zu verlieren. Hundert Weise machen einen zum Narren und hundert Schafe zum Wolf... Aber sag mir an, Pfarrer, da wir just davon sprechen, wie vereinst du diese zwiefache Moralitas – die vom einzelnen Menschen, so sich mit seinem Gewissen freundwillig auseinandersetzet und für sich und die anderen den Frieden will, und jene andere Lehre der Menschenmassen, der Staaten, so aus Krieg und Verbrechen eine Tugend machen? Welche stammt von Gott?»

«Eine schöne Frage, zum Teufel! – Alle beide. Alles kommt von Gott.»

«Dann weiß er nicht, was er will. Doch mich bedünket viel eher, er weiß es wohl, aber vermag nichts dagegen. Hat er nur mit dem einzelnen Menschen zu tun, so ist es leichtlich, da wird's ihm schon gelingen, sich Gehorsam zu erzwingen. Aber wenn der Mensch in Massen auftritt, gibt Gott klein bei. Nun ja, was kann ein einzelner wider alle! Alsdann ist der Mensch der Erde, seiner Mutter, ausgeliefert, und die haucht ihm ihren irdisch-fleischlichen Geist ein... Erinnerst du dich noch der Mär, so man sich erzählt von den Menschen, die an manchen Tagen zu Wölfen werden und darnach wieder menschliche Gestalt annehmen? Unsere alten Mären wissen mehr davon als dein Brevier, Herr Pfarrer. Im Staat nimmt jeder Mensch seine Wolfsgestalt wieder an. Und die Staaten, die Könige und ihre Minister, haben gut sich als Schäfer verkleiden und sich, diese Betrüger, Vettern des großen Schäfers, des deinen, des Guten Hirten, nennen. Sie sind dennoch insgesamt Luchse und Stiere, sind nur Rachen und Bauch, so nichts nicht völlig zu füllen vermag. Und warum? Um den ungeheuren Hunger der Erde zu stillen.»

«Du redest irre, du Heide», sagte Chamaille. «Die Wölfe kommen von Gott, wie alles übrige. Er hat alles zu unserem Besten geschaffen. Weißt du nicht, daß es Jesus war, der, wie man sagt, den Wolf erschuf, um den Kohl, so im Garten der Heiligen Jungfrau Maria wuchs, gegen Ziegen und Böcke zu schützen? Er tat recht. Beugen wir unseren Willen vor ihm. Wir beklagen uns allweil über die Starken, aber, lieber Freund, wann die Schwachen Könige würden, wäre es noch viel ärger. Daraus folget: Alles ist gut, Wölfe und Schafe. Den Schafen tun die Hunde not, auf daß sie bewacht werden, und die Wölfe brauchen die Schafe, sintenmalen man wohl essen muß... Und damit gehe ich, lieber Colas, meinen Kohl hüten.»

Er raffte seine Soutane, ergriff seinen Stock und ging in die mondlose Nacht hinein, nachdem er mir mit beweglichen Worten Madelon anvertraut hatte.

Die folgenden Tage waren minder kurzweilig. Wir hatten am ersten Abend, ohne jede Berechnung aus Völlerei, Prahlerei und Törichtheit dämisch verschwendet. So waren unsere Vorräte mehr denn angegriffen. Nunmehr hieß es den Leibgurt enger schnallen. Man tat es, aber man prahlte noch immer. Als die Würste vertilgt waren, fabrizierte man neue aus Därmen, so mit Kleie gefüllt waren, aus Stricken, so man in Teer tauchte, auf daß man den Feind narre. Aber ach, er wurde der Tücke gewahr. Eine Kugel schnitt die eine Wurst mitten durch, und wer lachte nun am meisten darob? Gewißlich nicht wir. Als diese Elenden sahen, wie wir von der Mauer herab im Fluße fischten, kamen sie, uns völlig zugrunde zu richten, auf den Einfall, oberhalb und unterhalb der Schleusen große Netze aufzustellen, um den Braten abzufangen. Vergebens vermahnte unser Erzbischof sie als schlechte Christen; sie sollten uns die Fasten halten lassen. In Ermangelung der mageren Speise blieb uns nichts anderes übrig, als von unserem eigenen Fett zu zehren.

Wir hätten zweifellos den Herrn von Nevers um Hilfe angehen können, indes, wir hatten es, um die Wahrheit zu sagen, nicht überaus eilig damit, seine Truppen wiederum zu beherbergigen. Es kam uns minder teuer, den Feind vor den Mauern zu haben als die Freunde innerhalb ihrer. Solange man vermochte, ohne sie fertig zu werden, schwieg man; das war besser so. Und der Feind seinerseits war verständig genug, mitnichten nach ihnen zu verlangen. Man zog es vor, sich zu zweien zu verständigen, ohne einen Dritten. Man eröffnete also sonder Eile die Verhandlungen. Und mittlerweile führte man in beiden Lagern ein mäßiges, ordentliches Leben, ging früh zu Bett, stand spät auf, spielte den ganzen Tag mit Kegeln und Korken, gähnte aus Langweile noch mehr denn aus Hunger und schlief so viel und so trefflich, daß man ohngeachtet allen Fastens dicker wurde.

Man bewegte sich so wenig wie möglich, aber es war ein schwer Stück, die Kinder ruhig zu halten. Diese allzeit umherlaufenden, schreienden, lachenden Schlingel voll Bewegung hörten nicht auf, sich in Gefahr zu begeben, dieweil sie auf die Mauern kletterten, den Belagerern die Zunge bleckten, sie mit Steinwürfen traktierten; sie hatten eine Artillerie von Spritzen aus Holunder, Schleudern aus gespaltenen Stöcken und Bindfaden: Piff, paff – da hast du was! Das saß! Und unsere Äffchen schrien schier vor Lachen. Voller Wut schworen die so Gesteinigten, ihnen den Garaus zu machen. Man rief uns zu, der erste, so die Nasenspitze über die Mauer recke, sollt erschossen werden. Wir sagten zu, auf sie aufzupassen; indes, wir hatten gut unsern Buben eins auswischen, sie bei den Ohren nehmen und sie mit erschrecklicher Stimme bedrohen, immer schlüpften sie uns durch die Finger. Und das ärgste war (ich zittere noch, wann ich daran denke), daß ich eines schönen Abends einen Schrei vernehme: das war Glodie (ei, wer hätte das gedacht!), dieses stille Wasser, diese kleine Scheinheilige, ach, die Schelmin, mein süßer Schatz – sie war's, die just von dem Abhang in den Graben gepurzelt war. Guter Gott! Ich hätt sie ordentlich verwichsen sollen! Mit einem Sprung war ich auf der Mauer, und, darüber gebeugt, sahen wir männiglich hinab. Wann der Feind uns zur Zielscheibe hätt gewollt, er hätte leichtes Spiel gehabt. Aber gleich uns betrachtete auch er auf dem Grund des Grabens meinen Liebling, der (gelobt sei die Heilige Jungfrau!) sanft und weich wie ein Kätzlein hinabgerollt war und, ohn sich weiter zu erschrecken, auf dem blumenbesäten Gras saß, den Kopf zu den Köpfen hob, so sich von beiden Seiten zu ihr niederbeugten, ihnen zulächelte und ein Sträußlein pflückte. Auch ihr lachten alle zu. Der edle Herr von Ragny, der feindliche Kommandant, verbot, daß man dem Kind irgendein Leids antue, und er, der wackere Mann, warf ihm gar seine Zuckerdose zu.

Indes, dieweil man noch mit Glodie beschäftigt war, hatte sich Martine (bei den Frauen gibt's allweil Überraschungen), um ihr Schäflein zu retten, ohn zu überlegen, laufend, gleitend, kugelnd gleicherweis den Abhang hinabpurzeln lassen; den Rock bis über den Kopf hochgeschlagen, zeigte sie allen Belagerern tapfer ihre östliche und ihre westliche Hälfte des Globus, die vier Kardinalpunkte des Firmaments samt dem strahlenden Himmelsstern. Ihr Erfolg war durchschlagend. Sie aber nahm ohne jedwede Scheu ihre Glodie, küßte sie und klapste sie.

Jedoch ein Soldat, von all den Reizen verzücket, hörete nicht auf seinen Feldherrn, sprang in den Graben und stürzte in vollem Laufe auf sie zu. Sie wartete. Wir warfen ihr von unserem Wall aus einen Besen zu. Sie packte ihn und ging tapfer auf den Feind los, und klitsch, klatsch, pitsch, patsch gab sie's ihm. Der Liebhaber bekam's mit der Angst und machte sich flugs aus dem Staub. Hurra, Sieg, Sieg! Die Heldin samt dem Kind wand man unter dem Gelächter der beiden Lager wieder heroben. Ich selbsten zog, stolz gleichwie ein Pfau, an dem Strick, an dessen Ende mein tapferes Weiblein emporkam, indes sie dem Feind von fern zeigte den Abendstern.

Noch eine Woche lang ließ man die Verhandlungen weitergehen. (Alle Gelegenheiten zum Schwatzen sind willkommen.) Letztlich brachte uns die falsche Zeitung vom

Anrücken des Herrn von Nevers ins Einvernehmen, und die Verständigung vollzog sich, summa summarum, recht wohlfeil: Wir versprachen den Vézelayern den Zehnten unserer nächsten Weinernte. Man hat gut versprechen, was man nicht hat, was man erst haben wird... Kann sein, man wird nie nichts haben; und bis derzeit wird jedenfalls gar viel Wassers zu Tal laufen und viel Wein durch unsere Kehle.

Auf beiden Seiten waren wir also wohl zufrieden miteinander und mit uns selbst noch mehr. Doch kaum waren wir dem Wolkenbruch entgangen, kamen wir aufs neue in den Regen. Just in der Nacht, die auf den Vertragsschluß folgte, erschien ein Zeichen am Himmel. An die zehn Uhr kam es hinter dem Bergrücken von Sembert, allwo es versteckt war, herfür, glitt gleich einer Schlange bis an die Sternenwiese heran und dehnte sich gegen Saint-Pierre-du-Mont hin. Es sah aus wie ein Schwert, des Spitze eine Fackel darstellte, von der Rauchzungen ausgingen. Und den Griff hielt eine Hand, deren fünf Finger in brüllenden Köpfen endeten. Am Ringfinger vermochte man eine Frau zu unterscheiden, der flatterten die Haare im Wind. Und die Breite war am Schwertgriff just eine Spanne, an der Spitze sieben oder acht Linien. In der Mitte aufs Haar drei Linien und zwei Zoll, und die Farbe war wie Blut, blauviolett und geschwollen wie eine Seitenwunde. Unsere Köpfe waren insgesamt mit offenem Mund gen Himmel erhoben; man hörte die Zähne klappern. Und beide Lager fragten sich, wer von beiden wohl mit der Voraussage gemeint sei. Und wir waren männiglich der Meinung, es gelte den andern. Desohngeachtet überlief uns eine Gänsehaut. Mich ausgenommen, ich blieb ohn Fürchtens. Es muß gesagt werden, daß ich nichts gesehen hatt, ich war um neun Uhr zu Bett gegangen. Also hatt ich getan dem

Rat des Kalenders zufolge, denn der bezeichnete dies Datum als wohl geeignet, Medizin zu nehmen. Und allwo immer ich just sein mag, ich beiße in den sauren Apfel ohn Widerredens; denn der Kalender ist für mich gleichwie das Evangelium. Aber dieweil man mir alles erzählte, so ist es, als hätt ich's alles gesehen, also schrieb ich's auch nieder.

Wann der Friede war unterzeichnet, da hielten Freund und Feind ein Festmahl. Und sintemalen mittlerweil die Mittfasten kommen war und das Fasten unterbrochen wurde, tät man sich überaus gütlich. Aus den benachbarten Dörfern erschienen, unsere Befreiung zu feiern, sowohl Eßwaren als Esser die Hülle und Fülle. Das war ein schöner Tag. Längs der Wälle waren die Tische gedeckt. Da trug man drei junge Wildschweine auf, so im ganzen gebraten und mit einer würzigen Farce aus Frischlingsklein und Reiherlebern gefüllt waren. Duftende Schinken, mit Wacholderzweigen, mit Knoblauch und Lorbeerblatt gewürzt; Würstchen und Kutteln, Hechte und Weinbergschnecken; Fettdarm, schwarzen Hasenpfeffer, der einen, noch eh man daran rührte, durch den Duft berauschte, und Kalbsköpfe, die auf der Zunge zerschmolzen; und feurige Büsche gepfefferter Krebse, die einem die Kehle verbrannten, und darnach, um sie wieder zu beruhigen, Salate in Essig mit kleinen Zwiebeln und herrliche Humpen voll unseren Gewächsen aus La Chapotte, Mandre und Vaufilloux; und als Nachtisch frische, kernige Dickmilch, die sich zwischen Zunge und Gaumen zerdrückte, und Biskuits, mit denen man ein volles Glas auf einmalen auswischen konnte wie mit einem Schwamm.

Keiner von uns wich von der Stelle, solang noch etwas Eßbares übrig war. Gelobt sei Gott, der uns das Vermögen gegeben hat, in so kleinen Raum wie unseren Magensack den Inhalt so mannigfacher Flaschen und Schüsseln einzustopfen! Fürnehmlich schon war der Ritterkampf zwischen dem Eremiten Kurzohr von Sankt Martin aus Vézelay (den die Vézelayer den großen Entdecker nennen, maßen er, wie man sagt, als erster bemerkt hat, daß ein Esel nicht schreien kann, so er den Schwanz nicht hochhält) und dem unsrigen (ich sage nicht Esel), also unserem Hennequin, der behauptet, er müsse dereinst einmal ein Hecht oder ein Karpfen gewesen sein, solch einen Widerwillen habe er gegen das Wasser; zweifellos habe er in seinem dermaligen Leben allzuviel davon getrunken. Kurzum, wann wir, Vézelayer und Clamecyer, von Tisch aufstunden, hatten wir viel größer Achtung voreinander denn zu Beginn des Mahls: beim Essen lernt man, was ein Mann wert ist. Wer zu schätzen weiß, was gut schmeckt, den hab ich gern, der ist ein guter Burgunder.

Letztlich, auf daß wir noch herzlicher vereinet würden – wir befaßten uns just mit der Verdauung unseres Mahles –, erschienen die Verstärkungen, die der Herr von Nevers zu unserem Schutz sandte. Wir lachten gar sehr; und unsere beiden Lager ersuchten sie überaus höflich, sich wieder davonzumachen. Sie wagten keinen Widerspruch und entfernten sich schier verdutzt, gleich Hunden, die von Schafen bewachet werden. Dann umarmten wir einander und sagten: «Gar dumm waren wir, uns zum Vorteil unserer Hüter zu schlagen! So wir keine Feinde hätten, würden sie weiß der Teufel Feinde erfinden, uns verteidigen zu können. Ergebensten Dank! Gott schütze uns vor unseren Beschützern! Wir werden uns gewißlich allein schützen. Ja, hätten wir armen Schafe uns nur wider die Wölfe zu verteidigen, wir wollten sie uns wohl vom Hals halten! Wer aber hütet uns vor dem Hirten?»

Der Pfarrer von Brèves

Anfang April

Alsobald die Wege von jenen lästigen Besuchern gesäubert waren, da beschloß ich ohn fürderes Zögern, meinen Freund Chamaille in seinem Dorf aufzusuchen. Ich war nicht sonderlich besorgt, was aus ihm geworden sein möge. Mein Pfarrer Pfiffikus weiß sich zu verteidigen! Aber desohngeachtet ist man geruhiger, so man den fernen Freund mit eigenen Augen hat gesehen... Und überdies mußt ich mir die Beine ein weniges vertreten.

Ich machte mich also, ohn jemand etwas davon zu sagen, auf den Weg und ging pfeifend am Ufer des Flusses dahin, so sich am Fuß der bewaldeten Hügel hinzieht. Auf den jungen Blättlein perlten die Tropfen eines segensreichen leichten Regens, Frühlingstränen, die für ein paar Augenblicke aufhörten und dann geruhig begannen, von neuem zu fließen. Im Hochwald miaute ein verliebtes Eichkätzlein. Auf den Wiesen schnatterten die Enten. Die Meisen sangen aus voller Kehle, und der kleine Specht vollführte sein Tick-tack.

Unterwegs entschloß ich mich, Rast zu machen, um meinen andern Freund, Meister Paillard, den Notar von

Dornecy, abzuholen: gleichwie die Grazien, so sind auch wir nur zu dritt wahrhaft vollkömmlich. Ich fand ihn in seinem Studierzimmer, auf seinen Konzeptbogen kritzelnd, was Wetters just sei, was er geträumt hätt und seine Ansichten über Politik. Neben den *De legibus* war aufgeschlagen das Buch der *Prophezeiungen des Nostradamus*, so ihm zur Seite lag. So man sein Leben lang im Haus, im warmen Zimmer hocken mußte, rächt sich die Seel und wandert desto lieber davon, durchs Tal des Traumes und durch das schattige Dickicht der Erinnerung. Und maßen sie die runde Weltmaschine nicht selbst kann drehen, liest sie in der Zukunft, was mit der Welt noch mag geschehen. Alles ist vorherbestimmt, heißt es; ich glaube es wohl, doch ich gestehe, mir ist niemalen gelungen, die Zukunft in den *Centuries* zu lesen, bevor sie erfüllt war.

Alsobald der gute Paillard meiner ansichtig wird, erglänzte sein Antlitz vor heller Lust, und das Haus erdröhnte von unten bis oben ob des Getöses unseres Wiedersehens. Mir ist es allweil ein Ergötzen, den rundlichen kleinen Mann zu betrachten: das Gesicht pockennarbig, die Backenknochen breit, die Nase gerötet, die faltigen Augen gar lebhaft und listig blickend, wann er mit verdrießlicher Miene über die Zeitläufte und Menschen brummt und im Grund der Seel doch gar gutlaunig ist, an allem seinen Spott hat und überdies ein größerer Possenreißer ist denn ich selbsten. Seine liebste Verlustierung ist, euch mit gestrenger Mien etwelche ungeheuerlichen Flausen an den Kopf zu werfen, indes er Komus und Momus anruft und ihr Loblied anstimmt. In seiner Freud, mich zu sehen, hielt er meine Hände zwischen seinen dicken, steifen Pfoten; die sind aber, gleichwie er selbst, pfiffig und verteufelt geschickt beim Handhaben der Instrumente, beim Feilen, Beschneiden, Binden und Tischlern. Alles in seinem Haus hat er selbsten gemacht; insgesamt ist es wohl nicht schön, doch es stammt von ihm; und ob schön, ob häßlich, es ist sein Ebenbild. Um nicht aus der Gewohnheit zu kommen, klagte er wiederum dieserhalb und jenerhalb; und ich, aus Widerspruch, lobte dies und jenes als gar trefflich. Er ist nämlich der Doktor Umsoschlimmer und ich der Umsobesser: das ist unser Spiel. Er brummte gegen seine Klienten, und man muß wahrlich sagen, daß sie nicht sonderlich Eifer bezeigen, ihn zu bezahlen; denn etliche ihrer Schulden stehen nunmehr 35 Jahre an, und wenngleich es ihm anliegt, so ist er nicht eilends, sie einzutreiben. Die übrigen, so sie überhaupt bezahlen, tun es bei Gelegenheit, wenn sie just daran denken, in Naturalien: ein Korb Eier, ein paar Hühner. So ist der Brauch, und sie wollten es kränkend schelten, dafern er sein Geld forderte. Er murret derhalben, aber läßt sie gewähren, und ich meine, an ihrer Stelle tät er's gleicherweis machen.

Zu seinem Glück ist ihm sein eigen Hab und Gut genug. Ein schönes, rundes Vermögen, was ihm Zins eintraget! Als alter Hagestolz, der den Weibern nicht nachstellet, ist es ein geringes, des er bedarf, und für die Annehmlichkeiten der Tafel hat die Natur bei uns gesorgt. Auf unseren Feldern ist der Tisch gedeckt; unsere Weinberge, unsere Obstgärten, unsere Fischweiher, unsere Kaninchenställe sind übervolle Speisekammern. Am meisten gibt er aus für seine Schmöker, die er mit Fleiß zeigt, jedoch nur von fernem (dieweil der Kerl nicht gern leihet), und für seine Schrulle, den Mond (Schäker) mit Ferngläsern, so erst kürzlich aus Holland gekommen sind, zu betrachten. Er hat sich auf seinem Boden im Dach zwischen den Schornsteinen eine wacklige Plattform errichtet, von der beobachtet er mit ernstlicher Miene das sich drehende Himmelsgewölbe. Und er müht sich, ohn allzuviel davon zu verstehen, die Urgründe unserer Schicksale draus zu enträtseln. Eigentlich glaubt er selbsten nicht daran, indes, er möchte gern daran glauben, und solches verstehe ich wohl. Es ergötzt ihn, von seinem Fenster die Lichter des Himmels vorbeistreichen zu sehen. So etwan, wie man auf der Straße die Jungfern, so vorbeiwandeln, betrachtet; man dichtet ihnen gar abenteuerliche Gefühle an, schier einen Roman, und ob wahr oder nicht wahr, jedenfalls ist es pläsierlich.

Wir diskurrierten des lang und breiten über das Wunder, das blutige Feuerschwert, so vier Nächte zuvor in den Wolken geschwungen ward. Jeder erklärte das Zeichen seiner Art gemäß. Und selbstverständlich behauptete jeder steif und fest, daß alleinig seine Ausdeutung die rechte sei. Jedoch am Ende entdeckten wir einander, daß keiner von uns das mindeste gesehen hätt. Denn an jenem Abend hatte mein Astrolog vor seinem Instrument ein Schläflein gehalten. Im Augenblick, da man nicht mehr alleinig als Dummer dasteht, findet man sich damit ab. Wir taten es fröhlichen Herzens.

Und wir verließen das Haus mit der festen Vorsetzung, dem Pfarrer keine Beichte deshalben abzulegen. Wir durchquerten die Felder, betrachteten eingehend die frischen Knospen, die rosigen Schößlinge der Sträucher, die Vögel, so ihr Nest bauten, und über der Ebene einen Sperber, der am Himmel gleich wie ein Rad seine Kreise rollte. Voll Lachens redeten wir von dem Possen, den wir vorzeiten einmalen Chamaille gespielt hatten. Mondelang hatten wir, Paillard und ich, Blut und Wasser geschwitzt, dieweil wir einer dicken Amsel im Käfig ein Hugenottenlied eindrilleten. Darnach hatten wir sie in den Garten unseres Herrn Pfarrers losgelassen. Darinnen gefiel es ihr so wohl, daß sie sich tät zum Lehrer der anderen Dorfamseln aufschwingen. Und Chamaille, der durch solchen Choral gestört ward, wenn er sein Breviarium las, bekreuzigte sich, fluchte, vermeinte, der Teufel sei in seinem Garten losgelassen, vollführte eine Beschwörung wider ihn und schoß letztlich voller Wut, hinter dem Fensterladen verborgen, den bösen Geist ab. Vollkömmlich ließ er sich indes nicht von ihm nasführen; denn als er den Teufel getötet hatte, verspeisete er ihn.

Also im Plaudern langten wir an.

Brèves schien zu schlafen. Die Häuser an der Landstraße gähneten mit ihren offenen Türen der Frühlingssonne und denen, die vorübergingen, ins Gesicht. Kein menschlich Antlitz war sichtbar, ausgenommen auf dem Rand eines Grabens der Hintern eines kleinen Jungen, der sich Luft verschaffte und Wasser ließ. Aber je näher Paillard und ich auf dem Weg, der mit Stroh und Kuhmist bestreut ist, der Dorfmitte kamen, einander untergefaßt und fröhlich schwatzend, um so lauter vernahmen wir ein Summen gleichwie von einem aufgeschreckten Bienenschwarm. Und wann wir auf den Kirchplatz heraustraten, fanden wir ihn voll von Menschen, die gebärdeten sich wild, schwatzten und schrien aufgeregt. Mitten darin, auf der Schwelle der halbgeöffneten Gartentür des Pfarrhauses, stund Chamaille, krebsrot vor Zorn, brüllte und zeigte seinen Pfarrkindern männiglich die geballten Fäuste. Wir versuchten zu verstehen, indes wir unterschieden nichts denn ein Durcheinander von Stimmen:

«...Raupen und Räupchen... Maikäfer und Feldmäuse... Cum spiritu tou...»

Und schrie Chamaille: «Nein, nein, ich werde nicht gehen.»

Und die Menge: «Potz, Herrgott, bist du unser Pfarrer? Antworte! Ja oder nein? Wenn du es bist (und du bist es), dann mußt du uns gewißlich zu Dienst sein.»

Und Chamaille: «Ihr Halunken! Ich diene Gott, doch nicht euch.»

Das war ein schöner Spektakel! Um eine Ende zu machen, warf Chamaille seinen Beichtkindern die Tür vor der Nase zu. Hindurch die Stäbe des Gitters sah man ihn noch mit beiden Händen heftige Gebärden vollführen; die eine streute dabei, gemäß der Gewohnheit, voll Salbung den Segensregen auf sein Volk hernieder. Noch ein letztes Mal erschien sein rundes Bäuchlein und sein breites Gesicht am Fenster seines Hauses, und dieweil er sich inmitten des Geschreis kein Gehör verschaffen konnte, gab er's ihnen wütig mit einer langen Nase zurück. Darnach hatten sie nur noch geschlossene Fensterladen und die zugeschlagene Tür vor sich. Die Schreier wurden müde, der Platz leerte sich, und wir vermochten endlich, hinter den nunmehr dünn gesäten Gaffern vorbeischlüpfend, an Chamailles Tür zu pochen. Wir pochten gar lange. Der Dickkopf wollte nicht aufmachen.

«Heda, Herr Pfarrer!»

Wir hatten gut rufen (wir verstellten unsere Stimmen, um einen Spaß zu haben): «Meister Chamaille, seid Ihr da?»

«Zum Teufel, ich bin nicht zu Hause!» Und da wir darauf bestanden: «Wollt ihr euch wohl von hinnen machen! So ihr meine Tür nicht freigebt, ihr verdammten Hundsfött, werde ich euch eine gar schöne Taufe verabreichen.»

Schier hätte er seinen Nachttopf über uns ausgeleert. Wir schrien: «Chamaille, nimm zum mindesten Wein!»

Bei diesen Worten legte sich wie durch ein Wunder der Sturm. Rot gleichwie eine Sonne beugte sich das gute Gesicht von Chamaille, vor Freude strahlend, herunter.

«Potz Kerlchen! Breugnon, Paillard, ihr seid es? Da hätte ich ja was Schönes angerichtet! Ei, ihr verfluchten Possenreißer! Was habt ihr denn nichts nicht gesagt?»

Hals über Kopf stolperte unser Mann nun seine Stiege herunter.

«Herein, nur herein! Seid gesegnet! Ach, laßt euch umarmen, liebe Leute. Was ist mir wohl, wiederumb menschliche Gesichter zu sehen nach all diesen Fratzen! Habt ihr den Tanz, den sie da aufgeführt haben, miterlebt? Lasset sie tanzen, soviel sie mögen, ich rühre mich nimmer. Kommt herauf und laßt uns eins trinken. Ihr seid gewißlich sehr erhitzt. Da verlangen sie, ich solle mich samt den heiligen Sakramenten ins Freie begeben. In Bälde wird es regnen. Der liebe Gott und ich, wir werden ja genässet bis auf die Knochen. Stehen wir etwan in ihren Diensten? Bin ich ein Gutsknecht? Wollen den Mann Gottes gleichwie einen Bauernlümmel behandeln! Die Gauner! Ich bin bestellt, ihrer Seelen zu warten, indes nicht ihrer Felder.»

«Na aber», fragten wir, «was erzählst du uns gar? Mit wem, zum Teufel, schmälst du also?»

«Kommt herauf, kommt, kommt», sagte er. «Hie oben haben wir's annehmlicher. Aber vorerst müssen wir eins trinken. Ich kann nimmer, ich ersticke schier! – Was sagt ihr zu diesem Wein? Gewißlich nicht der schlechteste, was? Wollt ihr glauben, Freunde, daß diese Kerle die Anmaßlichkeit hatten und verlangten, ich solle von Ostern ab tagtäglich den Feldsegen erteilen? Warumb nicht gar vom Dreikönigstag bis zur Beschneidung des Herrn? – Und das alles um etlicher Maikäfer willen!»

«Maikäfer!» sagten wir. «Sicher sind dir noch ein paar zu Nutz und Fromm verblieben. Du redest irr, Chamaille.»

«Ich rede mitnichten irr», rief er aufgebracht. «Ei, solches ist wahrlich zu arg! Ich bin das Schießziel all ihrer Narrheiten, und nun soll ich es sein, der da närrisch ist.»

«Wohlan, so erkläre dich deutlich, wie ein gesetzter Mann.»

«Ihr bringet mich noch in die Höll», sagte er, sich voller Zorn den Schweiß wischend. «Soll ich gar ruhig bleiben, wann man uns, mir und Gott, Gott und mir, den lieben langen Tag zusetzet, wir möchten uns ihrer Grillen annehmen? Also hört. (Uff, ich werde noch ersticken, das ist gewiß!) Diese Heiden, die sich den Kuckuck um das ewige Leben bekümmern und ihre Seelen nicht mehrer waschen denn ihre Füß, verlangen von ihrem Pfarrer sowohl Regen als schönes Wetter. Ich soll der Sonne und dem Mond befehlen: Ein wenig Wärme, ein kleiner Regen, genug, allzuviel ist ungesund, ein bißchen sanfter, milder, verschleierter Sonnenschein, ein leichtes Windlein, führnehmlich keinen Frost, noch einen kleinen Regenschauer, Herr, für meinen Weinberg; halt, genug gepinkelt; jetzo das Feuer zum andern Malen ein weniges anblasen... Wann man diese Erzschelme hört, sollte man meinen, der liebe Gott hätt nichts Besseres zu tun, als unter der Peitsche ihrer Gebete des Gärtners Esel spielen, so, an seinen Mühlstein gebunden, das Wasser emporschafft. Überdies (das ist das schönste!) vermögen sie sich selbander nicht zu einigen: der eine will Regen, wann der andere Sonnenschein verlangt. Und da holen sie dann die Heiligen zu Hilfe! Es sind ihrer siebenunddreißig da droben, die Regen bringen. Allen zuvor marschiert, die Lanze in der Faust, der große Wasserbrunzler Sankt Medardus. Auf der anderen Seite sind es nur zween: Sankt Raimundus und Sankt Theodorus, so das Gewölk zerwehen. Es kommen aber zur Verstärkung noch Sankt Blasius, der Windverjager, Christophorus, der Hagelschützer, Valerius, der Gewitterschlucker, Aurelius, der Donnerzerteiler, und Sankt Clarus, so das klare Wetter macht. Bereits im Himmel herrscht Uneinigkeit. Die hohen Persönlichkeiten männiglich verprügeln sich untereinand. Die heilige Susanna, Helene und Scholastika kriegen sich gar bei den Schöpfen. Der liebe Gott weiß nimmer, welchem Heiligen er soll Vertrauen schenken. Und wenn Gott es nicht weiß, was soll sein Pfarrer davon denken? Der arme Pfarrer! Schließlich ist das nicht meine Sache. Ich bin nur bestellt, die Gebete zu übermitteln. Was er damit tut, ist Sache des Meisters. Auch wollt ich nichts sagen (wiewohl mir, unter uns, dieser Götzendienst zuwider ist... Liebster Herr Jesus, bist du gar vergebens gestorben?), sofern diese Schalksnarren mich nicht immer in die himmlischen Streitigkeiten verwickeln wollten. Indes (diese Tollköpfe!) möchten sie gar meiner und des Kreuzes sich als eines Talismans bedienen wider jedwedes Ungeziefer, so ihre Felder zerfrißt. Da ist's einmalen der Ratten halber, die das Korn in den Scheunen benagen: Prozessionen werden veranstaltet, Beschwörungen, Gebete zu Sankt Nikasius; 's ist ein eisiger Dezembertag, der Schnee lieget hoch bis an den Rücken, mir trägt's einen Hexenschuß ein. Zu anderen Malen wegen der Raupen: Gebete zu Sankt Gertrud, Prozessionen; dieses war im Märzen; Hagel, geschmolzener Schnee, eisiger Regen, ich kriegte eine Verkühlung, seit der ich alleweil huste. Heute die Maikäfer; noch eine Prozession! Da müßte ich ihre Weinberge der Reihe nach visitieren (bleierne Sonnenhitze, dicke Wolken, blauschwarz wie Fliegen, ein Gewitter drohet, ich käme mit einem hitzigen Schnupfen zurück) und dabei die Bibelsprüche absingen: ‹Ibi ceciderunt Unheilstifter, atque expulsi sunt und haben nicht stare können...› Aber ich, ich würde selber ausgetrieben! – ‹Ibi cecidit Baptiste Chamaille, sag dulcis, Pfarrer›... Mir ist's wahrlich nicht so eilig. Am Ende wird man auch der besten Späße überdrüssig. Ist es mein Sach, wenn's beliebt, ihre Felder abzuraupen? Wann die Maikäfer sie stören, mögen sie sich selbsten entmaikäfern, die Faulpelze! Hilf dir selbst, dann hilft dir Gott. Das wäre wohl gar bequem, die Arme zu schränken und zum Pfarrer zu sagen: Tue dies, tue jenes! Ich tue, was Gott und mir wohlgefällig ist: ich trinke. Ich trinke. Tuet ihr desgleichen... Was sie betrifft, mögen sie mich belagern, soviel sie wollen. Ich kümmere mich dessen nicht, Brüder, und ich schwöre, sie heben ehester die Belagerung meines Hauses auf als ich meine Belagerung dieses selbigen Stuhles. Lasset uns trinken!»

Er trank schier erschöpft von seiner großen Verausgabung an Atem und Beredsamkeit. Gleich ihm erhoben wir unser Glas ober unserer Kehle und betrachteten da hindurch den Himmel und unser Schicksal, so uns gar rosig erschien. Etliche Minuten herrschte Schweigen. Nur Paillard schnalzte mit der Zunge, und in Chamailles dickem Hals machte der Wein gluck, gluck. Er trank in einem Zug, Paillard in kleinen Schlücklein. Chamaille machte: «Han!» und hob die Augen gen Himmel, wann der Strom zum Boden der Höhle gelangte. Paillard betrachtete sein Glas von oberhalb, von unterhalb, im Schatten und in der Sonne, schlürfte, zog den Duft durch die Nase, kurz, trank mit Augen und Nase gleich viel als mit dem Gaumen. Was mich belanget, so genoß ich zur selbigen Zeit Getränk und Trinker. Meine Fröhlichkeit wuchs mit der ihren und dieweil ich sie beobachtete: Trinken und Sehen gehören zusammen. Das ist ein königlicher Leckerbissen. Desohngeachtet leerte ich mein Glas gleich und gut. Wir hielten zu dritt trefflich miteinander Schritt: da gab's keine

Nachzügler! Aber, soll man's glauben, wann wir nachrechneten, war doch der, so mit einer guten Humpenlänge Vorsprung am Ziel war, der Herr Notarius.

Nachdem solcher Kellertau unsere Kehlen sanft genetzet und unserem irdischen Geist neuen Schwung verliehen hätt, erheiterten sich unsere Seelen und unsere Gesichter auch. An das geöffnete Fenster gelehnt, betrachteten wir gerührt und voller Begeisterung den jungen Frühling auf den Feldern, die helle Sonne auf den Spindeln der neu belaubten Pappeln. Tief im Tal die versteckte Yonne, so in den Feldern ihre Bogen zieht gleich einem jungen Hund, der da spielet. Von dorten stieg das Echo der Schlegel und der Wäscherinnen zu uns herauf und der schwatzenden, schnatternden Tauchenten. Der aufgeheiterte Chamaille kniff uns in den Arm und sagte:

«Wie schön lebt es sich in diesem Land! Der Herr des Himmels sei gelobt, dieweil er uns allesamt hier hat geboren sein lassen. Gibt es ein liebreizender, lachender, herzbewegender Land, irgendeins, das also lockend, saftig, strotzend und anmutig wäre? Es treibt einem die Tränen ins Aug. Man möcht es schier fressen, das Ländlein.»

Wir stimmten ihm nickend bei, als er unerwartet fortfuhr:

«Aber warumb, zum Teufel, hat er sich's da oben einfallen lassen, diese Viecher just in diesem Land zu verbreiten? Er tat recht daran, das versteht sich. Er weiß, was er tut; es geziemet , solches zu glauben... Aber ich gestehe, mir wäre lieber, er tät unrecht haben und meine Pfarrkinder wären männiglich beim Teufel oder wohin ihnen sonst das Herz stehet, bei den Inkas oder beim Großtürken. Mir sollt es eins sein, dafern sie nur anderenorts wären als eben hier.»

Wir sagten zu ihm: «Lieber Chamaille, sie sind allerorts die gleichen. Die einen wie die anderen! Was sollt das Wechseln frommen?»

«Nun wohlan», begann Chamaille von neuem, «dann sind sie geschaffen, nicht auf daß ich sie rette, hingegen auf daß ich durch sie gerettet sei, maßen sie mich zwingen, hier auf Erden schon alle meine Sünden abzubüßen. Ihr müßt mir beistimmen, Gevattern, da ist kein elendigerer Beruf denn der eines Landpfarrers, so sich im Schweiß seines Angesichts mühet, diesen stumpfsinnigen Einfaltspinseln die heiligen Wahrheiten in ihre harten Schädel zu trichtern. Man hat gut sie mit dem Lebenssaft der heiligen Evangelien nähren und ihren Kindern den Katechismus einflößen: kaum ist die süße Milch in der Kehle, kommt sie zur Nase wieder heraus. Für diese groben Kehlen braucht's gröberen Brei. Haben sie ein klein Weil an einem Ave gekaut, die Litaneien im Mund umhergewälzt oder, auf daß sie sich selbsten brüllen hören, Vesper und Kompletorium gesungen, so gelangt gleichwohl nicht ein einziges der heiligen Worte weiter denn bis in den Vorhof ihrer ausgedursteten Mäuler. Herz und Magen bekommen schier nichts nicht ab. Zuvor wie nachmalen verbleiben sie Heiden reinsten Wassers. Vergebens liegt uns an, seit Jahrhunderten die Genien und die Feen aus Feldern, Bächen, Wäldern zu rotten; vergebens blasen wir, also daß unsere Wangen und Lungen schier platzen, blasen selbige Fackeln der Hölle wieder und wiederumb aus, auf daß in der gar dunklen Nacht des Weltalls das Licht des wahrhaftigen Gottes möge allein sichtbar sein – niemalen hat man vermocht, diese Erdgeister, diesen scheußlichen Aberglaub, die Seel der irdischen Materie, abzutöten. Die alten Eichenstümpfe, die schwarzen Steine herbergen fürder diese Höllenbrut. Wie überaus viele haben wir schon zerbrochen, beschnitten, zermalmt, verbrannt, entwurzelt! Man müßte jede Erdscholle, jeden Stein, ja die ganze Erde Galliens, unserer Mutter, um und um drehen, um ihr letztlich die Teufel insgesamt, so ihr im Leib stecken, zu entreißen. Und gleichwohl würde es einem mitnichten gelingen. Diese verflixte Natur schlüpft einem durch die Finger: beschneidet man ihr die Klauen, wachsen ihr Flügel. Für jeden Götzen, so man tötet, erstehen zehn andere. Alles ist Gott, alles ist Teufel für diese Dummköpfe. Sie glauben an Wehrwölfe, an das weiße Pferd ohn Kopf und an die schwarze Henne, an die große Menschenschlange, an den Poltergeist und an die schwarzen Zauberenten... Aber sagt mir um alles in der Welt, was soll unter diesen vorsintflutlichen Ungeheuern, gleichsam der Arche Noah entsprungen, der sanfte Sohn der Maria und des frommen Zimmermanns?»

Meister Paillard antwortete: «Gevatter, man sieht den Splitter im Auge des Nächsten, indes nicht in seinem eigenen. Deine Beichtkinder sind närrisch, solches ist gewiß. Aber du, bist du etwan gesünder? Du solltest kein Wörtlein verlauten lassen, denn du machst es akkurat gleichwie sie. Sind deine Heiligen wohl mehrer wert denn ihre Kobolde und Feen? Nicht genug, daß da ein dreifacher Gott ist oder ein dreigeteilter und überdies noch eine Gottesmutter; da mußtet ihr im Göttersaal einen Haufen kleiner Götter, die einen in Hosen, die andern in Unterröcken, einquartieren, auf daß ihr jene ersetzet, die ihr zerbrochen, und die Nischen füllet, so ihr geleert hattet. Aber diese Götter, nein, beim ewigen Gott! Sie sind den alten nicht ebenbürtig. Man weiß nicht, von woher sie stammen, allerortens kriechen sie herfür, gleich den Schnecken, insgemein nicht schlecht gewachsen, von kleiner Herkunft, unflätig, verkrüppelt, schmutzig, mit Wunden und

Beulen bedeckt und von Würmern zerfressen; der eine zeiget seinen blutenden Stumpf vor oder weist auf seinem Schenkel ein eiterglänzend Geschwür; ein anderer trägt in seinem Haarschopf, zuoberst auf dem Kopf wohlgefällig eingedrückt, ein Hackmesser, dieser wandelt einher mit dem Kopf unterm Arm, jener schwenket gar stolz in den Fingern seine Haut, als wär's ein Hemd. Und man braucht gar nicht in solche Ferne zu gehen, Pfarrer, was soll man von deinem Heiligen sagen, von dem, der hier in deiner Kirche thront, dem Styliten Symeon, der vierzig Jahre lang hoch oben auf einer Säule einem Reiher gleich auf einem Bein stund?»

Chamaille fuhr empor und rief: «Halt, halt, nun ist's genug! Die anderen Heiligen, das laß ich noch gelten, ich bin nicht bestellt, ihrer zu hüten. Aber dieser hier, du Heide, ist der meine. Ich bin bei ihm zu Hause. Sei höflich, lieber Freund.»

«Wohl, lassen wir (ich bin dein Gast) deinen Stelzenläufer auf seinen Stelzen. Aber sage mir an, was bedünket dich um den Abt von Corbigny, der behauptet, er besitze Milch von der Allerheiligsten Jungfrau selbsten in einer Flaschen, und sage mir gleichweis, was denkst du von Herrn von Sermizelles, so eines Tages, wann er den Durchfall hätt, sich ein Klistier aus Weihwasser und dem Staub der Reliquien verabfolgen tät?»

«Ich denke», sagte Chamaille, «daß du selbsten, der du jetzo deinen Spott damit treibst, wärest du solcherart in den Grundfesten erschüttert, wohl desgleichen tätest, wenn du's vermöchtest. Was den Abbé von Corbigny anbelangt, so bin ich gewiß, daß diese Mönche insgemein, um uns den Umgang der Andächtigen zu nehmen, Erzengelsmilch, Engelssahne und Seraphimsbutter in ihrem Laden feilbieten wollten, so sie nur könnten. Sprich mir nicht von diesen Leuten! Mönch und Pfarrer sind wie Hund und Katze.»

«Wohlan, so glaubst du nicht an diese Reliquien?»

«Nein, an die ihren nicht, ich glaube an die meinen. Ich habe den Schulterknochen der heiligen Furunkula, der den Harn und die Haut der Schwärigen wieder klar macht. Und ich habe das Fontanellenviereck der heiligen Laxiria, so den Teufel aus dem Bauch der Hammel austreibt... Willst du wohl nicht lachen, gottloser Ketzer! Du machst dich lustig? Du glaubst wohl schier gar nichts? Ich habe hier die Dokumente auf verbrieftem und versiegeltem Pergament, wer derer zweifelt, ist blind. Ich werde sie alsbald holen gehen. Du wirst dich wahrlich von ihrer Echtheit überführen lassen.»

«Bleib sitzen, bleib sitzen und lasse deine Papiere. Du glaubst ja auch nicht mehr dran, Chamaille, deine Nase wackelt ja. Was immer er sei, von wannen immer er kommen mag, ein Knochen bleibet ein Knochen, und wer ihn anbetet, ist ein Götzendiener. Jedes Ding an seinen Platz: die Toten auf den Friedhof! Ich glaube an die Lebenden, ich glaube, daß heller Tag ist, daß ich trinke, meinen Verstand gebrauche – und richtig gebrauche –, daß zwei mal zwei vier ist, daß die Erde ein unbewegliches und im sich drehenden Weltenraum verlorenes Gestirn ist. Ich glaube an Guy Coquille und kann dir, so dich's ergötzet, nach der Reihe die gesamten Sitten und Gebräuche unserer Nivernais herzählen; ich glaube auch an die Bücher, darein die Gelehrsamkeit des Menschen und seiner Erfahrung sind Tropfen für Tropfen filtrieret, und mehr denn an alles andere glaube ich an meinen Verstand. Und (das versteht sich) ich glaube gleicherweis an die Heilige Schrift. Da ist kein fürsichtiger und weiser Mann, so daran zweifeln könnte. – Bist du zufrieden, Pfarrer?»

«Nein, ich bin nicht zufrieden», schrie mein Freund Chamaille, nunmehr in Wahrheit aufgebracht. «Bist du ein Calvinist, ein Ketzer, ein Hugenott, der die Bibel herunterbrummelt, seiner Mutter, der Kirche, derhalben Vorhaltungen macht und der vermeinet (o falsche Schlangenbrut!), des Pfarrers entraten zu können?»

Nunmehr war's an Freund Paillard, zornmütig zu werden. Er protestierte, dieweil man sich unterstünd, ihn einen Protestanten zu nennen, er sei ein guter Franzose, ein vollgültiger Katholik, wiewohl ein Mann mit gesundem Menschenverstand, einer, des Kopf und Fäuste tauglich wären, der am hellichten Tag ohne Brille klar zu sehen verstünde, der einen Esel einen Esel und Chamaille einen dreifachen Esel oder auch einen dreigeteilten (wie es ihm beliebe) nenne und der zu Gottes Ehre seiner Vernunft, diesem schönsten Strahl des großen Himmelslichtes, Ehre erweise.

Darauf schwiegen sie und tranken; brummend und maulend, beide die Arme auf den Tisch gestützt und einander den Rücken kehrend. Ich stimmte ein hell Gelächter an. Alsdann merkten sie erst, daß ich nichts gesagt hatt, und auch mir ward es in diesem Augenblick bewußt. Bis dahin hatte mir angelegen, sie zu sehen und zu hören, dieweil ich mich ihrer Beweisführung freute. Ich machte ihnen, Augen und Stirn verziehend, nach und regte unterdes lautlos gleichwie ein Hase, so an einem Kohl knabbert, den Mund. Aber die beiden wütigen Redner setzeten mir zu, ich solle mich erklären, wem von beiden ich recht gäbe. Ich antwortete: «Euch beiden und noch etlichen anderen dazu. Gehören zum Diskurrieren denn nicht noch mehrer? Je mehrer Narren beieinand sind, so mehr lacht man, und je mehr man lacht, um so einsichtsvoller man wird...

Gevatter, wann ihr wissen wollt, was ihr besitzt, so beginnt ihr damit, alles der Ziffern gemäß reihweis zu Papier zu bringen; dann addiert ihr das Ganze. Warumb also nicht auch eure Einfälle insgesamt aneinanderreihen? Mitsammen ergeben sie, mag sein, die Wahrheit. Die Wahrheit spielt euch einen Possen, so ihr sie fassen wollt. Die Welt, ihr Kinder, verstattet mehr denn eine Deutung, denn jede deutet nur einen Teil des Rätsels. Ich bin für alle eure Götter, die heidnischen gleichwie die christlichen, und über allen für den Gott der Vernunft.»

Bei diesen Worten vereinigten sich beide gegen mich und nannten mich überaus ergrimmt einen Zweifler und Gottleugner.

«Gottleugner, was ficht euch an, was wollt ihr von mir? Euer Gott oder eure Götter, euer Gebot oder eure Gebote mögen nur kommen zu mir! Mögen sie kommen, ich empfange sie hier. Ich empfange jeden, ich bin gar gastfrei. Der liebe Gott gefällt mir trefflich und seine Heiligen noch besser. Ich liebe sie, ich ehre sie, und ich mache ihnen mein freundlichstes Sonntagsgesicht, und sie (es sind gute Leute), haben nichts darwider, auf einen kleinen Schwatz mich zu besuchen. Aber, um es freiheraus zu sagen, an einem einzigen Gott habe ich nicht genug. Was soll ich damit anfangen? Ich bin gefräßig – man setzt mich auf schmale Kost! Ich habe meine Heiligen, Männlein und Weiblein, meine Feen und Geister: Luft- und Erdgeister, Baum- und Wassergeister. Ich glaube an die Vernunft; ich glaube gleichwohl an die Narren, so die Wahrheit erkennen, und ich glaube an Zauberer. Es beliebt mir die Vorstellung, daß die Erde zwischen den Wolken aufgehängt ist und dorten schaukelt, und ich tät wohl gern das wohlgefügte Räderwerk der Weltenuhr betasten, es auseinandernehmen und wiederum zusammensetzen. Aber das hindert mitnichten, daß es mir eine Lust ist, gleichwohl die Grillen des Himmels, die rundäugigen Sterne, singen zu hören und den Mann im Mond mit seinem Reisigbündel zu beobachten... Ihr zuckt die Achseln, wohl, wohl, ihr seid für Ordnung? Ei freilich, die Ordnung ist gar viel wert, aber sie ist nicht umsonst zu haben, sie läßt sich bezahlen. Ordnung heißt mitnichten tun, was man möchte, sondern tun, das einem nicht lieb ist. Es heißt, sich ein Auge herausreißen, auf daß man mit dem andern besser zu sehen vermag; es heißt, die Wälder fällen, auf daß man große breite Straßen hindurchführen kann. Das ist bequem, überaus bequem... Aber, du lieber Gott, wie häßlich ist es! Ich bin ein alter Gallier: ich lobe mir viele Herren, viele Gesetze, alle in trefflichem Einvernehmen und jeder für sich. Glaube, so du willst, und laß mich glauben oder nicht glauben, wie und was ich will. Und zuvörderst, lieber Freund, rühre nicht an die Götter. Es gibt gar viele, es regnet förmlich Götter; von oben, von unten kommen sie auf unsere Nase herab, unter unseren Füßen herfür, die Welt ist voll davon gleich einer trächtigen Sau. Ich ehre sie insgesamt, und ich ermächtige euch, mit ihrer noch mehr zu bringen. Indes, ich rate euch, mir nicht einen einzigen fortzunehmen, noch mich drängen zu wollen, ihn abzuschaffen; es sei denn, der Schelm hätt meine Leichtgläubigkeit zu arg auf die Probe gestellt.»

Paillard und den Pfarrer erfaßte nunmehr das Mitleid, und sie fragten, welcherweis ich nur in diesem Durcheinander meinen Weg zu finden vermöchte.

«Ich finde ihn darin gar trefflich», sagte ich. «Alle Pfade sind mir wohlvertraut; ich ergehe mich darein ganz nach meinem Gefallen. Vermeint ihr, wann ich allein durch den Wald von Chamoux nach Vézelay gehe, ich benötigte alsdann der großen Straße? Ich komme und gehe geschlossenen Auges die Wildererwege, und komme ich etwan als letzter, so bringe ich dafür eine wohlgefüllte Jagdtasche in die Herberge mit. Da ist alles wohlgeordnet und mit einer Aufschrift versehen an seinem Platz: der liebe Gott in der Kirche, die Heiligen in ihren Kapellen, die Feen auf ihren Feldern und die Vernunft hinter meiner Stirn. Sie kommen sehr gut miteinander aus: jedweder hat, des er bedarf, seine Arbeit, sein Haus. Sie sind keinerlei despotischem König untertan, sondern gleichwie die Herren von Bern und ihre Eidgenossen bilden sie Kantone, so unter sich vereinigt sind; da gibt's schwächere und stärkere. Indes, verlaß dich nicht darauf. Zu etlichen Malen braucht man die Schwachen wider die Starken; wohl ist gewißlich der liebe Gott stärker als die Feen, desohngeachtet muß er ihnen mit Rücksicht begegnen. Und der liebe Gott allein ist mitnichten stärker denn alle anderen zusammen. Ein Starker findet allemal einen noch Stärkeren, der ihn verschlingt. Heute König, morgen Bettelmann. Ja freilich, so geht's. Seht ihr, man wird mir nicht den Gedanken verreden können, daß den allergrößten, allgegenwärtigen Gott noch nie keiner gesehen hat. Der ist gar weit, gar hoch, ganz da hinten, ganz da oben. Wie unsere Majestät der König. Man kennt (nur zu gut) seine Leute, seine Verwalter, seine Stellvertreter, aber er selbsten bleibt in seinem Schloß verborgen. Der liebe Gott zu heutiger Zeit, der, zu dem jeder betet, der ist etwan so wie besagter Herr de Concini. – Gut, gut, brumme nur nicht, Chamaille! Auf daß du nicht zürnest, will ich sagen, gleichwie unser guter Herzog, der Herr von Nevers. Der Himmel segne ihn! Ich ehre und liebe ihn! Aber vor dem Herrn aus dem Louvre verhält er sich gar still, und er tut recht daran; so soll es sein.»

«So soll es sein», sagte Paillard, «aber so ist es mitnichten; ach nein, da fehlt noch viel daran! *An der Abwesenheit des Herrn erkennt man den Knecht.* Seit unser König Henri tot und das Reich an die Weiber gekommen ist, machen die Fürsten mit ihm und ihnen, was sie wollen. *Fürstenspäße sind nur denen ein Ergötzen, die sie machen...* Diese Räuber, sie wollen in dem großen Teich fischen und den Schatz des Landes seines Goldes und seiner künftigen Siege berauben, so in den Truhen der Rüstkammer schlummern, die Herr de Sully bewachet. Ach, daß der Rächer kommen möge, der ihnen den Schädel einschlägt, auf daß er seinen Inhalt samt dem Gold, so sie gefressen haben, heraussspritzet.»

Betreffs dieses redeten wir nun mehr, als niederzuschreiben klug wäre; denn wir sangen allesamt nach derselben Melodei. Auch fügten wir noch etliche Varianten ein über die Fürsten im Unterrock, über die Schwarzröcke in Pantoffeln, über die Großwürdenträger der Kirche und über die nichtstuenden Mönche. Ich muß sagen, daß Chamaille es war, so über dieses Motiv die besten und die glänzendsten Sänge improvisierte. Auch fürderhin ging das Trio trefflich im Takt und wie aus einem Mund, maßen wir zum Thema nach den Honigsüßen die Gallebitteren nahmen, nach den Frömmlern die allzu Frommen, die Fanatiker jeglicher Art, die Hugenotten, die Mucker, die Ducker, die Einfaltspinsel insgesamt, so den Leuten die Liebe Gottes mit der Knute oder dem Dolch eintreiben möchten. Ist der liebe Gott etwan ein Eseltreiber, der uns mit dem Stock leitet? Wer da verdammt sein will, mag sich um die ewige Seligkeit bringen. Warumb ihn derhalben überdies bei lebendigem Leib martern und verbrennen? Nehmt Gottes Dank, lasset uns in Frieden! Mag doch jeglicher in unserem Frankreich leben und seinen Nächsten leben lassen. Ein Christ ist wahrlich das Gottloseste, so es gibt; denn Gott ist um aller Menschen willen gestorben, und letztlich sind doch alle gleich, gute und böse. Sie gleichen sich als zwei Tropfen Wassers.

Darnach, des Redens müde, begannen wir zu singen und stimmten eine dreistimmige Hymne auf Bacchus an, den alleinigen Gott, dessenthalb ich, Paillard und der Pfarrer uns nicht streiten. Chamaille erklärte ganz laut, daß er diesen Gott allen anderen vorziehe, die arge Mönche gleich Luther, Calvin und dergleichen Salbaderer in ihren Predigten an den Mann bringen wollten.

«Bacchus, wohl, der ist ein Gott, den man anerkennen kann, der Ehrung verdienet, ein Gott von guter, von echt französischer, was sage ich?, von christlicher Herkunft: denn, meine viellieben Brüder, ist Jesus auf etlichen alten Bildern nicht hin und wieder als Bacchus dargestellt, so mit den Füßen Trauben keltert? Also laßt uns trinken, Freunde, auf das Wohl unseres Erlösers, unseres guten, christlichen Bacchus, unseres lachenden Jesus, des schönes, purpurnes Blut auf unsere Hügel fleußt, unsere Weinberge, unsere Zungen und unsere Seelen mit Wohlgeruch erfüllet und seinen sanften, seinen menschlichen, großzügigen und spottlustigen Geist freudwillig über unser Frankreich ergießet, über unser Frankreich mit seinem klaren Verstand, seinem gesunden Blut!»

Da wir bei diesem Punkt des Gespräches angelangt waren und just unsere Gläser aneinanderklingen ließen zu Ehren unseres frisch-fröhlichen, gesunden französischen Sinns, so jeder Maßlosigkeit lächelt (*die Tugend liegt in der Mitte*), da verkündete uns groß Lärmens von zuschlagenden Türen, von schweren Schritten auf der Treppe, von Ausrufen wie «Jesus! Joseph!», von gemurmelten Aves und tiefen unterdrückten Seufzern den Überfall der Dame «Héloïse Pfarrer» oder auch der «Pfarrin», wie man die

Wirtschafterin Chamailles nennt. Sie schnaufte, wischte sich das dicke Gesicht mit dem Schürzenzipfel und rief: «Holla, holla, zu Hilfe, Herr Pfarrer, zu Hilfe!»

«Ei, dämische Trine, was gibt's?» fragte der gar ungeduldig.

«Sie kommen, sie kommen, sie sind da.»

«Wer denn? Die Raupen, die dort in Prozession über die Felder gehen? Ich habe dir gesagt, sprich mir nimmer von meinen Pfarrkindern, von diesen Heiden!»

«Sie bedräuen Euch.»

«Das schert mich des Teufels. Und womit denn? Mit einem Prozeß vor dem Offizial? Gehn wir also gleich dahin, ich bin bereit.»

«Ach, Herr, wär's nichts weiter denn ein ordentlicher Prozeß!»

«Was denn sonsten, so rede!»

«Sie stehen drüben beim großen Picq, machen kabbalistische Zeichen und Beschwörungen, als man sagt, und singen: ‹*Kommt raus, ihr Feldmäuse, ihr Maikäfer, kommt raus aus den Feldern und gehet in den Obstgarten und in den Keller des Pfarrers, euch satt essen!*›»

Bei diesen Worten sprang Chamaille auf.

«Ha, diese verfluchten Kerle! In meinen Obstgarten ihre Maikäfer! Und gar in meinen Keller! Sie bringen mich um! Sie wissen nimmer, was sie erfinden sollen! O Herr, mein Gott, o heiliger Simon, kommet herbei, helft eurem Pfarrer!»

Wir versuchten ihn zu beruhigen und lachten gar sehr.

«Lacht nur, lacht», rief er uns zu. «Wann ihr an meiner Stelle wärt, ihr großen Geister, würdet ihr nicht also lachen. Ei freilich, wahrhaftig, ich würde gleicherweis lachen, so ich in eurer Haut steckte. Ihr habt's bequem! Indes ich wollte euch beim Empfang solcher Zeitung sehen, da ihr Tisch, Keller und Wohnung bereiten solltet, diese schlimmen Gäste zu empfangen… Ihre Maikäfer! Das ist ja abscheulich… Und ihre Feldmäuse! Ich will sie nicht! Das ist wahrlich, um die Wände hinaufzuklettern.»

«Nun was», meinte ich, «bist du nicht der Pfarrer? Was fürchtest du? Übe deine Gegenbeschwörungen. Bist du nicht zwanzigmalen weiser denn deine Pfarrkinder? Bist du nicht stärker als sie?»

«Wohl, wohl, doch wer kann's wissen? Der große Picq ist gar böswillig, ach, Freunde, Freunde! Welch schlimme Nachricht! O diese Banditen! Mir ging's so wohl! Ich war so vertrauensvoll! Ach, nichts ist gewißlich hienieden, Gott allein ist groß… Was soll ich tun, ich bitte euch, ich bin in ihrer Macht. Gute Héloïse, lauf und sag ihnen, sie sollten innehalten, ich komme, ich komme schon, es muß sein! Ha, diese Elenden! Ei, wartet nur, wann ich sie auf ihrem Sterbebette werde vor mir haben, alsdann ist die Reihe an mir… Mittlerweil (Fiat voluntas…) muß ich ihnen zu Willen sein! Gehen wir, es gilt, den Kelch zu leeren. Ich werde ihn leeren. Ich habe schon andere geleert…»

Er erhob sich.

Wir fragten: «Wohin gehst du denn?»

Er antwortete: «In den Kreuzzug wider die Maikäfer.»

Der Bummler oder Ein Frühlingstag

April

April, du zarte Tochter des Frühlings, feingliedrig Jüngferlein mit den liebreizenden Äugelein, ich sehe deine kleinen Brüste auf dem Aprikosenzweig blühen, des spitzige rosige Knospen vor meinem Fenster, in meinem Garten von der frischen Morgensonne gekost werden. Welch schöner Morgen! Welche Glückseligkeit, zu denken, daß man solchen Tag erschaun wird, daß man ihn schaut! Ich stehe auf, ich recke meine alten Arme, darin die gute Schwere rastloser Arbeit lastet. In den vergangenen zween Wochen, da haben meine Gesellen und ich, auf daß wir die unfreiwilligen Feiertage einholeten, die Späne fliegen lassen und das Holz unter unseren Hobeln zum Singen gebracht. Zum Glück ist unser Hunger auf Arbeit gieriger denn die Eßlust der Kunden. Ja, ja, man kauft gar wenig, und man eilt sich noch weniger, das Bestellte zu bezahlen; die Beutel sind bis zum letzten geschröpfet; da ist kein Blutstropfen mehr im Grund unserer Geldkatzen; indes immer noch Bluts genug in unseren Armen und unseren Feldern; die Erde ist gut – die, von der ich genommen bin, und die, auf der ich lebe (es ist dieselbige). Ara, ora et labora, so wirst du König sein. Die Clamecyer sind allesamt Könige oder werden es, meiner Treu, dereinst werden, denn seit dem frühen Morgen höre ich die Schaufelräder der Mühle rauschen, den Blasebalg des Hüttenwerks schnaufen, den Hammertanz der Hufschmiede auf dem Amboß aufklingen, das Hackmesser auf dem Hackbrett die Knochen hacken, die Pferde an der Schwemme Wasser schlürfen, den Schuster singen und Nägel schlagen, die Räder der Wagen auf dem Weg, das Klippklapp der Holzschuhe, das Schnalzen der Peitschen, das Geschwätz der Vorübergehenden, die Stimmen, die Glocken, kurz, den Atem der Stadt bei ihrer Arbeit. Pater noster, wir kneten panem nostrum quoditianum so lang, bis Du es uns gibst: das ist klüger... Und ob meinem Haupt, da spannt sich der schöne Himmel des blauen Frühlings, dadurch der Wind streicht, der die weißen Wolken vor sich her jagt, da ist die warme Sonne und die frische Luft. Man vermeinet, die Jugend ist's, die da aufersteht. Sie kehret mit schnellem Flügelschlag aus der Ferne der Zeiten wieder und bauet von neuem ihr Schwalbennest unterm Wetterdach meines alten Herzens, das ihrer harrt. Die schöne Entschwundene, wie gar sehr liebt man sie bei ihrer Heimkehr! Weit mehr, weit besser denn beim erstenmal...

Dieses selbigen Augenblicks vernehme ich, wie die Wetterfahne ob meinem Dach und gleicherweis meine Alte kreischet, dero spitze Stimme wer weiß was, wer weiß wem etwas zuschreiet, vielleicht mir. (Ich höre nicht.) Aber die erschrockene, aufgescheuchte Jugend hat sich davongemacht. Hol der Teufel die Wetterfahn! Sie indes voller Wut (ich meine hiermit meine Alte) kommt herab, mir ihren Sang ins Trommelfell zu posaunen.

«Was machst denn du allhie, du Wolkengucker, du verflixter Faulpelz, stehst da mit offenem Maul, als wär's ein

Brunnenloch, und läßt die Arme hängen? Willst du die Vögel am Himmel das Fürchten lehren: Wes wartest du? Daß eine gebratene Lerch dir hineinfliegt oder etwan ein Schwalbentropfen? Unterdes rackere ich mich ab, schnaufe, schwitze, mühe mich, schinde mich gleichwie eine alte Mähre zu Nutz und Frommen dieses Kerls da! Ei freilich, schwaches Weib, das ist dein Los hienieden! Nun also, laß dir sagen: Nein, mitnichten! Denn der Allmächtige hat nicht befohlen, daß wir alle Mühsal haben sollten und Adam, die Hände auf dem Rücken, hie und dorten umherschlendern dürfte. Ich will, daß auch er seine Plage, daß auch er seinen Verdruß habe. Wär's anderweis, wollt er sich alleinig verlustieren, der Schurk, ei, da könnte man ja schier an Gott verzweifeln! Ein Glück, daß ich noch da bin und darauf schaue, daß sein heiliger Wille geschehe. Hast du ausgelacht? An die Arbeit, so du das Haus willst nicht zugrund gehn lassen! – Ja, nun seht doch, ob er mich anhört! Wird's bald?»

Mit sanftem Lächeln sage ich: «Wohl, wohl, mein Engel. Es wäre eine Sünd, an solch lieblichem Morgen im Haus zu bleiben.»

Ich trete in die Werkstatt und rufe den Lehrjungen zu: «Ich brauche ein geschmeidig, weich und fest Stück Holz, Jungens. Will bei Riou nachschaun, ob er im Lagerhaus irgendeine schöne Eichenbohle hat. Los! Cagnat, Robinet! Wir wollen uns was auswählen!»

Sie und ich verlassen das Haus. Und meine Alte zetert.

Ich sage: «Singe geruhig weiter!»

Indes, dieser letztliche Rat war gar nicht vonnöten. Das gab eine Musik! Ich pfiff, auf daß das Liedlein vollkömmlicher sei. Der gute Cagnat sagte: «Ei, Meisterin, man sollt vermeinen, es ging auf die Reise. In einer kleinen Viertelstund sind wir wieder daheim.»

«Weiß man's gewißlich je bei diesem Landstreicher?» meinte sie.

Es schlägt just neun Uhr. Wir gehen nach Béyant, der Weg ist nicht lang. Aber an der Brücke von Beuvron macht man eine kleine Aufhaltung (man muß sich doch nach dem Wohlsein der Leute erkundigen), und wir tauschen einen Gruß mit Fétu, Gadin und Trinquet, der «schöne Jean» genennet, so ihren Tag damit beginnen, auf dem Deich sitzend, dem Wasser zuzuschaun. Man schwätzt eine kleine Weil vom Regen und von schönem Wetter. Alsdann machen wir uns brav wieder auf den Weg. Man ist ein Mann von Ehre und Gewissen, man geht den geradsten Weg, man pflegt mit niemand Unterhaltung (allerdings begegnen wir auf dem Weg keiner Seel). Allein (man hat ein fühlend Herz für die Schönheiten der Natur) man bewundert den Himmel, die jungen Frühlingstriebe, einen blühenden Apfelbaum im Graben der Stadtmauern, schaut der Schwalbe zu, macht noch eine Rast, diskurrieret über die Windrichtung.

Auf halbem Weg fällt mir bei, ich hätte meine Glodie des Tags noch nicht begrüßt. Ich sage: «Geht nur zu. Ich habe noch einen Gang zu machen. Wir treffen einand bei Riou.»

Als ich anlangte, war meine Tochter Martine just im Zug, ihren Laden mit Strömen Wassers zu waschen, ohn derhalben aufzuhören, mit dem und jenem zu schwätzen, zu schwätzen und zu schwätzen, sei's mit ihrem Mann, ihren Buben, dem Lehrjungen, Glodie und obendrein zwo oder drei Gevatterinnen aus der Nachbarschaft, mit denen sie lachte, daß die Zwerchfelle wackelten, wobei sie aber fürder und fürder schwätzte, schwätzte, schwätzte. Und als sie am End war, nicht mit Schwätzen, aber mit

Waschen, trat sie heraus und leerete mit gewaltigem Schwung den Eimer in die Straße. Ich war etliche Schritte vor dem Eingang stehengeblieben, um sie zu bewundern (Augen und Herz erfreut mir's, das Weibsstück!), und nun bekam ich den halben Inhalt des Eimers an die Waden. Das brachte sie noch mehr zum Lachen, mich aber noch weit lauter. Ei, was für ein prächtig gallisch Weib ist sie doch, wenn sie mir also ins Gesicht lacht, mit ihren schwarzen Haaren, die ihr tief in die Stirn gewachsen sind, ihren dichten Brauen, ihren glühenden Augen und ihren noch glühenderen Lippen, die rot sind wie Feuer und schwellend wie Pflaumen! Bloßen Halses, mit bloßen Armen, kecklich geschürzt, so kam sie gegangen.

Sie sagt: «Da kamst du ja zupaß! Hast zum wenigsten alles abgekriegt?»

Ich erwidere: «Fehlt nur ein weniges; aber Wasser ficht mich nicht an, es sei denn, ich muß es trinken.»

«Tritt ein», sagt sie, «du von der Sintflut erretteter Noah, du Weinbauer Noah!»

Ich trete ein, ich sehe Glodie in kurzem Unterröcklein unter dem Ladentisch hocken.

«Guten Morgen, Bäckerbürschlein.»

«Ich wette», meint Martine, «ich weiß, was dich so zeitig aus dem Haus getrieben hat.»

«Du wirst die Wette gewißlich gewinnen, du kennst den Grund, du hast an seiner Brust gelegen.»

«Also die Mutter?»

«Du sagst es!»

«Schöne Memmen sind die Männer.»

Florimond kommt just herein und kriegt den Hieb ins Gesicht. Er setzt eine erboste Miene auf. Ich sage zu ihm: «Es gilt mir. Fühle dich mitnichten getroffen, mein Junge.»

«Ihr könnt beide euer Teil nehmen», sagt sie, «sei nicht ein solcher Giermund.»

Der andere wahret noch immer seine verletzte Würde. Er ist ein rechter Bürgersmann, er duldet niemalen, daß man seiner lache; auch wird er, so er uns beide, Martine und mich, selbander sieht, alsogleich mißtrauend und lauert mit argwöhnischem Blick auf die Worte, so aus unseren lachenden Mündern herauskommen werden. Ach, wir armen, unschuldigen Kindlein! Welcher Bosheit werden wir doch bezichtigt!

Ich sage ohne List und Falsch: «Du spaßest, Martine; ich weiß wohl, Florimond ist Herr in seinem Haus, er läßt sich nicht unterkriegen wie ich. Überdies ist seine Florimonde sanft, fügsam, bescheiden, hat keinerlei Willen, gehorcht ohn Widerrede. Das gute Kind, es schlaget nach mir, so auch allweil ein armer schüchterner Mann war, stets unterwürfig und unterdrückt!»

«Hast du dich bald genugsam über alle Welt verlustiert?» meint Martine, die, auf den Knien liegend, von neuem mit vollem Eifer die Fliesen und die Fenster scheuert (feste, feste, hast du nicht gesehn!).

Und unter der Arbeit (ich schaue ihr zu) tauschen wir mancherlei gute und rasche Reden. Ganz hinten im Laden, der schier erfüllet ist von Martines Regsamkeit, Reden und derbem Leben, hält sich, in einen Winkel gedrückt, mit krauser Stirn, zusammengekniffen und zugeknöpft, Florimond auf. Er fühlt sich gar nie behaglich in unserer Gesellschaft; die derben Reden und die saftigen, gut französischen Späße bringen ihn aus der Fassung. Sie verletzen seine Würdigkeit. Und dann versteht er nicht, daß man aus Überschuß an Kraft lachen kann. Er ist mickerig, bläßlich, dürr und mürrisch. Er jammert am liebsten über alles. Er findet nirgend was Gutes, zweifellos dieweil er immer nur sich selbsten betrachtet. Ein Tuch um seinen Hühnerhals gewunden, sitzt er mit besorgter Miene da und dreht die Augen nach rechts und nach links. Am Ende sagt er: «Hier weht's von überall, als wär man auf einem Turm. Die Fenster stehen allesamt offen.»

Martine meint, ohne innezuhalten: «Ei was! Ich ersticke schier.»

Etliche Minuten ist Florimond guten Willens standzuhalten. (Es blies wahrhaftig ein recht frisches Windlein.) Dann geht er zornmütig hinaus. Die hockende Schelmin hebt den Kopf und sagt in ihrer warmherzigen und spottfrohen Art:

«Er wird sich am Backofen erholen.»

Anzüglich frage ich sie, ob sie sich allweil mit ihrem Zuckerbäcker gut verstünde. Sie hütet sich trefflich, mir mit Nein zu antworten. Ei, der verflixte Racker, eher könnte man sie vierteilen, als daß sie das Geständnis ablegte, sie habe sich getäuscht.

«Ja, weshalben sollten wir einand denn nicht verstehen?» sagt sie. «Er ist just nach meinem Geschmack.»

«Freilich, freilich», meine ich, «auch ich würde dergleichen fressen. Indes, ein großer Mund wie der deine hat ein klein Küchlein schnell verschluckt.»

«Man muß sich an dem genügen lassen, das man hat.»

«Wohlgesprochen. Desohngeachtet wäre ich, an Stelle des Küchleins, das gestehe ich, nur halbwegs geruhig.»

«Warumb? Da ist nichts nicht zu fürchten, denn ich treibe ehrlichen Handel. Nur muß er gleicherweis verfahren. Denn dafern der schlimme Gesell es nicht tut, dafern er mich betrügt, ist's ausgemacht: der Tag würde nicht verstreichen, ehe er nicht ein Kikerikihahnrei geworden sei. Jedem sein Recht. Ihm das seine, mir das meine. Also mag er seine Pflicht tun.»

«Seine Pflicht vollkömmlich und gänzlich.»

«Freilich! Das wäre noch besser, wann er sich gar beklagte, die Jungfer sei allzu schön.»

«O du Teufelin, wenn ich nicht gänzlich irre, so warst du's, die der Gans die Antwort so kräftig gab, als sie das Gebot des Himmels herniederbrachte.»

«Ich kenne mehr als eine Gans, aber ohn Federn. Von welcher sprichst du?»

«Kennst du nicht», sagte ich, «die Geschichte von der, die ihre Gefährtinnen zu Gottvater ausschickten, ihn zu bitten, er solle den kaum aus dem Ei geschlüpften Jungen das Vermögen geben, auf ihren zwei Beinen zu laufen. Der liebe Gott sagte: Mit Vergnügen. (Er ist den Damen gegenüber galant.) Ich stelle dagegen meinen liebwerten Kindern nur eine kleine Bedingung: daß von nun an Frauen, Jungfern und Mägdelein unter den Federn schlafen gänzlich allein. – Die Gans überbrachte unterm Flügel getreu ihre Botschaft; ich war nicht zugegen, als sie anlangte. Aber ich weiß, daß die Botin was Schönes zu hören bekam!»

Martine ließ, noch hockend, das Reiben sein, um in ein schallend Gelächter auszubrechen; darnach rief sie, mich knuffend und puffend: «Alter Schwätzer! Bist ja wie ein Topf mit Senf so kitzlich, witzlich, spitzig und hitzig. Mach, daß du von hinnen kommst, mach dich fort! Possenreißer du! Wozu taugst du nur, sag an? Läßt andere die Zeit verlieren! Los, troll dich! Aber höre, nimm dies kleine schwanzlose Hündlein mit, das mir zwischen den Beinen herumläuft – deine Glodie, ja sie, man hat sie just wieder aus der Backstube gejagt, wo sie, ich wette, ihre Patschen in den Teig gesteckt hat (sie hat ja noch welchen an der Nase). Flink, macht euch fort, laßt uns in Ruh, ihr Fratzen, laßt uns arbeiten, oder ich greife zu meinem Besen ...»

Sie setzte uns vor die Tür. Wir zogen beide wohlzufrieden hinaus; mitsammen gingen wir zu Riou. Aber am Ufer der Yonne verweilten wir ein weniges. Wir sahen dem Fischen zu. Wir gaben gute Ratschläge. Und wir hatten unsere Lust, wann der Korken niedertauchte oder wann der Weißfisch im Bogen aus dem grünen Spiegel sprang. Glodie aber sagte, da sie den Wurm am Angelhaken sah, der sich krümmte vor Lachen, mit einem angewiderten Mäulchen: «Großvater, ihm ist übel zumut, er wird verspeist werden.»

«Ei freilich, mein Herzblatt, ohne Zweifel!» sagte ich. «Verspeist werden ist gar nicht annehmlich. Man muß daran nicht denken. Denke vielmehr dessen, der ihn speist, an den schönen Fisch. Der sagt: Das schmeckt gut!»

«Aber wann man nun dich verspeisen wollt, Großvater?»

«Wohlan, so sagte ich auch: Hier ist wohl sein! Der Glückspilz! Der hat's gut, der Schelm, daß er mich speisen kann! – Siehst du, Töchterlein, solcherart ist Großvater allzeit frohgemut. Ob essend oder gegessen werdend, man braucht sich die Dinge nur in seinem Kopf zurechtzulegen. Ein Burgunder findet alles recht und gut.»

So schwatzend, waren wir schon (es war noch nicht elf Uhr) bei Riou angelangt, ohn dessen zu achten. Cagnat und Robinet warteten mein, aber recht in Frieden, am Uferhang hingewälzt, und Binet, der seine Angel fürsorglich mitgebracht hatt, piesackte die dummen Fische.

Ich ging in das Holzlager. Alsobald ich mich inmitten schöner Bäume finde, die da entkleidet und nackt hingelagert sind, und mir der schöne Geruch der Sägespäne in die Nase steigt, da können, bei Gott, ich gesteh's, Wasser und Zeit um die Wette laufen. Ich werd's nicht müde, ihnen die Schenkel zu tätscheln. Einen Baum lieb ich mehr denn eine

Frau. Ein jeder hat seinen Sparren. Da kann ich noch so gut wissen, welchen ich will und nehmen werde. Wäre ich beim Großmogul und sähe auf einem Markt zwischen zwanzig schönen nackten Mädchen die, so ich liebe, vermeint ihr, da würde die Liebe zu meinem Liebchen mir verwehren, im Vorbeigehen mit dem Blick die Leckerbissen des übrigen Rudels zu kosten? Alsodumm bin ich mitnichten! Warumb hätte mir Gott Augen, die nach Schönheit dürsten, gegeben, wenn ich sie, so die Schönheit mir erscheinet, schließen sollte? Nein, o nein, die meinen stehen weit offen gleich Torwegen. Alles geht da hinein, nichts hinaus. Und akkurat wie ich alter Schlaukopf unter der Haut der gewiegten Weibchen ihre Begierden, ihre Bosheit und ihre listigen Gedanken erkennen kann, so verstehe ich auch unter der rauhen oder glatten Rinde meiner Bäume die Seele, so in ihnen verschlossen liegt, zu entziffern – die Seele, die aus dem Ei entstehet, dafern ich es ausbrüten will.

Unterdes ich wähle, schwätzte der ungeduldige Cagnat (der ist ein Herunterschlinger; nur wir Alten wissen etwas auszukosten), schwätzt maulheldisch mit etwelchen Flößern, so vom anderen Ufer der Yonne herübergekommen sind, umherschlendern oder auf der Brücke von Béyant umherstehen. Denn mögen in den beiden Vorstädten die Galgenvögel auch verschieden sein, ihre Art und Weis ist die gleiche: so lang der Tag ist, sich mit den Arschbacken auf die Brückengeländer pflanzen und sich den Schnabel in einem benachbarten Wirtshaus begießen. Die Unterhaltung bestund, wie's Gewohnheit ist zwischen den Söhnen von Beuvron und den Söhnen von Bethlehem, in anzüglichen Späßen. Diese Herren aus Judäa behandeln uns als Bauern, als Burgunder Schnecken und Mistkäfer. Und wir erwidern ihre Feindseligkeit damit, daß wir sie Frösche und Karpfenmäuler nennen. Ich sage *wir*, denn so ich die Litanei singen höre, kann ich mich nicht enthalten, meine Ora pro nobis mit herzusagen. Es ist um der Höflichkeit willen. Wird man angesprochen, muß man antworten. Aber wir sind nicht solcher Art, daß wir alles ernst nähmen. Und nachdem, daß wir ehrlich etliche Höflichkeitsreden getauscht hätten (siehe, da klingt der mittägliche Angelus! Ich springe verdutzt auf: Holla, Zeit, holla! Deine Sanduhr hat's aber eilig!), bitte ich vorerst unsere wackeren Flößer, Cagnat und Robinet zu helfen, mein Wäglein zu beladen, und, secundo, es samt dem gewählten Holz nach Beuvron zu karren.

Sie schreien Zeter und Mordio: «Breugnon, du verflixter! Schämst du dich nicht!»

Sie schreien arg, aber sie tun, was ich will. Im Grunde sind sie mir wohlgesinnt.

Wir kehren im Galopp heim. Von den Schwellen der Läden sah man uns voll Bewunderung unseres Eifers vorüberkommen. Als aber mein Gespann auf der Brücke von Beuvron anlangte und dorten, ihrem Posten getreu, die drei anderen sauberen Burschen, Fétu, Gadin und Trinquet, noch immer stunden und dem Wasser zuschauten, da hielten die Beine inne, und die Zungen begannen, wie billig, von neuem zu laufen. Die einen verachteten die anderen, dieweil sie etwas taten. Die anderen verachteten die einen, dieweil sie nichts taten. Alle Register wurden gezogen. Ich hatte mich unterdes auf den Meilenstein gesetzt und harrete des Endes, um den Preis zu erteilen. Da plötzlich schreit mir eine Stimme ins Ohr: «Strolch! Da bist du also wahrlich zurück! Wirst du mir jetzo vielleicht kundtun, wie du seit neun Uhr zwischen Beuvron und Béyant deine Zeit vertan hast? Du Tagedieb! Das ist ein Kreuz mit dir! Wann wolltest du heimkehren, so ich dich nicht erwischt hätte? Ins Haus mit dir, Schandbube! Mein Essen ist angebrannt.»

Ich sage: «Dir gebührt der Preis. Liebe Freunde, ihr mögt euch noch so sehr mühen: neben der da seid ihr, was das Musizieren betrifft, die wahren Kinder.»

Mein Lob trieb ihren Ehrgeiz noch mehr an. Sie verabfolgte uns noch ein Stücklein. Wir schrien: «Bravo! Und nun nach Hause. Geh voran. Ich folge dir.»

Meine Frau kehrte also, gefolgt von den beiden Lehrbuben, heim, indes sie meine Glodie an der Hand führte. Gefügig, doch sonder Hast war ich willens, desgleichen zu tun, als aus der oberen Stadt ein fröhlich Stimmengeschwirr, Hörnerblasen und das heitere Glockenspiel vom Turm von Sankt Martin mich alte Spürnase ein neu Spektakel in der Luft wittern ließ. Das war die Hochzeit des Herr d'Amazy mit Fräulein Lucrèce de Champeaux, der Tochter des Steuereinnehmers.

Da nahmen nun allesamt die Beine in die Hand und kletterten, vier Stufen auf einen Sprung, zum Schloßplatz empor, um den Hochzeitszug hereinkommen zu sehn. Ihr könnt wohl denken, daß ich mitnichten der letzte war, der da lief. Dergleichen ist ein gefundenes Fressen, so man nicht alle Tage hat. Alleinig Trinquet und Gadin und Fétu, die Bummler, geruhten nicht, ihren Arsch, der war noch ans Flußufer geschraubt, zu erheben, und sagten, ihnen als Vorstadtleuten gezieme nicht, den Herrschaften von da oben einen Besuch zu verstatten. Gewißlich, ich liebe jedweden Stolz, und die Eigenliebe ist ein schön Ding. Aber ihr meine Vergnügungen opfern – ergebenster Diener, werte Liebe! Dein Weis, mir Lieb zu bezeigen, ist soviel wert als die des Herrn Pfarrers, der mir sagte, es geschähe um meines Besten willen, wann er mich verhaute...

Obzwar ich in einem einzigen Zug die Stiege von 36 Stufen genommen hatte, die zu Sankt Martin emporsteigt, langte ich (welch Pech!) zu spät auf dem Platz an, um den Hochzeitszug hereinkommen zu sehen. Ich mußte also (das war Notwendigkeit) warten, bis er herauskäme. Diese verflixten Pfaffen aber können sich nie genug singen hören. Um der Zeit zu nutzen, gelang es mir, im Schweiß meines Angesichts in die Kirche hineinzukommen, indem daß ich nachgiebige Schmerbäuche und Fleischkissen beiseite puffte; aber am Eingang der Vorhalle sah ich mich gefangen, und zwar so trefflich warm unter dem menschlichen Fettkissen wie in einem Bett unter der Daunendecke. Wär's nicht der heilige Ort gewesen, so hätte ich, eingestandenermaßen, etwelche mutwillige Gedanken haben können. Aber man muß auch ernst sein können, so Ort und Stunde es gebieten; und so ich's muß, kann ich's so gut wie ein Esel. Doch geschieht's wohl auch, daß die Ohrspitze zum Vorschein kommt und daß der Esel schreit. Diesen Tags geschah's. Denn dieweil ich gottergeben und bescheidentlich, den Mund aufreißend, auf daß ich besser sähe, der fröhlichen Opferung folgte, die mit der keuschen Lucrèce dem Herrn d'Amazy dargebracht wurde, klangen zu Ehren des Jägers vier Jagdhörner von Sankt Hubertus und begleiteten den Gottesdienst; nur die Meute fehlte; derhalben war allgemein Bedauern. Ich schluckte mein Lachen hinunter; und ich konnte mich nicht enthalten, das verstand sich, den Hörnertusch zu pfeifen (wenn auch ganz leis). Doch als der fatale Augenblick kam, da die Vermählte auf die Frage des neugierigen Pfaffen ihr Ja antwortete und die geblähten Backen frischfröhlich das Ergreifen der Beute zum Klingen brachten, da war's zuviel, da schrie ich: «Halali!»

Ihr könnt euch vorstellen, was man lachte! Aber der

Schweizer kam stirnrunzelnd daher. Ich machte mich ganz klein, und, an den Rücken vorbeistreichend, gelangte ich hinaus.

So stund ich wiederum auf dem Platz. An Gesellschaft fehlte es mitnichten. Allesamt gleich mir biedere Leute, die wissen ihre Augen zum Sehen zu gebrauchen, die Ohren zum Aufsaugen und Glauben des, was andere Augen aufgefangen haben, und ihre Zunge, um das zu erzählen, was man nicht notwendigerweis hat sehen müssen, um es zu bereden. Des tät ich mich nun, weiß Gott, überaus befleißen! – Um trefflich zu lügen, braucht man nicht aus weiter Ferne zu kommen. So verstrich die Zeit gar schnell, fürnehmlich für mich, bis daß die große Kirchentür beim Rauschen der Orgel sich wieder auftat und der Jagdzug erschien. Von seinem Ruhm erfüllet, marschierte allen voran Amazy, an seinem Arm das erlegte Wild, so seine schönen Rehaugen nach rechts und links warf und eine holdselige Miene aufsetzte… O je, mir ist annehmlicher, nicht bestellt zu sein, es zu hüten, das schöne Kind! Wer sie abspult, der bekommt Garn zum Spinnen! Wer das Tier nimmt, nimmt auch das Gehörn…

Aber ich sah nichts mehr von der Jagd und der Jagdbeute, vom Pikör und der Gepikten und vermöchte nicht einmal zu beschreiben (nicht um mich dessen zu rühmen), wes Farbe der Anzug von dem edlen Herrn oder der Vermählten war. Denn just in diesem Augenblick wurde unser Sinn und Aufmerken durch die gewichtige Frage der Rangordnung, des Aufmarschs und des Vortritts unter den Herren der Gefolgschaft gefangen. Schon wann sie hineingingen (ach, daß ich das versäumte!), waren der Herr Richter und Anwalt des Burgbanns und der Herr Schöffe und Bürgermeister von Amts wegen auf der Kirchschwelle gleichwie zwei Widderböcke aneinandgeraten. Letztlich war der Bürgermeister aber als der dickere und stärkere vorangeschritten. Nun galt's zu wissen, wer jetzo von beiden als erster herauskäme, wes Nase als erste auf dem geheiligten Kirchplatz zum Vorschein käme. Wir wetteten untereinand. Aber nichts nicht erschien: gleichwie eine zerschnittene Schlange nahm der Kopf des Hochzeitszuges seinen Weg; der Leib folgte mitnichten. Schließlich drängten wir an die Kirche heran und sahen darinnen zu beiden Seiten des Eingangs unsere wütigen Widder, der einer den andern als Widersacher am Vortritt hinderte. Maßen sie an dem heiligen Ort nicht wagten, einand anzuschrein, sah man sie mit Nase und Kauwerkzeugen wackeln, die Augen überaus aufreißen, einen Katzenbuckel machen, die Stirn runzeln, schnaufen, die Backen blähen, und das alles, ohn daß ein Laut vernehmbar wurde. Wir hielten uns die Seiten; und unterdes wir noch wetteten und lachten, hatten auch wir Partei ergriffen. Die reifen Männer für den Richter als Statthalter des Herrn Herzogs (wer für sich Ehre begehrt, predigt sie den andern); die Junghähne für den Bürgermeister als Vorkämpfer unserer Freiheiten. Ich war für den, so den andern am trefflichsten abführen würde. Auf daß jeder den seinen noch mehr in Zorn bringe, schrie man:

«Kß! Kß! Geht voran, Herr Grasset! Steigt ihm aufs Dach, Herr Pétaud! So, so ist's recht, stopft ihm das Maul! He, los doch! Vorwärts, Eselein!»

Aber diese faulen Brüder begnügten sich, ihren Zorn einand ins Gesicht zu speien, ohn sich in die Haare zu kriegen, ohne Zweifel aus Furcht, ihre schönen Kleidungsstücke zu verderben. Solcherweis hätte der Streit leichtlich in Ewigkeit andauern können (denn es war keine Gefahr, daß der Schnabel ihnen zufröre), so nicht der Herr Pfarrer wär gewesen, besorgt, zu spät zum Mahl zu kommen. Der sprach: «Meine teuren Kinder, der liebe Gott hört euch, das Mahl harrt euer; unter keinem Umstand darf man ein Mahl warten lassen, unsern Herrgott in seinem Tempel unsre zornmütigen Lauf hören lassen. Waschen wir unsre Wäsche im eignen Haus...»

Dafern er so nicht sprach (denn ich hörte es nicht), so muß dieses doch der Sinn gewesen sein: denn ich sah, wie letztlich seine zween gewaltigen Hände sie beide beim Kragen faßten und ihre Mäuler zu einem Friedenskuß aneinandbrachten. Darnach schritten sie hinaus, aber auf ein und demselbigen Strich, gleich zween Pfeilern, die in ihrer Mitte den Bauch des Pfarrers einrahmeten. Anstatt eines Gebieters dero drei. Wenn die großen Herren sich streiten, kommt das Volk niemalen zu kurz.

Sie waren allesamt vorübergezogen und ins Schloß zurückgekehrt, das Festmahl zu verspeisen, das sie gar wohl verdient hatten, indes wir dummen Kerle auf dem Platz blieben und um den unsichtbaren Kochtopf herumstanden, als wollten wir die Düfte des Mahles einschlucken. Auf daß ich mir reichlicher Genüge tät, ließ ich mir die Gerichte hersagen. Wir waren unser drei Feinschmecker, Mosjö Tripet, Bauldequin und der gegegenwärtige Breugnon, der bei jeder Platte, so man nennete, einander lachend ansahen und uns mit den Ellbogen in die Seite pufften. Dies Gericht billigten wir, jenes bemäkelten wir: da hätte man besser getan, erfahrene Leute gleich uns zu Rate zu ziehn; aber wie's auch sei, das sind keine Rechtschreibfehler und keine Todsünden; und das Essen insgesamt war überaus anständig. Gelegentlich eines Hasenpfeffers sagte jedweder sein Rezept; und die, so zuhörten, gaben ihren Senf dazu. Doch bald entbrannte darob ein Streit (derlei Fragen sind brennend; nur ein schlechter Kerl kann kalten

Herzens und eisigen Bluts dergleichen erörtern). Vor allem aber ward er zwischen der Dame Perrine und der Jacquotte lebhaft, die sind Nebenbuhlerinnen und bereiten die großen Festessen der Stadt. Eine jede hat ihre Partei. Jede Partei maßt sich an, die andere bei Tisch auszustechen. Das sind gar herrliche Turniere. In unseren Städten sind gute Eßgelage die Lanzenkämpfe der Bürger. Doch obzwar ich mich an klugen Beratungen ergötze, ist mir nichts also verdrießlich, als wenn ich von den Großtaten der anderen erzählen höre, dieweil ich selbsten untätig verbleibe; auch bin ich mitnichten der Mann dazu, mich lange Zeit von dem Saft meiner Gedanken und dem Schatten von Platten zu nähren, die ich nicht esse. Derhalben war mir's lieb, wann mein Tripet (der Arme litt gleicherweis!) zu mir sagte: «Spricht man allzu lang von der Küche, Breugnon, da wird man wie ein Liebender, der zuviel von der Liebe schwatzt. Ich halt's nimmer aus, oha!, ich bin nahe des Platzens, mein Freund, ich brenne, ich verzehre mich, und meine Eingeweide rauchen. Komm, wir wollen das Ungetier, so an meinem Bauche nagt, tränken und nähren.»

«Wir werden damit fertig werden», sagte ich. «Zähle auf mich. Wider das Gebrest des Hungers wächst kein besser Kraut als essen, sagt einer der Alten.»

So gingen wir selbander an die Ecke der Grand' Rue ins Gasthaus zum Frankreichtaler und Kronprinzen, denn nunmehr, nach zwei Uhr, heimzukehren, daran dachte niemand. Tripet hätte gleich mir gefürchtet, eine kalte Suppe und eine kochende Frau vorzufinden. Es war Markttag, der Raum war völlig gestopft. Sitzt man am Tisch allein auch gar bequemlich, so fühlt man sich beim Essen doch mehr wohl, wenn man recht fest zwischen wackeren Gefährten sitzet; alsdann ißt sich's besser: solcherart ist alles allzeit sehr schön.

Einige gute Zeit lang redeten wir beide nimmer, es sei denn, daß wir gar heimlich mit dem Herzen und den Kauwerkzeugen mit einem trefflichen Pökelfleisch und Kraut Zwiesprach hielten, das rosig und zart duftete und zerschmolz. Darüber gossen wir ein rot Schöpplein, auf daß sich der Staubnebel vor meinen Augen zerteile: denn essen ohne Trank – so sagten unsere Vorfahren – macht die Augen nicht sehend, sondern krank. Nachdem ich es also gehalten, vermochte ich mit klarem Blick und gewaschenem Schlund von neuem die Menschen und das Leben genau zu betrachten, die einem nach dem Essen doppelt schön erscheinen.

Am Nachbartisch saß ein Pfarrer aus der Umgebung einer alten Pächterin gegenüber, die vor ihm katzbuckelte; sie neigte sich und beugte sich, zog ihren Kopf schier in ihren Rücken hinein, wand und drehte ihn seitwärts und hob voll Süßigkeit ihr Gesicht zu ihm auf, als wär sie in der Beichte. Und der Pfarrer, im Profil sitzend, ließ es gleicherart geschehen, leutselig und ohn hinzuhören; auf jede Verbeugung antwortete er artig mit einer Verbeugung, ohne derhalben einen Bissen sich entgehen zu lassen. Es war, als sagte er: «Gut, gut, meine Tochter, absolve te. All deine Sünden sind dir vergeben. Denn Gott ist gut. Ich habe wohl gespeist. Denn Gott ist gut. Und diese Blutwurst ist sehr gut.»

Ein weniges weiter abseits saß unser Notarius, Meister Pierre Delavau, der einen seiner Zunftgenossen traktierte und dabei von Besitz und Tugend redete, von Geld, Politik, Verträgen und von der Republik – der römischen (in lateinischen Versen ist er Republikaner, aber im Leben ist er als klüglicher Bürger ein treuer Diener seines Königs).

Darnach entdeckte mein herumlungernder Blick im Hintergrund Perrin, den Koch, in blauem, steifgestärktem Kittel, Perrin, den Stolzen aus Corvol-l'Orgueilleux, des Blick gleicherzeit auch den meinen traf. Er tat überaus überrascht, stund auf und rief mich an. (Ich möchte schwören, daß er mich von Anfang an hatte gesehen; aber der Schalk hielt sich ruhig, denn er schuldet mir seit zwei Jahren zween Schränke in schönem Nußbaum, die ich zugeschnitten habe.) Er kam auf mich zu und bot mir ein Glas dar.

«Von Herzen, von ganzem Herzen sei gegrüßt...»

Bot mir ein zweites.

«Auf daß du gerad gehst, mußt du auf zwei Beinen gehn...»

Schlug mir vor, seine Mahlzeit zu teilen. Er hoffte, ich würde nein sagen, dieweil ich bereits tät speisen. Doch er fiel herein: denn ich sagete ja. Das geht von meiner Forderung ab!

So begann ich denn von neuem, doch diesmalen geruhiger, gesetzt, dieweil ich den Hunger nimmer zu fürchten hatt. Nach und nach täten die groben Esser, die eiligen Leut, so gleich den Tieren nur verstehen, um der Nahrung willen zu speisen, den Ort räumen; und es blieben nur noch wackere Leute, reife, begabte Leute, die da den Wert des Schönen, des Wahren, des Guten zu schätzen wissen und denen ein gut Gericht eine gute Handlung bedeutet. Die Tür stund offen, Luft und Sonne kamen herein, und drei schwarze Hühner, so ihren steifen Hals recketen, um die Krümlein unter dem Tisch zu picken, und die Pfoten eines alten Hundes, der schlief, und das Geplapper der Frauen auf der Straße, der Ruf des Glashändlers und des Fischers und überdies das Schreien eines Esels, das wie Löwengebrüll klang. Auf dem staubigen Platz sah man zween weiße Ochsen, die lagen, vor einen Wagen gespannt, ihre Bein unter ihre schönen, glänzenden Flanken geschlagen, reglos da und kauten, den Speichel ums Maul, voll Sanftmütigkeit ihren Schaum. Die Tauben auf dem Dach gurrten in der Sonne. Ich hätte es ihnen am liebsten gleichgetan; und mich bedünket, wir allesamt fühleten uns so voll Behagens, daß, wann uns einer längs des Rückgrats tät streichen, wir hätten geschnurrt.

Die Unterhaltung entspann sich von Tisch zu Tisch zwischen allen, die wir da saßen, allesamt vereint als Freunde, als Brüder: der Pfarrer, der Koch, der Notar, sein Partner und die Wirtin mit dem so süßen Namen (Küßlich: der Name verspricht viel, er hat noch mehr gehalten). Auf daß ich leichter plauderte, setzte ich mich einmal hier, einmal dorten hin und diskurrierte. Man redete von Politik. Um das Glück vollkömmlich zu machen, ist es nicht vom Übel, nach dem Essen an die unglücklichen Zeitläufte zu denken. Unsere Herren männiglich klageten über das Elend, die Teuerung, die geringen Geschäfte, den Ruin unseres Frankreichs, über unsere untergehende Nation, über die Regierenden, über die Ränkeschmiede. Aber fürsichtiglich. Sie nannten niemand. Die Großen haben Ohren, die sind also groß als sie selbsten. Man weiß niemalen, ob man nicht just in diesem Augenblick wird eines hinter der Tür hervorlugen sehen. Indes, dieweil die Wahrheit auf gut burgundisch auf dem Grund des Fasses liegt, wagten wir Freunde nach und nach, uns wider die Gebieter zu entrüsten, so in der weitesten Ferne weilen. Fürnehmlich waren sie eines Sinns, als sie gegen die Italiener loszogen, gegen Concini, das Ungeziefer, so der große florentinische Pausback, die Königin, in ihren Röcken mitgebracht hat. Wenn da zween Hunde sind, die an eurem Braten fressen, davon der eine ein fremder, der andere zu euch gehöret, so jagt ihr diesen davon; jenen aber schlagt ihr tot. Aus Gerechtigkeitsgefühlen oder aus Widerspruch sagte ich, man dürfe einen Hund allein nicht abstrafen, sondern alle beide; höret man sie, so sollte man vermeinen, daß das Übel in Frankreich nur von den Italienern käme; Gott sei Dank aber fehle es auch uns weder an schlimmen Dingen noch an Schurken. Darauf erwiderten allesamt einstimmig, daß ein italienischer Schurk so viel wie drei andere wär und daß drei wackere Italiener noch nicht einmalen den Dritteil eines wackeren Franzosen abgäben. Ich entgegnete, daß hier wie dorten, allwo immer Menschen sind, da sind's dieselbigen Kerle, und daß ein Vieh so gut wie ein anderes wäre, daß ein braver Mann, woher er auch käme, gut anzuschaun und gut zum Freund zu haben sei und daß ich ihn, so er's sei, herzlich liebe, wäre er selbst italisch. Derhalben fielen sie allesamt über mich her, spotteten mein und sagten, man wisse schon meinen Geschmack, nannten mich einen alten Narren, Breugnon das Perpetuum mobile, den Pilger, den Unsteten, Breugnon den Straßentreter. Es ist wohl wahr, daß ich derzeit ihrer viele abgenutzt habe. Wann unser guter Herzog, der Vater des jetzigen, mich nach Mantua und nach Albissola sandte zu dem End, daß ich die Schmelz-, die Steingutarbeiten und die Kunstgewerbe studiere, die wir seither in unsere heimische Erde verpflanzten, da habe ich weder der Straßen noch der Sohlen unter meinen Füßen gespart. Den ganzen Weg von Sankt Martin bis Sankt Andreas in Mantua habe ich, den Stock in der Faust, auf meinen zwei Beinen zurückgelegt. Es ist gar annehmlich, zu sehen, wie sich die Erde unter den Schuhen dehnt, und herrlich, den Teig der Welt zu kneten... Aber wir wollen nicht allzuviel daran denken: ich begänne es ansonsten noch einmalen... Sie machen sich über mich lustig! Potz Kuckuck! Ich bin ein Gallier, ich bin ein Sohn derer, die das Weltall ausplündern. «Was, zum Teufel, hast du ausgeplündert?» fragt man mich lachend. «Und was hast du heimgebracht?» – «Just soviel wie sie. Gefüllte Augen. Leere Taschen, das ist wohl wahr. Aber den Kopf vollgestopft...» Gott, wie schön ist das: sehen, hören, schmecken und sich's zurückrufen! Alles sehen und alles wissen, das kann man nicht, ich weiß wohl; aber man kann zumindest so viel, als man kann! Ich bin gleichwie ein Schwamm, der den Ozean in sich einsaugt, oder besser, ich bin gleichwie eine dickbauchige reife Traube, die vom schönen Saft der Erde schier platzen will. Welch Ernte könnte man haben, so man sie auspressen wollte! Aber also dumm bin ich nicht, liebe Jungens, ich selbsten trinke sie aus! Denn ihr mißachtet sie. Nun gut, um so besser für mich! Ich dränge euch nicht. Derzeit wollte ich die Brosamen des Glücks, das ich aufgespeichert habe, mit euch teilen; alle meine schönen Erinnerungen aus dem Land des Lichtes. Aber die Leute bei uns sind nicht neugierig, es sei denn, was der Nachbar tut und sonderlich die Nachbarin. Das übrige ist allzuweit, als daß man's glauben könnte. So du magst, gehe hin und schau es dir an! Ich sehe hier gleich viel. «Hinterloch, Vorderloch, die aus Rom kommen sind schlimmer als vorher.» Gut, gut. Ich lasse sie reden und zwinge niemands. Maßen ihr nichts davon wollt, behalte ich, was ich gesehen habe, unter meinen Lidern tief im Innern meiner Augen. Man muß die Leute mitnichten zu ihrem Glück zwingen. Man tut klüger, zuvörderst auf ihre Weis mit ihnen glücklich zu sein, hernach auf die seinige. Ein Glück ist nicht soviel als zwo.

Derhalben höre ich ihr längst bekanntes Lied mit an, unterdes ich, ohne daß er's ahnt, Delavaus Nüstern und den Pfarrer, der beim Reden mit den Händen fuchtelt, zeichne; ich stimme ihnen bei: Wie stolz kann man sein, wie lustvoll ist's, so man aus Clamecy stammt! Und bei Gott, also denke ich auch. Es ist eine gute Stadt. Eine Stadt, so mich schuf, kann mitnichten schlecht sein. Die Menschenpflanze schießt dorten nach ihrem Wohlgefallen. Dick und fett, ohn Dornen, ohn Arg. Es sei denn, was den Schnabel betrifft, so wir hier gut gewetzt haben. Aber lästert man auch ein weniges über den Nachbarn (der zurückschlägt), so geht's ihm derhalben nicht übler, man liebt ihn nur desto mehr, und man würde ihm kein Haar krümmen. Delavau erinnert uns, wie unser Nivernais derzeit ihren geruhigen Spott bewahrte, wann rings umher das Land voll Torheiten war, erinnert uns, wie unser Schöffe Ragon sich weigerte, mit den Guisen sich zusammenzuschließen, mit den Ligisten, den Ketzern, den Katholiken, mit Rom oder Genf, mit den tollen Hunden und Wölfen, und wie Sankt Bartholomäus sich bei uns seine bluttriefenden Hände abwusch (und derhalben sind wir allesamt stolz, selbst der Pfarrer). Allesamt eng um unseren Herzog geschart, bildeten wir eine Insel des verständigen Sinns, daran sich die Fluten brachen.

Der verstorbene Herzog Louis und der frühere König Henri lebten dermalen noch; man kann von ihnen nicht reden, ohn gerührt zu sein! Wie wir einander liebten! Sie waren für uns, wir waren für sie wie geschaffen. Wohl hatten sie ihre Fehler, akkurat wie wir. Doch diese Fehler waren menschlich und rückten sie näher, nicht ferner. Man sagte lachend: «Nevers ist noch rüstig!» oder: «Das Jahr wird gut werden. An Kindern wird's uns nicht fehlen. Unser strammer Herzog macht uns noch eins!» Ach, derzeit haben wir's gut gehabt. Derhalben mögen wir auch allesamt gern von diesen Zeiten reden. Delavau hat gleich mir den Herzog Louis gekannt. Aber ich allein habe König Henri gesehen, und das mach ich mir zunutz;

denn bevor sie mich noch bitten, berichte ich's ihnen zum hundertstenmal (für mich ist es allzeit das erste Mal und für sie, so hoff ich, gleicherweis, dafern sie gute Franzosen sind), berichte ihnen, wie ich ihn sah, den grauen König, im grauen Hut, grauen Gewand (seine Ellbogen schauten aus Löchern heraus), auf einem grauen Pferd, mit grauem Haar und grauen Augen: außen ganz grau, innen ganz von Gold...

Zum Unglück unterbricht mich der Erste Schreiber des Herrn Notarius, um dem kundzutun, ein Klient sterbe und verlange seiner. Er muß davongehen, so leid es ihm ist – doch nicht, ehe er uns eine Geschichte verabfolgt hat, die er seit einer Stunde vorbereitete (ich sah es ihm an, wie er sie auf seiner Zunge drehte und wendete; aber ich brachte zuerst die meine an). Doch seien wir gerecht, sie war gut, ich habe trefflich gelacht. Wenn's gilt, einen Schwank zu erzählen, so hat Delavau nicht seinesgleichen.

Nachdem wir uns solcherart von unserer Rührung erholt hätten, von der Kehle bis zur Ferse entspannt und gewaschen, gingen wir mitsammen fort. (Es mußte ohngefähr drei Viertel fünf oder knapp fünf Uhr sein. In drei kurzen Stunden, ei seht, da hatte ich samt zwei guten Mahlen und fröhlichen Erinnerungen eine Bestellung des Notarius auf zwei Truhen geerntet, die er mich machen ließ.) Die Gesellschaft trennte sich, nachdem sie zuvor bei Rathery, dem Apotheker, einen Biskuit, in zwei Tropfen Johannisbeerschnaps getaucht, zu sich genommen hatte. Delavau vollendete dort seine Geschichte und begleitete uns, auf daß er noch eine andere vernähme, bis zu Mirandola, allwo wir uns wirklich und wahrhaftig trennten, hatten aber zuvor noch den Bauch zur Mauer gekehrt, eine

Aufhaltung genommen, um unseren letzten Herzensergüssen freien Lauf zu lassen.

Dieweil es allzu spät und allzu früh war, um heimzukehren, stieg ich mit einem Kohlenhändler gen Bethlehem hinab, der seinem Wägelein folgte und dabei ins Horn blies. Nahe beim Turm Lourdeaux begegnete ich einem Wagner, der im Gehen ein Rad vor sich her trieb; und wenn es sich verlangsamte, sprang er hinzu und versetzte ihm einen Hieb. Just wie einer, der dem Rad des Glückes nachläuft; und wenn er hinaufsteigen will, so flieht's hinweg. Ich skizzierte mir das Bild, auf daß ich's einmal verwende.

Ich war noch unschlüssig, ob ich den kürzesten oder den längsten Weg nehmen sollte, um nach Hause zurückzukehren, als ich aus dem Hospital eine Prozession kommen sah, voran das Kreuz, von einem Knirps getragen, kaum höher als meine Beine; er stützte es gleich einer Lanze auf seinen Wanst, reckte seine Zunge gen den anderen Chorknaben und schielte zum End seines heiligen Stabes empor. Hinter ihm trugen vier Alte nicht gerad zum besten mit ihren roten und geschwollenen Händen unter einem Tuch einen Entschlafenen, der unter den Fittichen seines Pfaffen auf dem Weg war, seinen Schlaf in der Erde zu beenden. Aus Höflichkeit gab ich ihm bis zur Wohnstätte das Geleite; 's ist vergnüglicher, wenn man nicht alleinigt geht. Ich gestehe, ein weniges folgte ich auch, um der Witwe zuzuhören, die, wie's Brauch ist, heulend neben dem Offizianten schritt und die Krankheit des Verblichenen erzählte, die Heilmittel nannte, die er genommen, seinen Todeskampf und seine Tugenden beschrieb, seine Treue, seine Wesensart, kurzum sein Leben und das seiner Ehefrau. Ihr Klagelied und die Gesänge des Pfarrers wechselten einander ab. Wir folgten voll Anteilnahme: denn es tut nicht not, zu sagen, daß wir längs des ganzen Wegs wackere Herzen aufsammelten, die da ihr Mitleid bezeigen wollten, und Ohren, die hören wollten. Am End, da wir an der Behausung ankamen, an der Herberge zum guten Schlaf, legte man ihn in seinen Sarg am Rand der gähnenden Grube; und dieweil ein armer Teufel nicht das Recht hat, sein hölzernes Hemd mitzunehmen (man schläft nackt ebenso trefflich), leerte man den Kasten, nachdem man Tuch und Decke gehoben hatte, in den Grund des Loches.

Als ich eine Handvoll Erde dazugeworfen hatte, um ihm sein Bett zu verbrämen, und ihm das Zeichen des Kreuzes geschlagen, um die bösen Träume zu verjagen, ging ich wohlzufrieden davon; ich hatte alles gesehen, alles gehört, teilgenommen an Freuden, teilgenommen an Leiden; mein Ranzen war voll.

Zum Abschluß kehrte ich längs des Wassers heim. Beim Zusammenfluß der beiden Flüsse gedachte ich, den Beuvron zu nehmen, um nach Hause zurückzukehren; aber der Abend war also schön, daß ich gedankenlos aus der Stadt hinausging und der schmeichelnden Yonne folgte, die mich bis zu den Stromschnellen von La Forêt fortzog. Das stille und glatte Wasser floh ohn eine Falte in seinem klaren Kleid dahin; man wurde von seinen Augen festgehalten wie ein Fisch, der einen Angelhaken geschluckt hat. Der ganze Himmel war gleich mir im Netz des Stromes gefangen; er badete sich darein samt seinen Wolken, die, dahinschwebend, sich an die Gräser und Schilfstauden hängten; und die Sonne wusch ihre Goldmähne im Wasser. Ich setzte mich bei einem alten Mann nieder, der, das Bein nachziehend, zweier magerer Kühe hütete. Ich tat nach seiner Gesundheit fragen und riet ihm, sein Bein in einen Strumpf mit Brennesseln zu stecken (ich spielte zu meinem Ergötzen den Arzt). Er erzählte mir heiteren Sinns seine Geschichte, seine Krankheiten, seine Trauerfälle und schien gekränkt, dieweil ich ihn fünf oder sechs Jahre jünger schätzte (er war fünfundsiebzig), denn er war stolz auf sein Alter, war stolz, daß er mehr als die anderen gesehen und durchgemacht hätt. Er fand es billig, daß man dulden müsse, daß die Besten mit den Argen Unbill litten, dieweil zum Ausgleich die Segnungen des Himmels sich ohn Unterschieds über Gerechte und Ungerechte ergössen: zu guter Letzt ist solcherweis alles ein und dasselbe, und so ist's recht; ob reich, ob arm, schön oder häßlich, eines Tages werden sie alle friedevoll in den Armen desselbigen Vaters schlafen. Und seine Gedanken, seine geborstene Stimme, die wie die Grillen im Gras klang, das Rauschen der Schleuse, der Duft von Holz und Teer, den der Wind vom Hafen hertrug, das reglose Wasser, das da floh, die schönen Spiegelbilder darin, all das einte sich und verschmolz mit dem Abendfrieden.

Der Alte ging davon, ich kehrte mit kleinen Schritten, die Arme auf dem Rücken, alleinig zur Stadt zurück, indes ich die Kreise, die im Wasser sich drehten, betrachtete. Ich war so vertieft in die Bilder, so auf dem Beuvron flossen, daß ich vergaß, dessen zu achten, wo ich ging, wo ich war: war so vertieft, daß ich jählings emporschreckte, als mich vom anderen Flußufer eine nur allzu vertraute Stimme anrief... Ich war, ohn darauf zu achten, bis vor mein Haus gekommen! Vom Fenster drohte mir mein süßes Liebchen, mein Weib, mit der Faust. Ich tat, als sähe ich sie mitnichten, und ließ die Augen auf den Strom gerichtet; und unterdes hatte ich mit dem Kopf nach unten den Spaß, sie tobend und fuchtelnd im Spiegel des Flusses zu sehen. Ich schwieg stille; aber ich lachte, daß mein Zwerchfell tanzte und mir der Bauch wackelte. Und je mehr ich lachte, um so entrüsteter tauchte sie kopfüber in den Beuvron. Und je mehr sie den Kopf hineinsteckte, um so mehr lachte ich. Am End warf sie voller Zorn Tür und Fenster zu und fegte wie ein Sturmwind aus dem Haus, um mich zu holen... Ei freilich, aber sie mußte übers Wasser kommen. Links? Rechts? Wir stunden zwischen zwei Brücken... Sie wählte den Übergang rechts, und wann ich sie auf diesem Weg sah, nahm ich den andern, das verstand sich, und kehrte über die große Brücke heim, auf der Gadin gleich einem Reiher einsam hingepflanzt stund, unentwegt seit dem Morgen.

Nun war ich wieder zu Hause. Es war Nacht. Wie, zum Teufel, vergehen nur die Tage so schnell? Ich mach's glücklicherweis nicht so wie Titus, dieser römische Faulpelz, der allweil jammerte, er habe seine Zeit verloren. Ich verliere nichts nicht, ich bin mit meinem Tag zufrieden, ich hab ihn gewonnen. Nur sollte ich deren zween haben, jeden Tag zween; ich bekomme für mein Geld nicht genug. Kaum beginne ich zu trinken, da ist mein Glas leer. Es hat einen Sprung! Ich kenne andere Leute, die schlürfen langsam an dem ihrigen, sie bringen's niemals zu End. Haben sie etwa ein größeres Glas? Potz Donner, das wäre eine schreiende Ungerechtigkeit! Heda, du da oben, Gastwirt zur Goldenen Sonne, du, der den Tag ausschenkt, gib mir ein gut Maß! – Aber nicht doch, gesegnet seist du, mein Gott, der mir die Gabe hat verliehen, von Tisch allweil mit solchem Hunger und solcher Liebe zum Tag und auch zur Nacht (die gleicherweis gut ist) aufzustehen, daß ich weder von dem einen noch von der andern jemalen genug habe! – Was fliehst du so schnell, April! So bald zu End, mein Tag! – Was tut's! Ich habe euch besessen, ich habe euch in meinen Armen gehalten, und ich habe deine kleinen Brüste gekost, feingliederiges Jüngferlein, zarte

Tochter des Frühlings... Und jetzo sei du willkommen, Nacht! Jetzo umfange ich dich. Immer einer nach dem andern. Wir wollen zusammen schlafen gehen... Aber o je! und potz Donner! Zwischen uns wird eine andere schlafen... Meine Alte kehrt heim...

Belette

Mai

Seit drei Monden war mir ein Auftrag für eine Truhe und einen großen Anrichtetisch für Schloß Asnois zuteil worden; ich harrete, damit anzufangen, nur darauf, daß ich nochmalen hinginge und das Haus, das Zimmer und den Platz, dafür sie bestimmt waren, mit eigenen Augen wiedersähe. Denn ein schön Möbel ist gleich einer Frucht, so man vom Spalier selbsten pflücken muß; es könnte nicht ohne Baum wachsen; und wie der Baum, so ist die Frucht. Sprecht mir mitnichten von etwas Schönem, das hier oder dorten sein mag, das sich jeder Umgebung kann anpassen gleich einer Dirne dem, so sie am besten bezahlt. Das wär eine Venus von der Straße. Die Kunst gehöret für uns zur Familie, ist der Genius des heimischen Herdes, ist der Freund, der Gefährte, der besser als wir selbsten auszudrücken vermag, was wir allesamt empfinden. Die Kunst ist unser Hausgott. Willst du ihn kennenlernen, mußt du sein Haus kennen. Der Gott ist für den Menschen geschaffen und das Werk für den bestimmten Platz, durch den der erst vollkömmlich wird und ausgefüllt. Schön ist, was an seinem Platz am schönsten ist.

Ich ging also, mir den Platz ansehen, allwo ich mein

Möbel hinpflanzen könne, und verbrachte dorten einen Teil des Tages, Essen und Trinken mitgerechnet: denn über dem Geist soll man des Leibes nicht vergessen. Nachdem daß beide ihre Vergnügung gefunden hatten, ging ich des Wegs, den ich gekommen, wieder fürbaß und kehrte frohgemut nach Hause zurück.

Ich war allgemach dorten angelangt, wo die Wege sich kreuzen, und wenngleich ich keinerlei Zweifel hegte, welchen Weg ich müsse einschlagen, schielte ich dennoch nach dem anderen Pfad hinüber, den ich zwischen Wiesen und blühenden Hecken sich hinschlängeln sah...

Wie wär's ergötzlich, sagte ich mir, nach jener Seite zu schlendern! Zum Teufel mit den breiten Straßen, so geradeswegs zum Ziel führen! Der Tag ist noch lang und schön. Wollen wir, mein Freund, gar schneller sein denn Apollo? O nein. Unsere Alte wird vom Warten gewißlich die Sprache ihres Maulwerks nicht verloren haben... Gott, wie ist dieser kleine Apfelbaum mit dem weißen Frätzlein so liebreizend anzuschaun! Statten wir ihm einen Besuch ab. Nur fünf oder sechs Schritte. Zephir läßt seine Federlein in der Luft umherflattern, man könnte vermeinen, da schneie es. Wie gar viele zwitschernde Vögel! O wie wonnesam sie singen! Und dieses Bächlein, das da brummelnd unterm Gras dahingleitet, gleichwie ein Kätzlein, so unter einer Decke nach einem Knäuel hascht! Laßt uns dem Bächlein folgen. Eine Wand von Bäumen verstellt seinen Weg. Jetzo wird's ihm übel gehen. Ei, seht den kleinen Schelm, wo ist er denn hindurchgekommen? Hier, hier, unter den Beinen, den alten, knorrigen, gichtischen, geschwollenen Beinen dieser gekappten Ulme hindurch. Sieh einer den kecken Burschen! Aber wohin, zum Teufel, führt mich dieser Weg?

Unter derlei Reden folgte ich meinem geschwätzigen

Schatten auf den Fersen. Und ich Heuchler tat so, als wisse ich nicht gar wohl, in welcher Richtung dieser schmeichelnde Pfad uns führen wollte. Wie gut du lügen kannst, Colas! Erfindungsreicher noch als Odysseus, machst du dir gar selbsten etwas vor. Du weißt überaus wohl, wohin du gehst! Du wußtest es, du Listiger, des Augenblicks, da du in Asnois aus dem Tor tratest. Eine Stunde von dorten befindet sich der Pachthof Célines, deiner alten Flamme. Wir wollen sie überraschen. Aber wer von uns beiden, sie oder ich, wird mehr überrascht sein? Gar viele Jahre ist es her, seit ich sie nimmer gesehen habe. Was wird von dem spöttischen Frätzlein und dem feinen Mäulchen meiner kleinen Belette noch übrig sein? Jetzo vermag ich wohl, ihr standzuhalten; nunmehr ist keine Gefahr, daß sie mir mit ihren spitzen Zähnlein das Herz zerreißt. Mein Herz ist eingetrocknet gleichwie ein alter Rebstock, und sie, ob sie wohl ihre Zähne noch hat? Ach, Belette, Belette, wie trefflich konnten deine kleinen Zähne lachen und beißen! Wie hast du mit dem armen Breugnon gespielt! Wie hast du ihn genugsam sich drehen und wenden und widewitt herumwirbeln lassen gleich einem Kreisel! Bah, wann's dir ein Spaß war, mein Kind, so tatest du recht. Ich war ein rechtes Kalb!

Ich sehe mich noch, wie ich offenen Mundes beide Arme mit gespreizten Ellbogen auf Meister Médard Lageneaus Mauer stütze, meines Lehrherrn, der mich in der edlen Kunst der Bildhauerei unterwies. Und auf der anderen Seite, in einem großen Gemüsegarten, der an den Hof stieß, so uns als Werkstatt dienete, zwischen Lattich- und Erdbeerbeeten, roten Radieschen, grünen Gurken und goldgelben Melonen, da ging mit nackten Füßen, nackten Armen und halbnackter Brust ein schön, hurtig Mägdelein; als alleinigen Ballast ihre schweren roten Haare, ein gelblich Leinenhemd, darunter sich ihre festen Brüste abzeichneten, und einen kurzen Rock, der reichte ihr bis ans Knie; sie hielt in ihren beiden braunen und kräftigen Händen zwei volle Wasserkannen geschickt ob der blättrigen Pflanzenköpfe, die ihre kleinen Schnäbel zum Trinken aufsperrten. Und ich riß den meinen, der nichts weniger denn klein war, erstaunt auf, um besser sehen zu können. Sie ging hin und wider, leerete ihre Gießkannen und füllete sie von neuem, mit beiden Armen gleichzeitig im Brunnen, schnellte alsdann gleich einer Gerte wieder in die Höhe und kehrte fürsorglich auf der feuchten Erde in den schmalen Gängen zurück, indes ihre feinnervigen Füße mit den langen Zehen im Vorübergehen die reifen Erdbeeren zu betasten schienen. Sie hatte die runden, robusten Knie eines jungen Burschen. Ich verschlang sie schier mit den Augen. Sie schien nicht zu sehen, daß ich sie betrachtete, aber sie kam, ihren kleinen Regen ausschüttend, immer näher; und als sie ganz nahe war, da schoß sie aus ihren Augen einen Pfeil auf mich ab. Ich fühlte den Angelhaken und das kleinmaschige Netz mich umschlingen. Mit Recht heißt es: «Im Weiberaug dräut Minne, wie in dem Netz der Spinne.» Kaum gefangen, wehrte ich mich. Zu spät! Ich dumme Fliege blieb an der Mauer kleben, die Flügel im Leim. Sie beschäftigte sich fürder nicht mit mir. In hockender Stellung verpflanzte sie ihren Kohl. Nur hie und da versicherte das arglistige Geschöpf sich mit einem Seitenblick, ob die Beute in der Schlinge gefangen blieb. Ich sah, wie sie sich das Lachen verbiß, und ich hatte gut zu mir selbst sagen: Du armer Junge, geh davon, sie macht sich über dich lustig. Als ich sie lachen sah, mußte ich gleicherweis lachen. Wie dämlich muß ich ausgeschaut haben! – Und siehe da, plötzlich macht sie einen Seitensprung! Sie überspringt ein Beet, ein zweites, ein drittes, sie läuft, springt, erhascht im Vorbeieilen ein Samenkorn vom Löwenzahn, das da wie ein Schifflein weich auf der Luftströmung dahinglitt, und die Arme schwenkend, ruft sie, dieweil sie mich ansieht: «Wieder einen Liebhaber eingefangen!»

Mit diesen Worten versenkte sie den flaumigen Nachen hinein in die Öffnung ihres Halsausschnitts zwischen ihre beiden Brüstlein. Ich, wenngleich ein Dummbart, gehörte doch mitnichten zu den Galanen, so ihre Zeit unnütz vertrödeln, und ich sagte zu ihr: «Lege mich doch dazu!»

Nunmehr fing sie an zu lachen. Und die Hände in den Hüften, breitbeinig, ganz mir zugekehrt, erwiderte sie: «Sieh einer das Leckermaul! Meinst du, meine Äpfel reifen für deine Lefzen?»

Also machte ich an einem späten Augustabend Bekanntschaft mit ihr, der Belotte, der Belette, der schönen Gärtnerin. Belette ward sie genannt, weil sie gleich jener anderen, der Dame mit dem zugespitzten Schnäuzlein, einen gestreckten Körper und einen kleinen Kopf hatte, das listige Näslein der Pikardinnen, einen etwas vortretenden Mund, der war schön geschwungen und taugte gar wohl zum Lachen und zum Beißen in Herzen und Nüsse. Aber von ihren stahlblauen Augen, die gleichsam im Dunst eines strahlenden gewittrigen Himmels schwammen, und von ihren Mundwinkeln, den Mundwinkeln einer artigen Faunin, darin ein verzehrend Lächeln saß, da spann sich der Faden, womit die rothaarige Spinne ihr Netz um die Menschen legte.

Die Hälfte meiner Zeit verbrachte ich, anstatt zu arbeiten, jetzo damit, über meine Mauer zu starren, bis Meister Médards Fuß meinen Arschbacken einen kräftigen Besuch verstattete und mich hiemit zur Wirklichkeit hinabsteigen ließ. Manchmal rief die Belette ungeduldig: «Hast du mich wohl genugsam von vorn und von hinten betrachtet? Was willst du mehr noch sehen? Du mußt mich ja schon trefflich kennen!»

Und ich, spitzbübisch mit den Augen zwinkernd, erwiderte: *«Weiber und Melonen sollst mit dem Blick nicht schonen.»*

Wie gern hätte ich mir eine Scheibe davon abgeschnitten! Vielleicht hätte eine andere Frucht es auch getan. Ich war jung, heißblütig, in jede Schürze verliebt. War sie die eine, die ich liebte? Es gibt Augenblicke im Leben, da würde man eine aufgeputzte Vogelscheuche lieben. Aber nein, Breugnon, du lästerst, du glaubst ja selbsten kein Wort davon. Die erste, so man liebt, ist die wahre, die rechte, die, so man lieben sollte. Die Gestirne haben sie ins Leben gerufen, auf daß sie unseren Durst stille. Und mir scheint, dieweil ich von ihr nicht getrunken habe, derhalben leide ich Durst, allweil Durst und werde ihn leiden, allsolange ich lebe.

Wie wir uns verstanden! Wir waren beide nicht auf den Mund gefallen. Sie sagte mir Grobheiten, und ich zahlte sie ihr mit Zinsen zurück. Beide waren wir mit Auge und Zahn bereit, anzubeißen. Manches Mal lachten wir darüber, bis wir schier erstickten. Und hatte sie eine Bosheit losgelassen, da ließ sie sich, auf daß sie besser lachen könne, zur Erde in die Hocke gleiten, als wollte sie ob ihrer Rüben und Zwiebeln brüten.

Abends kam sie an meine Mauer plaudern. Ich sehe sie noch, wie sie einmalen unter Schwatzen und Lachen, dieweil ihre kecken Augen in meinen Augen nach der schwachen Stelle im Herzen spähten, um ihm weh tun zu können, ich sehe sie noch, wie sie da mit erhobenen Armen einen Kirschzweig zu sich herunterzog, mit roten Ohrgehängen beladen, die einen Kranz um ihre roten Haare bildeten, und ohn die Früchte zu pflücken, pickte sie sie mit gerecktem Hals, den Schnabel in der Luft, vom Baum, indes sie die Stiele samt Kernen dran hängen ließ. Ein Augenblicksbild, unvergeßlich und wunderbar: Jugend, gierige Jugend, die an den Brüsten des Himmels sauget! Wie viele Male habe ich die Linien dieser schönen Arme, dieses Halses, dieses Busens, dieses naschlüsternen Mundes und dieses zurückgebeugten Kopfes auf den Möbelfüllungen zwischen Blumengewinden dargestellt! – Und ob meiner Mauer gebeugt, reckte ich den Arm, erfaßte jählings den Zweig, den sie abweidete, riß ihn herab, drückte meine Lippen darauf und sog begierig an den feuchten Kernen.

Sonntags fanden wir uns gleicherweis zusammen, sei's zum Spaziergang oder im Wirtshaus von Beaugy. Wir tanzten. Ich war so steif wie ein Stock, Liebe gab mir Flügel: Liebe, sagt man, lehrt gar die Esel tanzen. Ich glaube, wir hörten nicht einen Augenblick auf, miteinander zu scharmützeln... Wie sie zu sticheln vermochte! Mit welch beißendem Spott bedachte sie nicht meine lange, schiefe Nase, meinen offenstehenden großen Mund, darin man, wie sie sagte, eine Pastete hätte zu backen vermocht, meinen Schusterbart und dies ganze mir gehörige Gesicht, davon der Herr Pfarrer behauptete, es sei nach dem Ebenbild des Gottes gemacht, so mich geschaffen hat! (Das wird ein schön Gelächter geben, wann ich ihn dermaleinst werde sehen!) Sie ließ mir keine Minute Ruhe. Und ich war gleichweis weder auf den Mund fallen noch linkisch.

Auf die Dauer machte uns solch Spiel, bei Gott, gar heiß! Denkst du noch, Colas, der Weinlese bei Meister Médard Lagneau? Belette war dazu geladen. Seite an Seite saßen wir gebückt in den Furchen. Unsere Köpfe berührten sich schier, und ab und an streifte meine Hand beim

Pflücken einer Traube aus Versehen ihren Rücken oder ihre Wade. Alsdann erhob sie ihr erhitztes Gesicht, schlug gleich einem jungen Füllen nach mir aus oder beschmierte mir die Nase mit dem Saft einer Traube. Und ich, ich zerdrückte eine dunkle, saftige auf ihrem goldigen, von der Sonne heißen Hals. Sie wehrte sich wie eine Teufelin. Ich hatte gut sie bedrängen, es gelang mir doch niemalen, sie zu fangen. Einer lauerte dem andern auf. Sie schürete das Feuer, schaute zu, wie ich brannte, und spottete dann meiner.

«Du kriegst mich doch nicht, Colas.»

Und ich lungerte mit unschuldiger Miene fürder auf meiner Mauer gleich einer dicken, zusammengerollten Katze, die da tut, als schliefe sie, und durch die enge Ritze der halbgeöffneten Lider dennoch der tanzenden Maus auflauert, und wischte mir im voraus den Mund:

Wer zuletzt lacht, lacht am besten!

Nun aber kam ein Nachmittag (das war in diesem selbigen Monat wie jetzt) Ende Mai (aber derzeit war es viel heißer denn heute), die Luft war schwül; der weiße Himmel huschte seinen glühenden Atem gleichwie aus dem Rachen eines großen Backofens zu uns herab. Seit etwan einer Woche brütete, in dieses Nest geduckt, das Gewitter auf seinen Eiern, so nicht auskriechen wollten. Man schmolz vor Hitze. Der Hobel wurde schier naß, und mein Bohrer klebte mir an der Hand. Belette hörte ich nicht mehr, die noch eben gesungen hatte. Ich suchte sie mit den Augen. Im Garten – niemand ... Plötzlich sah ich sie hinten im Schatten der Hütte auf einer Stufe, da saß sie und schlief, den Kopf zurückgelehnt, offenen Mundes auf der Türschwelle. Ihr einer Arm hing über der Gießkanne. Der Schlaf hatte sie jählings übermannt. Mit ausgestrecktem Körper, halb entblößt und ohne Besinnung unter dem glühenden Himmel, bot sie sich unverteidigt dar, wie eine Danae! Ich fühlte mich Jupiter. Ich kletterte über die Mauer, zertrat im Laufen die Kohl- und Salatköpfe, nahm sie in meine beiden Arme, küßte sie mitten auf den Mund. Sie war heiß und nackt und feucht von Schweiß; halb im Schlaf, von Wollust geschwellt, ließ sie mich gewähren; und ohn die Augen zu öffnen, suchte ihr Mund meinen Mund und erwiderte meine Küsse. Was ging in mir vor? Welche Verirrung ergriff mich! Der Strom des Begehrens rann unter meiner Haut; ich war trunken; ich umschlang dies schöne, warmblütige, zur Liebe bestimmte Geschöpf; die Beute, die ich begehrte, die gebratene Taube flog mir in den Schnabel... Und da (ich Esel!) wagte ich nicht, sie zu nehmen. Ich weiß nicht, welch blöde Bedenken mich ergriffen. Ich liebte sie allzusehr. Der Gedanke war mir peinvoll, sie sei vom Schlaf befangen, ich hielte wohl ihren Leib, indes mitnichten ihre Seele, und also sollte ich meine stolze Gärtnerin, so sich mir schlafend darbot, nur einem Verrat verdanken. Ich entriß mich meinem Glück, ich löste unsere Arme, unsere Lippen und die Bande, die uns miteinand verketteten. Das ging nicht schmerzlos: der Mann ist Feuer und das Weib Zunder, wir brannten selbander lichterloh, und ich zitterte und stöhnte gleichwie jener andere Esel, der die Antiope besiegte. Letztlich blieb ich Sieger, das heißt: ich entfloh. Noch heute, nach 35 Jahren, steigt mir die Röte ins Gesicht, so ich daran denke. O törichte Jugend! – Wie gut es tut, zu denken, daß man so dumm gewesen ist, und wie erfrischt das das Herz!

Von diesem Tag an war sie wider mich gleich einer wahrhaftigen Teufelin. Launisch wie drei Herden Ziegen, so im Zickzack hin und wider hüpfen, mehr veränderlich als die Wolken, schleuderte sie mir des einen Tags ihre beleidigende Verachtung zu oder sah mich schier gar nicht; des andern Mals bedachte sie mich mit schmachtenden Blicken und schmeichelndem Lachen; hinter einem Baum versteckt, zielte sie arglistig mit einem Erdklumpen nach mir, der, alsobald ich den Rücken gewandt hätt, mich im Nacken traf, oder – piff, paff, puff! – mit einem Pflaumenkern, so ich nur die Nase hob. Und dann beim Spazierengehen, da quackelte und kolkte und kokettierte sie mit allen und jedem.

Das ärgste war, sie kam auf den Einfall, damit sie mich noch mehrer reizte, einen anderen Vogel in die Falle zu locken, und zwar meinen besten Kameraden, Quiriace Pinon. Er und ich waren wie zwei Finger einer Hand. Gleichwie bei Orest und Pylades gab's nie keine Schlägerei, Hochzeit oder sonstige Festlichkeit, allwo es mit dem Mund, den Beinen oder den Fäusten etwas zu fechten gab, da einer ohne den anderen gegangen wäre. Er war knorrig gleich einer Eiche, untersetzt, vierschrötig, mit plumpen Schultern und plumpem Geist, offenherzig, geradheraus und arbeitstreu. Jedweden, so Händel hätt mit mir anfangen wollen, den hätte er auf der Stelle niedergeschlagen. Und just ihn wählte sie, um mich zu ärgern. Sie hatte leichtes Spiel. Da genügten vier bedeutungsvolle Blicke und ein halb Dutzend der üblichen Frätzlein. Eine unschuldsvolle, schmachtende oder kecke Miene zur Schau tragen, verstohlen lachen, wispern, die Spröde spielen, blinzeln, die Augen niederschlagen, die Zähne zeigen, sich auf die Lippen beißen oder gar mit der spitzen Zunge darüber hinlecken, den Hals verdrehen, sich in den Hüften wiegen oder gleich wie eine Bachstelze mit dem Steiß wackeln – wo ist der Adamssohn, der sich nicht von derlei kleinen Künsten einer Evastochter fangen ließe? Pinon verlor derhalben das wenige an Vernunft, so er besaß. Von nun an waren wir ihrer zween, die, ob unserer Mauer gebeugt, keuchend und atemlos der Belette auflauerten. Schon wechselten wir wortlos wütende Blicke. Sie schürte das Feuer, und um es noch mehr zu entfachen, sprengte sie ab und an einen Guß Eiswasser drüber. Ohngeachtet alles Schimpfens lachte ich weidlich ob solcher Taufe. Aber Pinon, dies Riesenroß, tobte derhalben auf unserem Hof umher. Er schäumte vor Wut, fluchte, drohte, wetterte. Er war unfähig, einen Spaß zu verstehen, ausgenommen einen, so er selbst machte (und den verstand niemand außer ihm selbsten; indes, er lachte darob für drei). Die Mamsell hingegen tat sich gütlich gleich einer Fliege auf der Milch und schlürfte seine amourösen Grobheiten. Solche rohe Art war nicht die meine; und obzwar diese verschmitzte Gallierin, die lose, lachende Dirne, mir um vieles näherstund denn diesem wiehernden, sich bäumenden, ausschlagenden und fürzenden Tier, bedachte sie aus Kurzweil, aus Lust an der Abwechslung und um mich zur Verzweiflung zu bringen, doch nur ihn mit verheißenden Blicken und mit lockendem Lächeln. Aber alsobald es darum ging, ihre Versprechungen einzulösen, und der Narr, der Prahlhans sich schon anschickte, ins Horn zu blasen, da lachte sie ihm ins Gesicht und ließ ihn gar beschämt stehen. Ich lachte auch, das verstand sich, und der enttäuschte Pinon kehrete seine Wut wider mich; und er argwöhnte, ich könne ihm seine Schöne wegschnappen. So geschah's, daß er eines Tages geradheraus von mir erbat, ich möchte ihm den Platz überlassen. Ich sagte gar sanftmütig: «Bruder, just hatte ich die Absicht, die gleiche Bitte an dich zu richten.»

«Ja, Bruder», sagte er, «dann gilt's, einand den Schädel einzuschlagen.»

«Ich habe wohl daran gedacht», antwortete ich, «aber, Pinon, das kommt mir schwer an.»

«Nicht so schwer wie mir, mein Breugnon. Also, mach dich von hinnen, wenn's beliebt. Ist genug an einem Hahn auf einem Hühnerhof.»

«Ganz meine Meinung», sagte ich. «So mache, daß du fortkommst, denn diese Henne ist mein.»

«Dein? Das lügst du!» schrie er. «Du Bauer, du Mistvieh, du Milchsaufer! Mir gehört sie, ich halte sie fest, kein anderer soll mir davon kosten.»

«Mein armer Junge», erwiderte ich, «hast du dich denn niemalen selbst beschaut? Du Plumpsack, du Kohlrübenfresser, jedweder kriegt den Brei, der vor ihn taugt. Dieser feine Burgunderkuchen gehört mir; er gefällt mir, ich bin darauf begierig. Da bleibt für dich nichts übrig. Geh deine Rüben stechen.»

Nach etlichen Drohungen kam es zu Schlägen, ohngeachtet es uns leid war, denn wir liebten einand.

«Höre», sagte er zu mir, «laß sie mir, Breugnon! Ich bin es, dem sie den Vorzug gibt.»

«Mitnichten», sagte ich, «das bin ich.»

«Wohlan, fragen wir sie selbst. Der Verschmähte wird dann gehen.»

«Einverstanden! Sie mag wählen.»

Ja, aber geh mal einer und sage so einem Mädchen, sie solle wählen! Es macht ihr allzuviel Vergnügen, die Wartezeit hinzudehnen, die ihr erlaubt, in Gedanken einen und darnach den andern oder gar keinen zu nehmen und ihre Liebhaber ob dem Rost hin und wider zu drehen... Unmöglich, sie zu fassen! Wann wir ihr davon sprachen, antwortete Belette uns mit hellem Gelächter.

Wir kehrten also in die Werkstatt zurück und zogen unsere Jacken aus.

«Da ist kein ander Mittel fürderhin, einer von uns muß ins Gras beißen!»

Im Begriff loszuschlagen, sagte Pinon zu mir: «Küsse mich!»

Wir küßten uns zweemalen.

«Und nun los!»

Der Tanz begann. Wir gingen beide aufs Ganze. Die Schläge, so Pinon mir versetzte, waren solcherart, als wollte er mir den Schädel zerschmettern, und ich stieß ihm mit den Knien schier den Bauch ein. Nur Freunde vermögen solche Feinde zu werden. Nach wenigen Minuten waren wir beide mit Blut schier übergossen, und rote Rinnen gleichwie von altem Burgunder rieselten aus unseren Nasen... Meiner Treu, ich weiß nicht, wie die Geschichte geendet wär, aber gewißlich hätte einer von uns den andern kaltgemacht, wenn nicht zum Glück die Nachbarn, so zusammenliefen, und Meister Médard Lageau, der just nach Hause kam, uns getrennt hätten. Das war mitnichten leichtlich. Wir hatten uns gleich Bulldoggen ineinand verbissen. Man mußte uns mit Hieben traktieren, bis wir voneinander ließen. Meister Médard griff zur Peitsche. Er bleute uns ordentlich durch, ohrfeigte uns und redete uns schließlich gut zu. Prügel machen den rechten Burgunder weise. Hat man sich erst trefflich zerkratzt, wird man Philosoph, und alsdann ist es auch leicht, wieder Vernunft anzunehmen. Als wir einander betrachteten, waren wir beide nicht sonderlich stolz. Und just in diesem Augenblick erschien der dritte Räuber auf dem Platz.

Jean Gifflard, ein dicker Müller, kurzgeschoren und rothaarig, mit rundem Schweinskopf, geschwollenen Backen, tiefliegenden kleinen Augen, sah er aus, als bliese er allweil die Trompete.

«Das sind zwei gar schöne Kampfhähne», sagte er mit lautem Gelächter. «Wird euch viel helfen, wann ihr euch um dieser Henne willen Kamm und Geilen zerfleischt!

Dummköpfe! Seht ihr denn nicht, wie sie sich vor Behagen in die Brust wirft, so ihr einand beschimpft? Solchem Weibsbild ist's weiß Gott pläsierlich, dafern ein ganzes Rudel Liebhaber an ihren Röcken hanget, die allesamt nach ihr röhren... Wollt ihr einen guten Rat? Ich gebe ihn euch für nichts: Vertragt euch wieder, macht euch über sie lustig, Kinder, denn sie macht sich lustig über euch. Dreht ihr den Rücken und macht euch beide auf und davon. Dann wird's ihr wohl leid tun. Alsdann muß sie, ob sie will oder nicht, am End ihre Wahl treffen, und wir werden sehen, welchen von beiden sie will. Also los, hopp! Macht euch schnell davon! Wartet nicht lange! Macht einen raschen Schritt! Mut! Hört auf mich, wackere Leute! Indes ihr eure staubigen Schlappen auf Frankreichs Straßen spazierenführt, bleibe ich da, Kameraden, bleibe, um für euch zu arbeiten. Unter Brüdern muß man einand helfen. Ich werde die Jungfer aushorchen. Ich werde euch betreffs ihres Gejammers auf dem laufenden halten. Alsobald sie wählen tät, da werde ich es dem Sieger mitteilen, der andere kann sich alsdann aufhängen. Und jetzo laßt uns darauf einen Schoppen trinken. Trinken und nochmalen trinken, das ersäuft den Durst, die Liebe und die Erinnerung.»

Wir haben sie also gut ersäuft (wir soffen wie Stiefel), daß wir noch am selbigen Abend, da wir aus dem Wirtshaus kamen, unseren Ranzen schnürten und unseren Stock zur Hand nahmen; und so sind wir denn, ich und der andere Tropf, in einer mondlosen Nacht abgezogen, stolz als zween Furze und voll Dankbarkeit wider den guten Giffard, der vor Behagen schier anschwoll und des kleine Augen unter den dicken Lidern in dem fettglänzenden Gesicht lachten.

Des folgenden Morgens waren wir bereits minder großartig. Wir ließen uns aber voreinand nichts nicht merken und spielten den fröhlichen Kumpan. Indes grübelte ein jeder, grübelte und begriff nimmer die absonderliche Taktik, nach der man, um eine Festung zu erobern, vorerst mußte ausrücken. Je länger die Sonne längs der Himmelskuppel rollte, um so mehr fanden wir, daß wir rechte Einfaltspinsel wären. Und wann der Abend hereinbrach, beobachteten wir einer den anderen, sprachen so obenhin vom Regen und vom schönen Wetter und dachten dabei: Wie fein du zu reden verstehst, Freundlein! Und dennoch möchtest du mich am liebsten im Stich lassen. Aber solches wird dir mitnichten gelingen. Ich liebe dich allzusehr, Bruderherz, um dich allein zu lassen. Wohin du auch gehen magst (du Heuchler, ich weiß wohl, wohin dich's gelüstet), ich folge deinen Spuren.

Nach mancherlei Listen, so wir anwandten, um uns auf falsche Fährte zu locken (wir ließen uns nimmer aus den Augen, nicht einmal zum Pissen), mitten in der Nacht, wann wir, von Liebe und Flöhen gebissen, täten, als ob wir schnarchten, sprang Pinon aus dem Bett und rief: «Alle guten Götter! Ich schwitze, ich koche, ich ersticke! Ich kann nimmer! Ich will zurück!»

Und ich, ich sagte: «Kehren wir um.»

Wir benötigten schier einen Tag, nach Hause zu kommen. Die Sonne ging unter. Bis zum Anbruch der Nacht hielten wir uns in den Wäldern von Marché verborgen. Es lag uns nicht sonderlich an, daß man unser Heimkommen bemerkte. Man hätte uns ordentlich gefoppt, und überdies wollten wir die Belette, die Reuige, Einsame, Weinende, überraschen, dieweil sie sich selbsten anklagte: O je, mein Freund, mein lieber Freund, warumb bist du davongegangen? – Daß sie bereute und seufzte, darob bestund keinerlei Zweifel; wer aber war der Freund? Ein jeder antwortete darauf: Ich!

Und nun, da wir sonder Geräusch an ihrem Garten entlang kommen waren (ein dumpf Gefühl der Unruh nagte an unserem Busen), da sahen wir unter ihrem geöffneten, vom Mondlicht gebadeten Fenster am Zweig eines Apfelbaums etwas hängen... Was bedünket euch wohl, das es war? Ein Apfel? Ein Müllerhut! Wollt ihr den Schluß noch hören? Das würde euch allzuviel Spaß machen, liebe Leute. Ich sehe euch schon, ihr Schelme, wie ihr strahlt. Das Unglück des Nächsten ist nur zu euerm Ergötzen da. Jedweder Hahnrei freut sich, wann die Gemeinde sich vergrößert...

Quiriace nahm einen Anlauf und sprang gleich einem Hirsch (das Gehörn hatte er schon). Stürmte auf den Apfelbaum mit der bemehlten Frucht los, erkletterte die Mauer, stürzte in das Zimmer, aus dem alsobald laut Geschrei, Gekreisch, Gebrüll, Gefluche herausdrang.

«Teufel, Taugenichts, Himmel und Hölle, Hilfe, Hahnrei, Hure, Schurke, Schelm, Scheißkerl, Scheinheiliger, Schandpfahl, ich reiße dir die Ohren ab, ich winde dir alle Gedärme aus dem Leib, du sollst die Engel im Himmel singen hören, ich verhau dir den Hintern, da friß, du Fratze...!»

Und Heulen, und Beulen... Hopp, ha, piff, paff, plumps, krach – zerbrochene Fensterscheiben, zerschmissenes Geschirr, Möbel, die fallen, schwere Körper, die sich auf der Erde wälzen, ein Mädchen kreischt, Hunde bellen... Ihr könnt euch vorstellen, wie bei solcher Höllenmusik (spielt auf, Musikanten!) das ganze Dorf zusammenlief!

Ich wartete des Endes nicht ab. Ich hatte genugsam gesehen. Ich kehrte zurück auf dem Weg, den ich gekommen war, mit einem lachenden und einem weinenden Auge, ließ die Ohren hängen, aber trug die Nase hoch.

Wohl, mein Colas, sagte ich mir, da bist du mit einem blauen Auge davongekommen!

Aber ganz im Innern war der gute Colas ein weniges beschämt, daß er selbsten nicht in der Falle geblieben war. Ich spielte den Hanswurst, ich rief mir die ganze Katzenmusik ins Gedächtnis, ich mimte erst den einen, alsdann den andern, den Müller, das Mädchen und den Esel, ich seufzte, als wollte sich meine Seel schier aus dem Leib reißen…

Ach Gott, ach Gott! Das ist wahrlich ein Spaß! Wie tut das Herz mir weh! Ach, ich sterbe noch vor Lachen… nein, vor Schmerz. Was weniges fehlte, und diese kleine Spitzbübin hätte mich gar jämmerlich ins Ehejoch gespannt! Ach warumb ist es nicht soweit gekommen, warumb hat sie mir keine Hörner aufgesetzt? Dann hätte ich sie wenigstens gehabt! Es ist schon ein gut Ding, von dem geliebten Gegenstand ins Joch gespannt zu werden… Dalila! Dalila! Ei tralleri, trallera…!

Vierzehn Tage lang wurde ich solcherart zwischen dem Verlangen zu lachen und dem Verlangen zu jammern hin und wider gezerrt. In meinem einen schiefen Gesicht umfaßte ich gänzlich alleinig die gesamte Weisheit der Antike, den weinenden Heraklit und den lachenden Demokrit. Aber die mitleidlose Welt lachte mich aus. Zu mancher Stunde, wann ich meines Liebchens dachte, da hätte ich sterben mögen. Aber diese Stunden dauerten nicht allzu lange. Glücklicherweis! Lieben ist ein gar schön Ding, aber bei Gott, Freunde, also schrecklich lieben, daß man daran stirbt, das ist zuviel. Das ist gut für Amadis und Galaor! Wir in Burgund taugen nicht zu Romanhelden. Wir leben, also leben wir! Wann man uns ins Leben setzte, hat man uns mitnichten gefragt, ob uns das genehm sei. Niemands hat sich erkundigt, ob wir das Leben begehreten. Aber dieweil wir nun einmal darinnen sind, potz Kerlchen, so will ich auch drin bleiben. Die Welt benötigt uns, dafern nicht wir es sind, die der Welt benötigen. Mag sie nun gut oder schlecht sein, so wir sie verlassen sollen, muß man uns vor die Tür setzen. Gezapfter Wein muß getrunken werden. Ist er ausgetrunken, da müssen unsere fruchtbaren Hügel neuen hergeben! Wir Leute von Burgund haben keine Zeit zu sterben. Was indes das Herzeleid betrifft, so werden auch wir so gut wie ihr anderen (ihr braucht gar nicht so stolz darauf zu sein) damit fertig werden. Vier bis fünf Monate habe ich gelitten gleichwie ein Hund. Und dann geht die Zeit darüber hin und läßt unseren Kummer, der uns allzu schwer worden ist, am jenseitigen Ufer. Heutigentags sage ich mir: Es ist so gut, als hätte ich sie gehabt...

Ach, Belette, Belotte...! Trotz allem habe ich sie gleichwohl nicht gehabt. Und diese Dickwurst Gifflard, dieser Mehlsack, dieser Wasserkopf, der hat sie, verprügelt sie, verhätschelt sie, sie, die Belette, seit mehr denn dreißig Jahren... Dreißig Jahre! Nun wird er wohl genug von ihr haben! Wie man mir erzählte, soll dieses übrigens schon am Tag nach der Hochzeit der Fall gewesen sein. Für solchen Giermund, solchen Nimmersatt ist ein verschluckter Bissen nichts mehr wert. Ohn den Höllenlärm, mit dem man Meister Kuckuck beim Fest im Nest aufgestöbert hatte (Ah, Pinon, du Schreihals!), hätte der Schmarotzer nun und nimmer seine dicken Finger in den zu engen Ring hineinzwängen lassen. Hymen, o Hymneaie! Meiner Seel, gut reingefallen! Noch mehr reingefallen Belette: denn ein unzufriedener Müller läßt es sein Tier entgelten. Und der am meisten Reingefallene von uns dreien bin doch ich. Also, Breugnon, lachen wir (Grund genug ist wahrlich da) über ihn, über sie und über mich selbsten...

Und siehe da, indes ich noch lache, sehe ich zwanzig Schritt vor mir an der Biegung der Landstraße (Großer Gott, habe ich wahrhaftig zween Stunden hintereinand geschwätzt!) das Haus mit dem roten Dach und den grünen Fensterladen, des weißer Leib gleichwie von einer Schlange von einem knorrigen Rebstock schamhaft mit Blättern umkleidet ist. Und vor der offenen Tür sehe ich im Schatten eines Nußbaumes, gebückt über einen Steintrog voll frischen, klaren, sprudelnden Wassers, eine Frau, die ich gar wohl erkenne (wenngleich ich sie seit Jahren nicht sah). Und die Beine versagen mir den Dienst...

Nicht viel, da hätte ich mich aus dem Staub gemacht. Aber sie hatte mich erblickt und sah mich an, indes sie fortfuhr, Wasser aus dem Brunnen zu schöpfen. Und siehe da, plötzlich erkannte auch sie mich, das sah ich... Oh, sie ließ sich nichts merken, dazu war sie allzu stolz; aber der Eimer, den sie hielt, glitt aus ihren Händen in den Trog. Und sie sagt:

«Kommst du heut nicht, kommst du morgen... Sei doch nicht so hitzig.»

Ich antworte: «Hast du mich etwan erwartet?»

«Ich», sagt sie, «ich denke nicht daran! Ich kümmere mich wahrlich nicht um dich!»

«Meiner Treu», sag ich, «ganz wie bei mir. Desohngeachtet bin ich recht erfreut.»

«Und du störst mich nicht sonderlich.»

Da stunden wir nun selbander uns genüber, sie mit ihren nassen Armen, ich in Hemdsärmeln, beide gar linkisch und verlegen. Wir schauten uns an und hatten nicht einmal den Mut, uns wirklich zu betrachten. Auf dem Grund des Brunnens schluckte der Eimer noch immer Wasser.

Sie sagt zu mir: «Komm herein, einen Augenblick hast du wohl Zeit?»

«Ein oder zwei Minuten. Ich bin ein wenig eilig.»

«Das sollte man schier nicht vermeinen. Was führt dich denn hierher?»

«Mich? Nichts», sage ich mit Nachdruck. «Nichts, ich gehe spazieren.»

«Dann mußt du ja sehr reich sein.»

«Reich an barem Gold – nein; aber reich an Einfällen.»

«Du hast dich nicht verändert», meint sie, «du bist noch immer derselbe Narr.»

«Wer närrisch geboren, ist für sein Leben verloren.»

Wir betraten den Hof. Sie schloß das Tor. Wir waren alleinig inmitten gackernder Hühner. Alle Gutsleute waren auf den Feldern. Um sich Haltung zu geben, wohl auch aus Gewohnheit, hielt sie es für gut, hinzugehen und das Scheunentor zu schließen oder aufzutun (so genau weiß ich das nimmer). Und ich wollt unbefangen scheinen und sprach von dem Haus, den Hühnern, den Tauben, dem Hahn, dem Hund, der Katze, den Enten, dem Schwein. Wenn sie's zugelassen hätte, würde ich die ganze Arche Noah aufgezählt haben. Plötzlich sagte sie: «Breugnon!»

Mir blieb der Atem fort. Sie wiederholte: «Breugnon!»

Und wir sahen einander an.

«Küsse mich», sagte sie.

Ich ließ mich nicht groß bitten. Wann man so alt ist, tut das niemanden weh, falls das nicht mehr sehr wohl tut. (Das tut immer noch wohl.) Als ich ihre welke alte Wange an meinen Wangen, meinen alten, stoppligen Wangen fühlte, da war's meinen Augen, als müßten sie weinen. Aber ich weinte nicht, so töricht bin ich nicht!

Sie sagte zu mir: «Du stichst ja.»

«Meiner Treu», sagte ich, «so man mir heutigen Morgens gesagt hätt, ich würde dir einen Kuß geben, da hätte ich mich rasiert. Vor 35 Jahren, als ich wollte, aber du nicht, als ich mein Kinn wollt ‹Schnurr, schnurr, schnurr, lieb Schäferin, wohl reiben wollt an deinem Kinn›, da war es weicher.»

«Du denkst also immer noch daran?» sagte sie.

«Beileib nicht, ich denke niemalen mehr daran.»

Wir fixierten uns lachend; wollten sehen, wer von uns beiden des anderen Augen zuerst besiegen würde.

«Du Hochmütiger, Eigensinniger, du dickköpfiger Maulesel, wie du mir glichest, wie ähnlich wir einand waren!» sagte sie. «Aber willst du denn gar nicht älter werden, du Graukopf? Zwar, Breugnon, mein Freund, schöner bist du nicht worden. Du hast Krähenfüße, und deine Nase ist noch dicker als derzeit. Aber dieweil du niemalen in deinem Leben schön warst, hattest du nichts zu verlieren und hast nichts verloren. Ich möchte schwören, nicht einmal eins deiner Haare, du Eigennutz! Kaum ist dein Schopf hie und da ein weniges grau.»

Ich sagte: «Du weißt ja, ein Narrenkopf wird nicht leicht weiß.»

«Ach, ihr Taugenichtse von Männern, ihr laßt euch halt keine grauen Haare wachsen, ihr genießt eures Lebens. Aber wir, wir altern, wir altern um so schneller. Sieh, was für eine Ruine ich bin. Ach ja! Ach ja! Wie fest war mein Körper; es war wonnig, ihn anzusehn, noch wonnesamer, ihn zu kosen, diesen Hals, diesen Busen, diese Hüften, diese Haut, dies köstliche Fleisch, das strotzend und fest war gleich einer eben gereiften Frucht... Wo sind sie hin, und wo bin ich hin? Wohin habe ich mich verloren? Hättest du mich auch nur erkannt, so du mir auf dem Markt begegnet wärst?»

«Unter allen Frauen hätte ich dich erkannt», sagte ich, «mit geschlossenen Augen.»

«Mit geschlossenen Augen wohl, aber mit offenen? Sieh, diese hohlen Wangen, diesen zahnlosen Mund, diese lange dünne, wie ein Messerrücken gewordene Nase, diese roten Augen, diesen welken Hals, diese schlaffe Brust, diesen verunstalteten Leib...»

Ich sagte (ich hatte alles, was sie mir da erzählte, wohl bemerkt): «Ein klein Schäfelein scheint immer jung zu sein.»

«Ja, siehst du denn nichts nicht?»

«Ich habe gar gute Augen, Belette.»

«Ach Gott, wo ist sie hin, deine Belette, deine Belette?»

Ich sagte:

«Hier war's eben, hier macht's halt, Wieselchen vom schönen Wald. Es verbirgt sein niedlich Schnäuzlein, seine spottlustigen Augen, die mich erspähen und in seinen Bau hineinlocken.»

«Keine Gefahr, daß du Fuchs da hineingehst», sagte sie. «Was dicken Wanst hast du dir angeschafft! Das ist gewiß, ein Liebeskummer hat dich nicht magerer gemacht.»

«Das würde mir viel helfen», sagte ich. «Man muß seinen Kummer gut füttern.»

«Wohl, so komm und laß das Kind trinken.»

Wir traten ins Haus und setzten uns an den Tisch. Mir ist nimmer recht erinnerlich, was ich gegessen und getrunken habe, mein Herz war allzu beschäftigt. Desohngeachtet ließ ich mir keinen Schluck und keinen Bissen entgehen. Die Ellbogen auf den Tisch gestützt, sah sie mir zu; dann sagte sie spottend: «Bist du jetzo etwas weniger bekümmert?»

«Just wie es in dem Lied heißt», sagte ich. «Mit leerem Leib ein traurig Herz; nach gutem Mahl verfliegt der Schmerz.»

Ihr großer, schmaler und spöttischer Mund schwieg;

und indes ich den Schwerenöter spielte und etwelche Albernheiten vorbrachte, da sahen unsere Augen sich an und dachten an die Vergangenheit. Dann plötzlich sagte sie: «Breugnon, weißt du es? Ich habe es niemalen gesagt. Jetzo, da es zu nichts mehr gut ist, kann ich es geruhig tun: Du warst es, den ich liebte!»

Ich erwiderte: «Das wußte ich wohl.»

«Du wußtest es, Taugenichts! Und warumb sagtest du mir's nicht?»

«Hätt ich dir's, du Widerspruchsgeist, gesagt, so wär das genug gewesen, dich nein antworten zu lassen.»

«Was hätte dir das ausmachen können, dafern ich das Gegenteil dachte? Küßt man den Mund oder das, was er spricht?»

«Je nun, der deine tät sich am Sprechen weiß Gott nicht genügen. Solches habe ich in der Nacht, wann wir den Müller in deinem Ofen fanden, gemerkt.»

«Das ist deine Schuld», sagte sie. «Der Ofen war nicht für ihn geheizt. Freilich war es auch meine Schuld. Aber ich bin genugsam bestraft worden. Du, Colas, der du alles weißt, du weißt doch nicht, daß ich ihn nur aus Zorn genommen habe, dieweil du fortgegangen warst. Ach, wie böse war ich auf dich! Ich war es schon an jenem Abend (erinnerst du dich?), als du mich verschmähtest.»

«Ich?» meinte ich.

«Du, du Galgenstrick. Als du eines Abends, dieweil ich eingeschlafen war, in meinen Garten kamst, mich zu pflücken, und mich dann mit Verachtung am Baum hangen ließest.»

Nun erhob ich groß Geschrei und erklärte ihr alles. Sie sagte zu mir: «Ich hab's wohl verstanden. Gib dir keine solche Mühe, du Dummkopf. Ich bin gewiß, wenn es noch einmalen so kommen würde...»

«Alsdann würde ich's ebenso machen.»

«Tropf du!» meinte sie. «Und doch liebte ich dich eben darum. Alsdann wollte ich dir zur Strafe und mir zum Ergötzen dich quälen. Aber ich vermeinte nicht, daß du also dumm sein würdest und dem Angelhaken, anstatt ihn zu verschlucken, aus dem Weg gingest (was die Männer doch feige sind!).»

«Schönsten Dank», sagte ich. «Der Fisch schätzt den Köder, aber seine Eingeweide liegen ihm mehr an.»

In ihren geschlossenen Mundwinkeln saß ein Lächeln; ohn die Augen niederzuschlagen, fuhr sie fort: «Wann ich von deiner Schlägerei mit dem andern hörte, jenem andern Kerl, des Name ich nicht einmal mehr weiß (ich war just dabei, meine Wäsche im Fluß zu waschen, als man mir sagte, er erwürge dich), da ließ ich mein Waschbrett (ei, schwimme hin, Schifflein) aus den Händen fallen, so daß es flugs mit dem Strom davonschwamm, und lief, über meine Wäsche fortstampfend, meine Gefährtinnen zur Seite puffend, ohn meine Holzschuhe davon, lief, bis ich schier außer Atem war, um dir zuzurufen: Breugnon, bist du gar toll? Siehst du denn nicht, daß ich dich liebe? Was soll's dir frommen, so du dir ein Stück von dir, wohl gar das beste, vom Maul dieses Wolfes abschnappen läßt! Ich will keinen verstümmelten, kreuzlahmen Mann. Ich will dich heil und ganz! – Ja, heidideldi, zum Teufel – lirumlarum Löffelstiel, dieweil ich solcherart dumm Gewäsch herunterschwätzte, zechte Meister Windbeutel im Wirtshaus, wußte wohl gar nimmer, zu welchem End er sich geschlagen hätt, und machte sich Arm in Arm mit dem Wolf davon, floh (oh, der Feigling, der Feigling!), floh vor dem Schäflein... Breugnon, wie habe ich dich gehaßt! Mein guter Junge, wenn ich dich jetzo sehe, wenn ich uns heute sehe, da scheint mir das alles zum Lachen. Aber dazumal, mein Freund, da hätte ich dir mit Wonnen die Haut abgezogen, hätte dich lebendig am Rost braten mögen. Doch dieweil ich nicht vermochte, dich zu strafen, bestrafte ich mich selbsten, ich liebte dich ja. Der Mann mit der Mühle bot sich mir. In meiner Wut nahm ich ihn. Wär's nicht dieser Esel gewesen, hätt ich einen anderen genommen. Ach, wie habe ich mich gerächt! Ich dachte nur an dich, während er...»

«Ich verstehe schon!»

«... während er mich rächte. Ich dachte: Jetzt soll er nur kommen! Jetzt sollst du's abkriegen! Breugnon, bist du nun zufrieden? Wenn er nur käme! Wenn er jetzo nur käme! – Ach, leider kamst du zurück, und früher, als mir lieb war... Das weitere weißt du. Fürs Leben war ich nun an den Tropf gebunden. Und der Esel (ist er's oder bin ich's) muß es ausbaden.»

Sie schwieg.

Ich sagte: «Geht es dir hier zumindest gut?»

Sie zuckte mit den Achseln und sagte: «So gut wie ihm.»

«Alle Teufel», meinte ich, «dies Haus muß ein Paradies sein.»

Sie lachte: «Du sagest es, mein Freund.»

Wir sprachen von anderen Dingen, von unseren Feldern, unserem Gesinde, unserem Vieh und unseren Kindern. Aber was wir auch begannen, flugs kehrten wir im Galopp zu unserem Gegenstand zurück. Ich dachte, es würde ihr genehm sein, etliches Nähere über mein Leben, meine Familie, mein Haus zu erfahren; aber ich merkte in Bälde (o neugierige Weiber), daß sie schier soviel davon wußte als ich selbsten. Schließlich, wann das Rad im Rollen ist, da kommt man vom Hundertsten ins Tausendste, zu diesem und jenem, nach rechts, nach links, bergan, bergab, aus Lust am Schwätzen, ohn zu wissen, wohin man gerät. Alle beide, einer nur besser als der andere, verstanden wir uns aufs Possenreißen: das ging gleich wie ein Schnellfeuer, man kam schier außer Atem dabei. Und da tat nicht not, die Worte lange zu drehen und zu wenden: noch ehe sie im Ofen fertiggebacken waren, da wurden sie schon, heiß, als sie waren, verschlungen.

Als ich genugsam gelacht hatte und mir die Augen wischte, da hörte ich's am Kirchturm sechs schlagen.

«Guter Gott», sagte ich, «ich muß gehen!»

«Du hast noch Zeit», sagte sie.

«Dein Mann wird heimkehren. Mir liegt mitnichten an, ihn zu sehen.»

«Und mir etwan!» antwortete sie.

Aus dem Küchenfenster sah man die Wiesen, die schon ihr Abendkleid anzogen. Die Strahlen der untergehenden Sonne bestreuten die zitternden Näslein der tausendfachen Grashalme mit ihrem Goldstaub. Ein Bächlein sprang über blanke Kieselsteine. Eine Kuh kaute an einem Weidenzweig. Zween reglose Pferde, ein schwarzes mit weißem Fleck auf der Stirn und ein Apfelschimmel, das eine den Kopf auf das Kreuz des anderen gelegt, träumten nun, da sie genugsam gefressen hatten, in den Frieden des Tages hinein. In das kühle Haus drang ein Duft von Sonne, von Holunder, von warmem Gras und goldgelbem Mist. Und in das tiefe, weiche Dunkel des Zimmers, darin es ein weniges feucht roch, stieg aus der Steinguttasse, so ich umfaßt hielt, der schmeichelnde Duft des Burgunder Johannisbeerschnapses. Ich sagte: «Was fühlt man sich hier so wohl!»

Sie ergriff meine Hand.

«Und also hätte es das ganze Leben sein können, tagein, tagaus!»

Ich sagte (es war mir leid, daß mein Kommen ihr ein

Wehgefühl zufügte): «Ei, weißt du, meine Belette, wann man alles bedenkt, so ist's vielleicht besser, also wie es ist! Du hast dabei nichts nicht verloren. Für einen Tag, da geht es wohl. Aber für das ganze Leben, da hättest du – ich kenne dich, ich kenne mich – in Bälde genug gehabt. Du weißt nicht, was ich vor ein schlimmer Kerl bin: ein Strauchdieb, Faulpelz, Trunkenbold und Wüstling, schwatzhaft, unbesonnen, eigenwillig, schlemmerhaft, boshaft, zänkisch, nachdenklich, zornmütig, wunderlich, von mancherlei Hirngespinnsten voll. Du wärst todunglücklich geworden, mein Mädchen, und du hättest dich davor gerächt. So ich nur daran denke, stehen mir die Haare nach allen Seiten zu Berge. Lob sei dem Herrn, dem Allwissenden! Alles ist gut, also wie es ist.»

Mit ernstem, glücklichem Blick hörte sie mir zu. Sie schüttelte den Kopf und sagte: «Wahr gesprochen, Jaköble; ich weiß, ich weiß wohl, du bist ein großer Taugenichts.» (Sie meinte es mitnichten so.) «Ohne Zweifel, du hättest mich geschlagen. Ich hätte dir Hörner aufgesetzt. Aber was macht das? Dieweil man in diesem Leben muß sowohl das eine wie das andere durchmachen (also steht es in den Sternen geschrieben), wär's da nicht besser gewesen, uns wäre es einem durch den andern geschehen?»

«Gewißlich», nickte ich, «gewißlich...»

«Du machst kein überzeugt Gesicht.»

«Doch, ich bin überzeugt», sagte ich. «Indes, man muß es fertigbringen, auf solches doppelte Glück zu verzichten.»

Und, mich erhebend, schloß ich: «Laß es dir nicht leid tun, Belette! So oder so, jetzo wäre es doch, wie's ist. Ob man sich liebt oder nicht liebt, wann man gleich uns am Ende seines Weges ist ankommen, da ist alles vorüber. Es ist, als wär nie nichts gewesen.»

Sie sagte zu mir: «Das lügst du.»
(Und wie recht hatte sie!)

Ich umarmte sie und ging. Auf der Schwelle stehend, an den Türpfosten gestützt, folgte sie mir mit den Augen. Der Schatten des großen Nußbaums reckte sich vor uns hin.

Ich wandte mich nicht um, ehe daß ich die Wegbiegung erreicht hatte und sicher war, ich würde nichts mehr sehen. Dann erst blieb ich stehen und schöpfte Atem. Die Luft war von Levkojenduft erfüllt. Und in der Ferne brüllten auf der Weide die weißen Rinder.

Ich setzte meinen Weg fort. Ich kürzte ihn ab, verließ die Straße, erklomm den Abhang, durchquerte Weinberge und drang tief in den Wald ein. Aber so tat ich mitnichten, um etwan eiliger heimzukehren. Denn eine halbe Stunde darnach fand ich mich noch immer am Rand des Waldes, reglos, aufrecht unter den Zweigen einer Eiche stehend und Maulaffen feilhaltend. Ich wußte nicht, was ich tat. Ich dachte und dachte. Der rote Himmel erlosch. Ich sah seinen Widerschein auf den Rebstöcken mit den frischen, glänzenden, glasierten, nach Wein duftenden goldigen Blättchen ersterben. Eine Nachtigall sang... Weit, weit in meiner Erinnerung, tief in meinem betrübten Herzen sang eine andere Nachtigall. Es war ein Abend, der glich dem heutigen. Ich war mit meinem Liebchen beisammen. Wir erstiegen einen Hügel, der war mit Wein bewachsen. Wir waren jung, fröhlich, wir schwatzten und lachten gar viel. Plötzlich, ich weiß nicht, was die Luft durchdrang, war's der Hauch des Angelusgeläuts, der Atem der Erde, der sich in den Abend hineindehnt und seufzt und zu uns sagt: «Komm zu mir», oder die sanfte Wehmut, so vom Mond herabsinkt... Wir waren beide in Schweigen verfallen, und plötzlich faßten wir uns bei den Händen, und ohn ein Wort, ohn uns anzusehen, blieben wir reglos stehen. Da stieg aus den Weinbergen, darob die Frühlingsnacht lagerte, die Stimme der Nachtigall. Damit sie auf den Rebstöcken nicht einschlafe, deren verräterische Ranken länger und länger und länger wurden und sich um ihre Füßlein herumzuwickeln versuchten, damit sie nicht einschlafe, sang die Nachtigall, ohn Atem zu schöpfen, sang und sang ihr altes Liebeslied:

Der Wein, der blüht, blüht, blüht.
Ob Tag, ob Nacht, ich schlafe nie...

Und ich fühlte die Hand Belettes, die zu mir sprach: «Du bist mein, ich bin dein. Blühe, Wein, blühe, binde uns zusammen.»

Wir stiegen den Hügel hinab. Unweit des Hauses lösten wir unsere Hände. Seit der Zeit hielten wir einander nimmer. Ach, Nachtigall, du singst noch immer. Wem gilt dein Lied? Du blühst, Wein. Deine Bande, Liebe, für wen?

Und die Nacht brach an. Da stund ich und schaute, die Nase zum Himmel erhoben, indes ich auf meinen rückwärts verschlungenen Händen saß, die den Stock hielten, gleichwie ein Specht auf seinem Schwanz. Immer schaute ich zu dem Wipfel des Baumes empor, ober dem der Mond erblühte. Ich versuchte, mich dem Zauber, so mich umfangen hielt, zu entreißen. Es gelang mir nicht. Gewißlich war es der Baum mit seinem zauberischen Schatten, der den Weg und den Wunsch, ihn wiederzufinden, verlieren läßt und auch mich gefangenhielt. Einmalen, zweemalen, dreimalen machte ich den Weg, machte ihn nochmals, und jedwedesmal fand ich mich wie in Ketten gelegt auf demselbigen Fleck wieder.

Da fand ich mich letztlich darein, streckte mich ins Gras und blieb diese Nacht im Wirtshaus zum Mond. Ich schlief nicht gar viel in diesem Gasthaus. Voll Wehmut überdachte ich mein Leben. Ich dachte, wie es hätte sein können, dachte, wie es einst gewesen war, dachte meiner in Trümmer gestürzten Träume. Mein Gott, wie so viele Bitternisse findet man auf dem Grund seiner Vergangenheit in solchen Nachtstunden, da die Seele geschwächt ist! Wie arm und nackt man sich erscheinet, wann vor dem enttäuschten Alter das Bild der hoffnungsüberschütteten Jugend emporsteigt! Ich überschlug mein Soll und Haben und die mageren Schätze, so ich in meinem Beutel trage: meine Frau, die mitnichten schön ist und gleicherweis wenig gut; meine Söhne, die weit fort sind, in nichts gleichwie ich denken, nichts von mir haben denn das Blut; die Treubrüche von Freunden und die Torheiten der Menschen; die mörderischen Religionen und die Bürgerkriege; mein zerfetztes Frankreich; meines Geistes Träume, meine Kunstwerke, die man geplündert hat; mein Leben, das da ein Häuflein Asche ist, an das der Hauch des Todes heranweht... Und ich weinete leise, preßte meine Lippen wider den Stamm des Baumes und vertraute ihm, an seine Wurzeln gleichwie in die Arme eines Vaters geschmiegt, mein Leid an. Und ich weiß, er hörte mir zu. Auch bin ich gewiß, daß er darauf selber zu mir sprach und mich tröstete. Denn als ich etliche Stunden später, schnarchend und die Nase in die Erde gewühlt, erwachte, da war von meiner Melancholie nichts mehr übrigblieben als eine Schwere im wehmütigen Herzen und ein Krampf in der Wade.

Die Sonne erwachte. Der Baum, darein gar viele Vögel saßen, sang. Der Gesang rann aus ihm nieder, gleichwie aus einer Weintraube, die man in der Hand zerdrückt. Der

Fink, das Rotkehlchen sangen da, die graue Grasmücke, die geschwätzige Amsel und die Meise, meine Freundin, sie, die ich lieber mag denn alle, dieweil nichts ihr etwas anhaben kann, weder Kälte noch Wind, noch Regen, dieweil sie allzeit lacht, immer guter Laune ist, die erste, so bei Sonnenaufgang singt, und die letzte am Abend, und weil sie gleich mir einen feuerroten Zinken hat... Ach, die wackeren Bürschlein, mit welcher Herzensfreude lärmten sie! Den Schrecknissen der Nacht waren sie just entgangen, der Nacht mit ihren vielen Fallstricken, die Abend für Abend sich gleich einem Netz über ihnen zusammenzieht. Erstickendes Dunkel... Wen wird's heute das Leben kosten? – Aber – *tirallerallera!* – alsobald der Vorhang der Nacht sich wieder hebt, alsobald das matte Lächeln der fernen Morgenröte beginnt, das erstarrte Antlitz und die erblaßten Lippen des Lebens wiederum zu beleben – *oühi, oühi, lalai, lalala, heidideldi, vallerivallera* –, mit welchem Geschrei, Freunde, mit welchem Liebesüberschwang feiern sie alsdann den Tag! Alles, was man gelitten, was man gefürchtet, das stumme Grausen und den starren Schlaf, die Nacht, alles, *oühü*... alles, *frrr-t* – ist vergessen. O Tag, o neuer Tag! Lehre mich, o Meise, das Geheimnis, bei jedweder neuen Morgenröte mit dem gleichen unwandelbaren Glauben an sie neu wieder aufzuerstehn!

Sie fuhr fort zu pfeifen. Ihre derbe Spottlust gab mir meinen Frohsinn wieder. Auf der Erde hockend, pfiff ich wie sie. Der Kuckuck – *weißer Kuckuck, schwarzer Kuckuck, grauer Kuckuck aus Nevers*... – spielte im Innern des Waldes sein Versteckspiel.

Kuckuck, Kuckuck, ruft's aus dem Wald!

Beim Aufstehen schlug ich zuerst einen Purzelbaum. Ein vorbeilaufender Hase machte es mir nach: er lachte; seine Lippe war gewißlich vom vielen Lachen gespalten.

Ich machte mich von neuem auf den Weg und sang aus voller Kehle:

Wie es ist, so ist es gut, Freund, faß Mut!
Unsere Welt ist gut und rund,
Wer nicht schwimmt, sinkt auf den Grund.
Dringe, Welt, tief in mich ein,
Fließe mir ins Blut hinein,
Durch die offnen Fenster rinne
Meiner fünf gesunden Sinne.
Soll ich Tropf dem Leben schmollen,
Weil's nicht ganz erfüllt mein Wollen?
Wenn man erst beginnt zu klagen:
«Hätt ich doch!» und: «Könnt' ich haben!»,
Ei, da läßt man sich am besten
Gleich begraben;
Denn sonst wird man nimmer satt,
Wünscht allzeit mehrer, denn man hat.

Selbsten dem Herrn von Nevers, selbsten dem König, Gottvater selbsten sind Grenzen gesteckt, jeder bleibet in seinen Kreis gebannt. Soll ich mich erregen und jammern derhalben, daß ich aus dem meinen nicht kann herauskommen? Würde ich's woanders besser haben? Ich bin in meinem Haus, da bleibe ich, und, zum Kuckuck, da werde ich bleiben, solange ich kann. Und worob hab ich mich beklagt? Schließlich schuldet mir niemand nichts. Ich könnt auch nicht im Leben sein ... Großer Gott, wenn ich dessen denk, rinnt's mir kalt den Rücken hinab! Dies köstliche Erdlein, dies schön Leben ohn Breugnon! Und Breugnon ohn das Leben! Was traurig Welt, o Freunde ...! Wie es ist, so ist es gut. Was nicht mein, wird nicht begehrt, doch ich halt, was mir gehört!

Mit einem Tag Verspätung kehrete ich heim nach Clamecy. Ich überlaß es euch, euch auszudenken, wie ich dorten aufgenommen ward. Ich scherete mich nicht darumb; ich erkletterte den Dachboden und habe da, wie ihr sehet, unter allerlei Grimassen und Tiraden all mein überstanden Leid und Freud, mein Freud und Leid aufs Papier gebracht...

Was zu erleben weh uns tut,
Erzählt sich nachher doppelt gut.

Die Zugvögel oder Die Serenade von Asnois

Juni

Des gestrigen Morgens ward uns kund, es kämen zwei fürnehme Gäste auf der Reise durch Clamecy, Fräulein de Termes und der Graf de Maillebois. Sie machten keinerlei Aufhaltung und verfolgten ihres Weges bis zum Schloß von Asnois, allwo sie drei oder vier Wochen verweilen sollen. Der Rat der Stadtväter ward willens, des anderen Morgens der Sitte gemäß, eine Abgesandtschaft zu den beiden edlen Vögeln zu senden, auf daß man ihnen im Namen der Stadt unsere Glückwünsche zu der glücklich vollbrachten Reise abstatte. (Man tut wahrlich, als wär's ein Wunder, so eins von diesen großen Tieren in ihren gepolsterten, gut durchwärmten Wagen von Paris nach Nevers gelangt, ohn sich des Wegs zu irren oder die Knochen zu brechen.) Da es gleichweis der Brauch will, setzte sich der Rat vor, einige leckere Kuchen für ihren Schnabel beizufügen, und zwar den Stolz unserer Stadt, die großen überzuckerten Biskuits, unsere besondere Kunst. (Mein Eidam, der Zuckerbäcker Florimond Ravisé, ließ drei Dutzend davon zurichten. Den Ratsherren war es an zween genug; indes, unser Florimond, der gleicherweis zu den Stadtvätern gehört, ist allweil großzügig: das Stück ließ er 16 Sous kosten, sintemalen die Stadt zahlte.) Überdies, um ihre Sinne insgesamt gleichzeitig zu verzücken und dieweil es, wie's scheint, bei Musik besser schmeckt (mir liegt nicht an dem, dafern ich esse und trinke), bestellte man vier fürtreffliche Meister der Notenquetscherei, zwei Violinen, zwei Hoboen und überdies einen Tambourschläger, sich zu den Schloßgästen zu begeben und mit ihrem Klingklang ihnen eine Serenata zu verabfolgen, dieweil sich die ihre Kuchen zu Gemüte führten.

Ohngeachtet man mich nicht hatt gebeten, so schloß ich mich mit meinem Flageolett der Bande an. Eine solche Gelegenheit, neue Gesichter zu sehen, vermocht ich nicht zu versäumen, insonderheit so es sich um so edles Federvieh vom Hof handelte (mitnichten etwan vom Hühnerhof: ich rufe euch zu Zeugen, dergleichen tät ich kein Sterbenswörtlein sagen). Ich freue mich ihres feinen Gefieders, ihres Gegackers und Getues, wann sie ihre Federn glätten oder sich spreizend umherstolzieren, mit dem Hintern schwänzeln, die Nase in die Luft recken, mit Flügeln und Patschen radschlagen und ihre Gulden im Kreis umherstreuen. Im übrigen mag es kommen, woher es will, ob vom Hof oder von sonst irgendwo, dafern es nur etwas Neues bringt, da ist es mir recht. Ich bin ein Sohn der Pandora, mich lüstet's, den Deckel von allen Büchsen zu lüpfen, von allen Seelen, ob weiß, ob schmutzig, ob fett oder mager, fürnehm oder gering. Mich erfreut's, in Herzen zu stöbern, ich mag gern erfahren, was in ihnen vorgeht, mache mich über Dinge, so mich nichts angehen, stecke allerwärts meine Nase hinein, schnüffle, schlürfe, koste. Aus Neubegier wollt ich mich mit Ruten streichen lassen. Aber ich vergesse derhalben mitnichten (seid des unbesorgt), das Angenehme mit dem Nützlichen zu verbinden; und da ich just in meiner Werkstatt zwo geschnitzte Wandfüllungen hatte, so für den Herrn von Asnois bestimmt waren, da schien es mir gar bequemlich, sie, ohn meine Geldkatz abzuschnallen, samt der Gesandtschaft, den Geigen, Hoboen und gezuckerten Biskuits zu befördern. Wir hatten auch meine Glodie, Florimonds Tochter, mit uns genommen, um der Gelegenheit des Wagens (ohn daß es was koste) zu nutzen. Und ein anderer Stadtvater führte seinen Buben mit sich. Letztlich belud der Apotheker noch den Wagen mit Fruchtsäften, Gesundheitsweinen, Honigwasser, Marmelade, die er auf Kosten von Clamecy als seine Erzeugnisse darzubieten sich vermaß. Ich bemerkte, mein Eidam nahm solches gar übel auf, er meine, derlei sei nicht der Brauch und dafern jedweder Meister, Schlächter, Schneider, Bäcker, Schuster, Bartscherer usw. so tun wollte, da würd man die Stadt samt den Bürgern zugrunde richten. Er hatte so unrecht nicht, aber der andere war Stadtvater gleichwie Florimond selbsten: da konnte man nichts dawider tun. Die Großen machen die Gesetze, und die Kleinen müssen sie befolgen.

Man fuhr also auf zwei Wagen los: der Bürgermeister, meine Schnitzereien, die Angebinde, die Kinder, die vier Musikanten und die vier Abgesandten. Ich aber ging zu Fuß. Gut für Schlappschwänz, sich karren zu lassen gleichwie die Kälber zur Schlachtbank oder alte Weiber zum Markt! Um die Wahrheit zu sagen, das Wetter war nicht überaus schön. Der Himmel war schwer, gewitterig und weißgrau. Phöbus schoß aus seinem runden Auge glühende Blicke auf unseren Nacken. Staub wirbelte längs des Weges auf, und es wimmelte von Fliegen. Aber ausgenommen Florimond, der mehr denn eine Jungfer um seinen Teint besorgt ist, waren wir allesamt zufrieden: geteiltes Leid ist schier ein Vergnügen.

Alsolang der Turm von Sankt Martin noch sichtbarlich war, bewahrten die feinen Herren männiglich ihre gesetzten Mienen. Aber alsogleich man außer Sehweite der Stadt war, da hellten die Mienen sich auf, und es beliebte unserem Sinn, wie mir, sich in Hemdsärmeln zu zeigen. Zuerst tauschten wir etliche gepfefferte Zoten. (Das ist die Weis bei uns, sich gute Eßlust zu machen.) Alsdann sang einer, sodann ein anderer, und mich bedünkt, verzeih mir Gott, es war der Bürgermeister in persona, so das Lied anstimmte. Ich spielte auf meinem Flötelein. Die anderen ließen sich's dabei wohl sein. Und durch das Konzert der Stimmen und Hoboen schwebete das helle, zarte Stimmlein meiner kleinen Glodie empor, flatterte auf und piepste, piepste laut gleichwie ein Sperling.

Man kam nicht überaus schnell vorwärts. Unsere Klepperlein blieben bei jeder Steigung stehen, schnauften und gaben ihre Salven ab. Man harrete, bis sie ihrer Musik ledig waren. Wann wir nach Boychault hinunterkamen, brachte unser Notar, Pierre Delavau, uns zu einer Aufhaltung, um unterwegens zu einem Klienten heranzugehen und ein Testament aufzusetzen (man konnte ihm solches nicht abschlagen: er war der einzige Schöffe, so bislang nichts verlangt hätt). Derhalben waren wir allesamt damit einverstanden, aber es dauerte ein weniges lange, und unser Florimond – in diesem Punkt war er mit dem Apotheker eines Sinns – fand hierinnen nochmalen Grund zum Widerspruch. *Eine saure Traube für mich ist mir lieber als zwei Feigen für dich.* Meister Pierre Delavau erledigte desohngeachtet sonder Hast seine Geschäfte; und dem Herrn Apotheker blieb, ob er wollte oder nicht, anderes nicht übrig, als sich mit dem süßsauren Handel abzufinden.

Am End langten wir an (letztlich kommt allemal das Ende), gleichwie der Senf nach Tisch. Unsere Käuze hatten just ihre Atzung beendet, wann wir mit unserem Nachtisch daherkamen, und so blieb ihnen nichts übrig, denn nochmalen anzufangen: Käuze vermögen alleweil zu fressen. Unsere Ratsherren hatten, da wir dem Schloß naheten, Sorge getragen, eine vorletztliche Rast zu nehmen, um ihre Staatsroben anzuziehen, die fürsorglich zusammengefaltet, vor der Sonne geschützt gelegen hatten, gar schöne, leuchtende Gewande, deren Farben das Herz warm und die Augen fröhlich machen, aus grüner Seide für den Bürgermeister und aus hellgelber Wolle für seine vier Begleiter: man hätt sie für eine Gurke mit vier Kürbissen nehmen können. Wir traten ein und ließen unsere Instrumente ertönen. Diesem Lärm zufolge reckten etliche faulenzende Lakaien ihre Köpfe aus dem Fenster. Unsere vier in Wolle Gekleideten und der in Seide Gekleidete stiegen die Stufen der Freitreppe hinan, an dero Tür über zwei Halskrausen (*am Gekraus erkennt man das Tier*) zwei gelockte, bebänderte, wie Hammel geschmückte Köpfe sich zu zeigen geruhten (ich sehe nicht sehr gut). Wir anderen, arme Musikanten und armseliges Volk, blieben auf dem Hof stehen. Derhalben vermochte ich der großen Entfernung willen nicht den schönen lateinischen Diskurs unseres Notars zu vernehmen. Aber ich tröstete mich: dieweil Meister Pierre selbsten wohl der einzige wird gewesen sein, so ihn anhörte. Indes, zur Entschädigung ließ ich mir weislich des anderen Schauspiels nicht entgehen, nämlich meine kleine Glodie, die mit winzigen Schrittlein, gleichwie Maria beim Tempelgang, die Stufen der Treppe emporstieg, zwischen ihren beiden Händlein, gegen ihren Schoß gepreßt, den Korb trug mit den übereinandgetürmten Biskuits, die hoch und höher rageten, so hoch bis an ihr Kinn. Sie verlor deren nicht ein einziges; sie hütete sie mit Augen und Armen, das Leckermäulchen, die Schelmin, das herzige kleine Ding... Bei Gott, sie war zum Anbeißen.

Der Liebreiz eines kindlichen Wesens wirkt gleichwie Musik. Er dringt sicherer ins Herz als die, so wir zustande bringen. Die Hochmütigsten fühlen ein menschlich Rühren. Man wird wiederumb zum Kind, man vergißt einen Augenblick lang allen Stolz und allen Rang. Fräulein de Termes lächelte meiner kleinen Glodie artig zu, küßte sie, setzte sie auf ihr Knie, faßte sie beim Kinn und sagte, einen Biskuit halb durchbrechend: «Schnäbelein auf! Wir wollen teilen...» Dabei schob sie das größte Stück in das kleine runde Ofenloch. Darauf ich, in heller Freude, rief aus vollem Hals: «Es lebe die Gute, die Schöne, die Blume des Nivernais!»

Und ich ließ auf meinem Flötlein einen freudigen Ruf ertönen, der gleichwie ein scharfer Schwalbenschrei die Luft durchpfiff.

Alsogleich dreht sich alles lachend nach mir um; und Glodie klatscht in die Hände und ruft: «Großvater!»

Herr d'Asnois winkt mich heran.

«Das ist wohl der tolle Breugnon?»

(Er weiß Bescheid damit, meiner Treu! Er ist nicht minder toll denn ich.)

Er macht mir ein Zeichen. Ich nehme mein Flageolett, eile in munterem Narrenschritt die Treppe hinan und grüße...

(Mit höflichem Wort, den Hut in der Hand,
Da kommt man billig durch alle Land.)

...ich grüße nach allen Seiten, nach rechts, nach links, nach hinten und nach vorn, jeden und jede. Desohngeachtet beobachte ich verstohlenen Blickes und suche rund um das Fräulein herumzukommen, die in ihrem weiten Hüftenwulst (gleichwie ein Schwengel in der Glocke) zu hängen scheint; und indes ich sie entkleide (in Gedanken nur, das versteht sich), muß ich lachen, da ich sie gar so nackt, dünn und verloren unter all ihrem Plunder erschaue. Sie war lang und mager, ein wenig schwärzlich von Hautfarbe, aber trefflich weiß von Puder, mit schönen braunen Augen, die glänzeten gleichwie Karfunkelsteine, mit einem schnuppernden, gierigen Spanferkelnäslein, einem vollen roten Kußmund und mit gebrannten Löckchen über den Wangen. Da sie meiner ansichtig ward, sagte sie mit herablassender Miene: «Ist das schöne Kind Euer?»

Ich gab eine feine Antwort: «Was kann man wissen, gnädigstes Fräulein? Da steht mein Eidam, der hat's zu verantworten. Ich stehe nicht für ihn ein. Aber jedenfalls ist sie unser eigen. Niemands macht sie uns streitig. Damit geht's einem nicht als wie mit dem Geld. *Kinder sind der Reichtum der armen Leute.*»

Sie geruhte zu lächeln, und der Graf d'Asnois lachte laut und lärmend. Florimond lachte gleichfalls, aber es klang erzwungen. Ich selbsten blieb ernst und tat ganz unschuldig. Als dann ließen der Halskrausenherr und die Glockendame sich herab, mich des genaueren auszufragen (sie hielten mich nämlich für einen Musikanten), was mein Handwerk mir wohl einbringen könne. Ich erwiderte der Wahrheit gemäß: «Soviel wie nichts…», ohn weiteres Wort meines sonstigen Berufs verlauten zu lassen.

Warumb hätte ich davon reden sollen? Sie fragten nicht darnach. Ich wartete ab, ich wollte es an mich herankommen lassen, das machte mir Spaß. Mich bedünket diese vertrauliche und gemessene Herablassung höchst spaßhaft, damit diese großen Herren, diese Reichen, uns arme

Schlucker und solche, die nichts nicht haben, zu behandeln für richtig finden. Es macht allweil den Eindruck, als wollten sie eine Lektion erteilen. Ein Armer scheint ihnen gleichwie ein Kind, er hat noch keinen Verstand... Und überdies (das sagt man nicht, aber denkt es) ist's seine Schuld: Gott hat ihn gestraft, das ist recht; der Name des Herrn sei gelobt!

Gleichsam als sei ich gar nicht anwesend, sagte der Maillebois ganz laut zu seiner Gevatterin: «Da auch wir just nichts anderes zu tun haben, gnädiges Fräulein, sollten wir uns die Gegenwärtigkeit dieses armen Teufels zunutze machen. Er sieht ein weniges einfältig aus; er geht mit seinem Flageolett allerorts umher: er muß die Leute in den Wirtshäusern gut kennen. Fragen wir ihn, wie man in der Provinz denkt, sofern als...»

«Pst.»

«...sofern als man dorten überhaupt denkt.»

Man fragte mich also: «Sage mal, mein Lieber, was für ein Geist regiert denn eigentlich im Land?»

Ich wiederhole mit der Miene eines Stumpfbocks: «Geist?»

Und mit den Augen zwinkerte ich meinem dicken Junker von Asnois zu, so sich den Bart zupfte, mich meine Sach führen ließ und sein Lachen unter seiner großen Tatze verbarg.

«Nun, der Geist scheint die Provinz eben nicht mit seiner Gegenwart zu behelligen», meint der andere mit anzüglichem Spott. «Ich frage dich, mein Guter, was man denkt, was man glaubt. Ist man gut katholisch? Ist man dem König treu ergeben?»

Ich antworte: «Gott ist groß, und der König ist sehr groß. Man liebt sie alle beide treulich.»

«Und wie denkt man über die Fürsten?»

«Das sind gar große Herren.»

«Man hält also zu ihnen?»

«Aber ja, Euer Herrlichkeit, gewiß.»

«Und ist gegen Concini?»

«Für ihn ist man gleicherweis.»

«Wie, zum Teufel? Was sagst du? Aber er gehört doch zu den Feinden!»

«Ich sage ja nichts... Das könnte wohl möglich sein... Man ist halt für alle beide.»

«Man muß sich doch entscheiden, zum Teufel!»

«Muß man dieses, Herr? Kann man nicht ohn das auskommen? So es sich machen ließe, so möchte ich's jedenfalls tun. – Für wen ich bin? Ich werd's Euch nächstens sagen. Ich werd mir's noch überlegen, aber ich brauche Zeit dazu.»

«Ei, worauf wartest du denn?»

«Nun, Herr, wer der Stärkere sein wird.»

«Du Hundsfott, schämst du dich gar nicht, bist du denn nicht imstande, Unterschieds zu machen zwischen Tag und Nacht und zwischen dem König und seinen Feinden?»

«Meiner Treu, nein, Herr, Ihr verlangt wahrlich zuviel von mir. Ich merke wohl, wann's Tag ist, ich bin nicht blind. Aber so es mir ziemete, zwischen den Leuten des Königs und denen der Herren Fürsten zu unterscheiden, so wüßt ich wirklich nicht, welche von beiden das Saufen besser verstehen und welche den größten Schaden anrichten. Ich will ihnen gewißlich nichts Arges nachsagen. Sie haben gesunde Eßlust; so is's, maßen sie sich wohl befinden. Auch Euch, Herr, wünsche ich eine gute Gesundheit. Die ordentlichen Esser gefallen mir. Ich würde es gern gleichweis machen. Aber ich will nicht verbergen: solche Freunde, so bei anderen essen, gefallen mir noch besser.»

«Du Schelm, liebst du schier nichts?»

«Herr, ich liebe mein Hab und Gut.»

«Und willst es dem König, deinem Herrn, nicht opfern?»

«Ja, ich will wohl, Herr, so's eben nicht anders sein kann. Aber ich möchte wissen, was der König zu essen hätte, wenn da in Frankreich nicht ihrer etliche wären, so ihre Felder und ihre Weinberge liebten! Jeder bleibe bei seinem Handwerk. Die einen essen, die andern... die andern werden gegessen. Politik heißt: die Kunst des Essens wohl verstehen. Wir armen Leute, was sollten wir damit anfangen? Für Euch die Politik, und für uns die Scholle. Eine Meinung haben, das ist unsere Sache nicht. Wir sind töricht und unwissend. Was vermöchten wir anderes denn gleichwie unser Stammvater Adam (man sagt, er sei auch der Eure gewesen, aber was mich betrifft, so glaube ich mitnichten daran, vielleicht war's ein Vetter – halten zu Gnaden!), ja, was vermöchten wir, außer die Erde bestellen und sie fruchtbar machen, ihren Schoß durchfurchen und durchackern, säen, Hafer und Weizen wachsen lassen, den Wein beschneiden und pfropfen, das Gras mähen und einfahren, das Korn dreschen, die Trauben keltern, Wein und Brot bereiten, Holz spalten, Steine behauen, Tuch zerschneiden, Leder nähen, Eisen schmieden, meißeln, tischlern, Kanäle und Straßen bauen, Städte samt ihren Kathedralen errichten, mit diesen unseren Händen um die Stirn der Erde die Zier der Gärten winden, auf Mauern und Holztafeln die Herrlichkeiten von Licht und Farbe aufblühen lassen, schöne, nackte, weiße Körper aus der Steinhülle, so sie einengt, befreien, die Töne, so in der Luft schwingen, im Flug erhaschen und sie in die goldbraunen Wände einer seufzenden Geige oder in meine gehöhlte Flöte einfangen, kurz, uns zu Herren der Erde

Frankreichs, ihres Feuers, ihres Wassers, der Luft und der vier Elemente zu machen und sie insgesamt Eurem Vergnügen dienstbar zu machen... Was verstehen wir ansonst, und wie sollen wir uns der Meinung vermessen, wir verstünden die Dinge der öffentlichen Gelegenheiten, etwan die Streite der Fürsten, die geheiligten Pläne des Königs, die Schachzüge der Politik und andere erhabene Dinge? Man muß nicht höher fürzen wollen, denn der Arsch ist, Herr. Wir sind Lasttiere und dazu geboren, geschlagen zu werden. Einverstanden! Aber von welcher Faust dies am annehmlichsten ist und welcher Knüttel unserem Rücken am weichsten dünkt – eine schwierige Frage, Herr, für meinen armen Kopf zu hoch. Und in der Wahrheit, mir gilt es gleich, ob der, ob jener. Da müßte ich, um Euch Rede zu stehen, die Knüttel vorerst selbsten halten, sie in der Hand wiegen und gut ausproben. Solches ist nicht angängig, also Geduld! Dulde, Amboß, dulde! Dulde, alsolang du Amboß bist. Schlage, wann du Hammer sein wirst...»

Mein Gegenüber betrachtete mich unschlüssig, zog die Nase kraus und wußte nicht recht, sollte er lachen oder sich ärgern. Da sagte ein Stallmeister aus dem Gefolge, so mich derzeit bei unserem guten Herzog von Nevers hochselig gesehen hatt: «Euer Herrlichkeit, ich kenne ihn, den absonderlichen Kauz. Ein guter Arbeiter, feiner Holzschnitzer und großer Redner. Seines Berufs ist er Bildhauer.»

Der edle Herr schien ohngeachtet dieser Mitteilung seine Meinung über Breugnon nicht ändern zu wollen. Erst als er durch den Stallmeister und seinen Wirt, meinen Herrn von Asnois, erfuhr, der und der Fürst halte gar viel von meinen Werken, bezeigte er einige Anteilnahme an meiner schmächtigen Person (schmächtig, Buben, sage ich nur vor Bescheidenheit, sintemalen ich schier also schwer bin als ein Faß). Nunmehr freilich war er nicht der letzte, so sich vor dem Brunnen verzückte, den ich geschaffen und den man ihm auf dem Hof wies: ein Mägdelein mit aufgesteckten Röcken, das in ihrer Schürzen zwei miteinand kämpfende Enten trägt, so den Schnabel aufsperren und mit den Flügeln schlagen. Hernach sah er im Schloß meine Möbel und Wandfüllungen. Herr von Asnois brüstete sich damit. Diese reichen Dummköpfe! Man könnte schier meinen, die Werke, so sie mit ihrem Geld bezahlt haben, wären von ihnen geschaffen worden! Den Maillebois dünkte es angemessen, daß er, um mir eine sonderliche Ehre zu erweisen, sein Erstaunen kundtät, dieweil ich hier auf dem Land verbliebe, allwo ich mich nicht entwickeln könne, so weit entfernt von den bedeutenden Geistern in Paris und an solcherlei kleinliche Arbeiten gefesselt, die wohl Geduld und Naturtreue, indes keinerlei Erfindung verlangten; Aufmerksamkeit, aber keine Phantasie, Beobachtungsgabe, aber keine Ideen, keine Symbole, Allegorien, Philosophie und Mythologie, kurz, nichts von alldem, das dem Kenner erst beweiset, er habe die große Kunst vor sich. (Ein großer Herr bewundert nur das Große.)

Ich erwiderte bescheiden (ich verhielt mich immer demütig und ein weniges einfältig), ich wäre mir meines geringen Wertes wohl bewußt; jedweder müsse halt in seinen Grenzen bleiben. Ein armer Kerl wie unsereiner hat nichts gesehen, nichts gehört, er kennt nichts nicht, und so tut er wohl daran, dafern er weise ist, an der bescheidenen Stelle des Parnaß zu bleiben, allwo man sich aller ausgebreiteten und erhabenen Pläne enthält; er wendet seine geblendeten Augen vom Gipfel, darüber sich die Flüge des heiligen Pferdes erheben, und gräbt drunten, am Fuß des Hügels, den Schacht, des Steine zum Bau des Hauses taugen mögen. Zufolge seiner Armut, beschränkten Geistes, schafft er nichts, erfindet nichts, als was dem täglichen Gebrauch dient. Brauchbare Kunst, das ist sein Los.

«Brauchbare Kunst! Die beiden Worte stimmen mitnichten zueinand», sagte mein Herr Schafskopf. «Nur das Überflüssige ist schön.»

«Ein großes Wort», pflichtete ich bei. «Es saget die Wahrheit. Es gilt allerorts, im Leben wie in der Kunst. Nichts Schöneres als ein Diamant, ein Prinz, ein König, ein großer Herr oder eine Blume.»

Er entfernte sich, zufrieden mit mir. Herr d'Asnois nahm mich beim Arm und flüsterte mir zu: «Du verfluchter Schelm! Hast du nunmehr genugsam deinen Spott getrieben? Spiele nur den Dummen, das Bähschaf, ich weiß Bescheid. Widersprich nicht. Diesen schönen Halskrausenmann aus Paris, meinetwegen, den schenk ich dir. Aber dafern du es dir jemalen beifallen ließest, dich auch gleicherweis über mich herzumachen, wehe dir, Breugnon, mein Junge, dann kriegst du's mit mir zu tun, dann sollst du den Knüppel zu kosten bekommen.»

Ich verwahrte mich dagegen.

«Aber Euer Gnaden, wie sollte ich mich je an Eure Herrlichkeit heranwagen! Mein Wohltäter! Mein Beschützer! Wie mögt Ihr Breugnon solcherlei Schändlichkeit zutrauen? Meinethalben haltet mich vor schändlich, aber, beim Himmel, nicht vor also dumm! Das überlasse ich andern, so's beliebt! Das ist unsere Sache nicht. Gott sei Dank, da ist mir meine Haut wahrlich zu lieb, als daß ich nicht den respektieren sollt, der sich Respekt zu verschaffen weiß. Da laß ich meine Finger davon, nein, nein, so dumm bin ich nicht. Denn Ihr seid nicht allein der Stärkere (das versteht sich von selbsten), sondern Ihr seid auch viel schlauer als ich. Ach Gott, ich bin nur ein ganz klein Füchslein neben dem großen Fuchs in seinem fürstlichen Bau. Wie viele tolle Streiche stecken nicht in Eurem Ranzen! Wer alles ist bei Euch nicht schon in die Falle gegangen: Junge und Alte, Tolle und Fürsichtige.»

Er erstrahlte vor Freuden. Nichts ist so annehmlich, als um eines Talentes wegen gelobt zu werden, das man am wenigsten besitzt.

«Schon gut, Meister Schwätzer», sagte er. «Lassen wir meinen Ranzen, wir wollen besser zuschauen, was du in dem deinen hast. Denn ich vermute, wann du kommst, so tust du's nicht ohne Grund.»

«Seht da, seht, da habt Ihr auch dieses wahrlich erraten», sagte ich. «Vor Euch ist man wie aus Glas. Ihr könnt in den Herzen lesen ganz wie unser Herrgott selbsten...»

Ich packte meine beiden Wandfüllungen aus, und zwar ein italienisches Werk (eine Fortuna auf dem Rad, so ich derzeit in Mantua gekauft hatt), das ich alter Leichtfuß, warumb weiß ich nicht, für meine Arbeit ausgab. Sie trug nur mäßiges Lob ein. Alsdann (welche Verwirrung!) zeigte ich ihnen eins meiner Werke (das Medaillon eines Jüngferchens), so ich als ein italienisches vorstellte. Das gab ein Getue, man machte: ha!, man machte: ho! Man verlor fast den Verstand vor Begeisterung. Der Maillebois, der Mund und Nase aufriß, sagte, man vermöchte darauf den Widerschein des lateinischen Himmels und des zweimal von Göttern gesegneten Bodens erkennen, von Jesus Christus und von Jupiter. Und Herr von Asnois, der viel Lärm derhalben schlug, zahlte mir 36 Dukaten davor, für das andere – drei.

Gen Abend nahmen wir unseren Weg zurück. Auf dem Heimweg erzählte ich zur Ergötzung der Gesellschaft, wie der Herzog von Bellegarde eines Tages nach Clamecy zum Vogelschießen sei gekommen. Der gute Herr konnte keine vier Schritt weit sehen. Ich hatte den Auftrag, alsobald er schoß, den Holzvogel fallen zu lassen und flugs und gewandt an seiner Stelle einen andern, der mitten durchs Herz getroffen war, vorzuweisen. Man lachte gar sehr. Und nach mir gaben der Reihe nach männiglich irgendeine Geschichte über unsere großen Herren zum besten... Diese guten Herren! Wüßten sie doch, wann sie sich in ihrer Erhabenheit königlich langweilen, wie ergötzlich sie uns erscheinen!

Aber die Medaillongeschichte sparte ich auf, bis wir bei verschlossenen Türen glücklich zu Hause saßen. Mein Florimond machte mir bittere Vorwürfe, wann er davon erfuhr, daß ich die italienische Arbeit als meine eigene so wohlfeil tät hergeben, hätten sie doch die andere, so nur dem Namen nach italienisch war, gar so hoch geschätzt und bezahlt. Ich erwiderte, daß ich sie zwar gern einmalen an der Nasen zupfen, derhalben aber mitnichten sie rupfen wolle, o nein, das nicht! Er erhitzte sich und fragte mich spitzig, was ich wohl davon hätte, mich auf meine eigenen Kosten zu verlustieren. Was taugt es, die Leute zu nasführen, so man dafür seinem Geldsack nichts zuführt?

Da entgegnete ihm Martine, mein gutes Mädchen, mit trefflicher Klugheit: «So sind wir nun einmal in der Familie, Florimond, ob groß, ob klein. Allweil lustig, allweil uns lustig machend, lachen wir über die Schnurren, die wir uns selber vormachen. Geh, Lieber, beklage dich nicht darob, denn nur diesem Sinn zufolge kommt's, daß dir noch keine Hörner gewachsen sind. Der Gedanke, ich vermöchte dich jedweden Augenblick zu hintergehen, macht mir so überaus Vergnügen, daß ich nimmer nötig habe, es in Wahrheit zu tun… Aber sieh nicht so finster drein, du brauchst es nicht zu bedauern, es ist so gut wie geschehen. Ziehe deine Hörner ein, Schnecke, ich sehe ihren Schatten.»

Die Pest

Anfang Juli

Man pflegt zu sagen: *Das Unglück macht sich zu Fuß davon, doch es kommt zu Pferde.* Es hat sich als Postillon von Orléans vermaskeriert, uns zu besuchen. Die Woche zuvor wurde am Montag ein Pestfall in Saint-Fargeau eingeschleppt. Böse Saat reift schnell. Ende der Woche waren es allweil zehn geworden. Alsdann eilte sie immer näher gen uns heran, und gestern brach die Pest schon in Coulanges-la-Vineuse aus. Das brachte gewaltige Aufregung. Die Tapferen insgesamt haben die Beine in die Hand genommen. Wir haben alles aufgepackt, Frauen, Kinder, Gänse, und haben sie weit fortgeschickt gen Montenoison. Indes, jedwedes Unglück ist zu etwas nütze. Nun wird nimmer alsoviel in meinem Haus geschwatzet und gegackert, Florimond ist gleichermaßen samt seinen Damen weggereiset; er gab vor, der Hasenfuß, er möge seine Martine also kurz vor der Entbindung nicht allein lassen. Von den großen Herren fanden etliche gleichermaßen gute Ausreden, um eine Spazierfahrt zu unternehmen. Sintemalen ihre Wagen angespannt waren, schien ihnen der Tag gerad recht, um nachzuschauen, wie es um ihre Ernte stünde.

Wir anderen, so wir zu Hause blieben, spielten die boshaften Spötter. Wir foppten die anderen, so Vorsichtsmaßregeln gebrauchten. Die Herren Schöffen ließen an den Toren der Stadt, auf dem Weg nach Auxerre, Wächter aufstellen, die hatten strengen Befehl, alle Armen, zumal die Landbevölkerung von draußen, so da versuchen würde hereinzukommen, schleunig wegzujagen. Und die übrigen, Junker und Bürgersleute mit wohlgefüllten Geldbeuteln, mußten sich zum mindesten eine Untersuchung durch unsere drei Ärzte gefallen lassen: den Meister Étienne Loyseau, Meister Martin Frotier und Meister Philbert des Veaux; die hatten sich, um den Angriffen der Seuche zu widerstehen, mit einer langen Nas voll Salben, mit einer Maske und einer Brille herausstaffiert. Wir haben unseren Spaß darob gehabt, und Meister Martin Frotier, der ist ein guter Kerl, vermochte auch nicht ernst dabei zu bleiben. Seine Nasenmaske herunterreißend, sagte er, er habe keine Lust, die Zielscheibe für unser Gespött abzugeben, und er glaube an solcherlei Hirngespinste mitnichten. Fürwahr, aber er starb daran. Wohl ist nicht zu leugnen, daß Meister Étienne Loyseau, der an seine Maske glaubte und gar damit zu Bett ging, gleichermaßen gestorben ist. Und dem Übel entronnen ist nur Meister Philbert des Veaux, der gab zwar seine Nasenmaske nicht auf, wohl aber seinen Posten... Aber ich überspringe den Hauptteil und ende meine Historie, ehe ich recht angefangen. Wohlan, beginnen wir zum andernmal, mein Sohn, und packen wir den Stier recht bei den Hörnern. Diesmal hältst du ihn...?

Nun denn, wir spielten wahre Richard Löwenherze. Wir glaubten gar fest daran, die Pest werde uns nicht die Ehre ihres Besuches erweisen. Man sagte, sie hätt eine feine Nase, und der Geruch unserer Lohgerbereien (jedermann weiß, daß da nichts gesünder ist) störe sie. Als wir sie das letzte Mal im Land hatten (das war Anno 1580, ich war damals vierzehn Jahre, also gerade so alt wie ein alter Ochse), hatte sie nur gerade die Nase durch unsere Tür gesteckt; und nachdem sie ein wenig herumgeschnüffelt, hatte sie sich aus dem Staub gemacht. Das war derzeit, als die Leute von Châtel-Censoir (wir haben sie derweil genugsam oft darob verlacht) ihren Schutzpatron, den großen heiligen Potentianus, dem sie zürnten, maßen er sie schlecht geschützt hatte, heraussetzten und versuchsweis einen anderen nahmen, dann noch einen anderen und wieder einen anderen. Siebenmal wechselten sie und erwählten nacheinander Savinianus, Pelegrinus, Philibertus und Hilarius. Und da sie letztlich schier nicht mehr wußten, welchem Heiligen sie sich geloben sollten, gelobten sie sich (die verteufelten Burschen!) einer Heiligen und nahmen an Stelle des Potentianus die Potentia.

Voll Lachens erinnerten wir uns dieser Geschichte, wir braven Burschen, Aufschneider und überlegenen Gesellen, die wir waren. Dieweil wir zeigen wollten, daß uns derlei Aberglauben ebensowenig kümmerte denn der der Ärzte und Stadtväter, gingen wir tapfer bis an das Chastelot-Tor und beredeten uns über den Graben hinweg mit jenen, so am anderen Ufer gestrandet waren. Aus Prahlerei fanden etliche von uns sogar Mittel und Wege, herauszuschlüpfen und in einem nahen Wirtshaus einen Schoppen mit denen zu trinken, so das Tor des Paradieses vor der Nase zugeworfen worden war, ja sogar mit einem der Schutzengel, die es bewachen sollten (denn die nahmen ihr Amt keineswegs ernst). Ich tat gleichwie die andern. Sollte ich sie etwan sich selbst überlassen? Hätte ich's, bei meinem Bart, mit anzusehen vermocht, daß andere sich ohne mich verlustierten, amüsierten und sich an frischen Neuigkeiten und jungem Wein gütlich täten? Ich wäre vor Neid geplatzt.

Dieweil ich obendrein einen alten Pächter, den ich gut kannte, nämlich den alten Grattepain aus Mailly-le-Château, draußen gewahrte, ging ich hinaus. Wir täten einander Bescheid. Das war ein rechter Spaßvogel, rund, rötig und vierschrötig, der glänzete in der Sonne vor Schweiß und Gesundheit gleich einer Speckschwarte. Er spielte noch mehr den Übermütigen denn ich selbst, spottete der Krankheit und meinete, solche wäre eine Erfindung der Ärzte. Die, so daran glaubten, seien armselige Gesellen, und stürben sie, sei es nicht an der Krankheit, sondern an der Furcht.

Er sagte zu mir:

«Ich gebe dir diese meine Verordnung zum Geschenk:

Halte deine Füße warm,
Halte immer leer den Darm,
Mußt dem Gretel auch entsagen,
Und kein Übel wird dich plagen.»

Wir verbrachten eine gute Stunde damit, einander in die Nase zu blasen. Er hatte die Gewohnheit, einem beim Sprechen ständig die Hand zu tätscheln und auf das Bein oder den Arm zu klopfen. Ich dachte mir derzeit nichts weiter dabei; wohl aber am kommenden Morgen.

Das erste Wort, so mein Lehrbub am kommenden Morgen zu mir sagte, war: «Habt Ihr schon gehört, Meister, Vater Grattepain ist tot.»

Darob war mir's mitnichten stolz zumute, es lief mir kalt über den Rücken. Ich sagte mir: Nun kannst du deine Stiefel schmieren, armer alter Junge, deine Geschichte ist am Ende, nun wird es nimmer lange dauern...

Ich geh an meinen Werktisch, ich will keine Grillen fangen und beginn herumzubasteln. Aber ihr könnet mir glauben, der Kopf stund mir nicht darnach. Ich dachte bei mir: Du alter Ochse, das wird dich lehren, den Spottlustigen zu spielen!

Aber wir in Burgund sind nicht dergestalt, daß wir uns den Geist darob erhitzen, was wir vorgestrigen Tags hätten tun sollen. Wir leben dem Heut. Potz heiliger Martin, so soll's auch bleiben! Es gilt, sich zu verteidigen, bis daher hat der Feind mich nicht am Kragen. Eine kleine Weile gedachte ich, bei der Bude von Sankt Cosmos (bei den Ärzten, ihr versteht mich wohl) Rat zu erbitten. Aber ich hütete mich weislich und tat nichts dergleichen. Ohngeachtet aller Sorge hatte ich genugsam Verstand von Hause mitgebracht, mir zu sagen: Die Ärzte, mein Sohn, wissen mitnichten mehr denn wir selbsten. Sie leeren dir nur den Säckel, und obendrein stecken sie dich noch in ein Pestspital, allwo du nichts anderes vermagst als gänzlich zu verseuchen. Hüte dich wohl, ihnen das mindeste zu verraten! Oder bist du gar närrisch? Sterben, so es sein muß, werden wir leichtiglich ohne sie. Und bei Gott, also stehet es geschrieben: *Ohngeachtet aller Ärzte werden wir bis an unser selig Ende leben.*

Ich hatt gut mich beschwatzen und Bruder Lustig spielen, ich merkete, in meinem Magen begann ein Rumoren. Ich befühlte mich hier, und ich befühlte mich da und da... Potz Donner, diesmal ist sie es wahrlich... Und das übelste war, allwie die Essenszeit ist kommen, saß ich vor einem schönen Gericht fetter roter Bohnen, in Wein gekocht, samt Speckscheiben und fand mitnichten den Mut (noch heute kommen mir die Tränen, so ich daran denke), meine Kauwerkzeuge in Bewegung zu setzen. Voll Gram dachte ich:

Wahrlich, mit mir ist's aus. Die Eßlust ist gangen, solches ist der Anfang vom Ende... Wohlan, so wollen wir wenigstens unsere Angelegenheiten in fürsorgliche Ordnung bringen. Dafern ich mich allhie zum Sterben hinlege, so werden die vermaledeiten Schöffen mein Haus verbrennen lassen, vorgebend, andere vermöchten (dummes Geschwätz!) sich dorten die Pest zu holen. Ein schier neues Haus! Gar verderbt oder gar dumm muß die Welt sein! Ehe solches geschehe, will ich lieber auf dem Misthaufen verrecken. Ich werde sie fein nasführen! Verlieren wir keine Zeit...

Ich stehe auf, kleide mich in meinen ältesten Rock, ich nehme drei oder vier gute Bücher, etliche schöne Sprüche, saftige gallische Erzählungen, römische Denksprüche, die *Goldenen Worte Catos,* die *Serées* von Bouchet und den *Neuen Plutarch* von Gilles Corrozet; ich stecke sie samt einer Kerze und einem gewichtigen Stück Brot in die Tasche; ich gebe dem Gesellen den Laufpaß; ich schließe meine Wohnung und begebe mich tapfer in meine kleine Weinberghütte, die liegt außerhalb der Stadt, hinter den letzten Häusern am Weg nach Beaumont. Der Unterschlupf dorten ist nicht groß. Ein windiges Häuslein. Eine Gerätkammer, da werden Werkzeuge aufbewahrt, ein alter Strohsack und ein durchgesessener Stuhl. Muß dieses verbrennet werden, da ist nicht groß Schaden.

Ich war kaum ankommen, da begann ich mit dem Schnabel zu klappern gleichwie ein Rabe. Das Fieber brannte in mir, es stach in meiner Seiten, und ich fühlete den Magen sich um und um wenden, als hätt man ihn verdrehet... Je nun, was tat ich, ihr lieben Leute? Was werde ich euch berichten? Welch heldische Taten? Mit welch heroischem Trutz zog ich wohl, dem Exempel der großen Herren in Rom folgend, wider das feindliche

Schicksal und das Bauchweh? Ihr guten Leute, ich war allein. Niemand sah mich. Vermeinet ihr wahrlich, da machete ich viel Aufhebens, den leeren Wänden einen römischen Regulus fürzuspielen? Ich warf mich auf den Strohsack und begann überaus zu brüllen. Habt ihr nichts davon vernommen? Ich hatte eine gar starke Stimme. Sie hätte gewißlich können bis zum Baum von Sembert schallen.

«O Herr», jammerte ich, «ist es möglich, daß du einen so guten kleinen Kerl, der dir nie nichts getan hat, also quälest? – Ach, mein Schädel! Ach, meine Weichen! Was ist es elend, in der Blüte seiner Jahre hinwegmüssen! Was Jammers! – Ist dir wahrhaftig gar so viel daran gelegen, mich alsofrüh abzurufen? – Oh, oh, mein Rücken! – Gewißlich, es wäre mir ein Vergnügen – eine Ehre, wollt ich sagen –, dich zu besuchen. Maßen wir uns aber ohn Zweifel früher oder später werden sehen, warum diese Eile? – Ach, ach, meine Milz! – Ich bin mitnichten pressiert, Herr. Bin nur ein armer Wurm. Dein Wille geschehe, dafern es nicht anders sein kann! Du siehst, ich bin demütiglich und sanftmütig in mein Geschicke ergeben... Verdammt, hebe dich schleunig von hinnen! Was fällt dem Kerl bei, mich also zu quälen...?»

Wann ich genugsam gebrüllt hatte, fühlte ich wohl die nämlichen Schmerzen, indes, meine zornmütige Kraft war dahin. Ich sagte mir:

Du verlierest nur deine Zeit. Entweder er hat keine Ohren, oder er tut so. Dafern es wahr ist, als man saget, daß du geschaffen bist nach seinem Bild, wird er es gleichwohl nach seinem Kopf machen, und du schreist dich umsonst heiser. Schon deinen Atem. Möglich, du hast nur noch ein oder zwei Stunden vor dir, und du Dummkopf schlagest sie also in den Wind! Freuen wir uns an dem, so uns noch bleibt, an unserem schönen alten Gerippe, das wir alsobälde verlassen müssen (ach, Freundlein, es ist gänzlich wieder meinen Willen!). Man sterbet nur einmal. Da wollen wir wenigstens unsere Neugierde befriedigen. Betrachten wir, allwie es tut, wenn man diese alte Haut muß ausziehen. Dieweil ich ein Kind war, verstund niemand besser denn ich, aus Weidenzweigen schöne Flöten zu schneiden. Mit dem Schaft des Messers klopfte ich alsolange ob der Rinde, bis sie sich lösete. Ich halte dafür, Er, so von oben auf mich herabsiehet, ist im Begriff, sich in selbiger Weise mit der meinen zu verlustieren. Herz gefaßt! Wird sie sich lösen? – Au! der Schlag war trefflich! – Ist es wohl erhört, daß ein Mann in diesen Jahren sollte an solch läppischen Kindereien Gefallen finden? Ich sage dir, Breugnon, laß nicht locker, und dieweil die Rinde noch hält, laß uns beobachten und niederschreiben, was darunter fürgeht. Laß uns dies Behältnis genau prüfen; säubern wir unsere Gedanken, studieren, probieren, sondieren wir selbige schlechten Säfte, so sich in meiner Bauchspeicheldrüse regen, rumoren und Streit um des Kaisers Bart führen; genießen wir diese Koliken, betun und betasten wir zum andernmal unsere Nieren und unsere Eingeweide ...*

Also beobachtete ich mich. Von Zeit zu Zeit unterbrach ich meine Forschungen, um zu schreien. Die Nacht war schier ohne Ende. Ich zündete meine Kerze an und steckte sie in den Hals einer alten Flasche (die roch noch nach

* Hier erlauben wir uns, einige Zeilen zu überspringen. Der Erzähler erläßt uns keine Einzelheit in bezug auf den Zustand seiner Maschine, und das Interesse, das er ihr entgegenbringt, veranlaßt ihn, sich über Materien zu verbreiten, die nicht gerade süß duften. Außerdem ist zu bemerken, daß seine physiologischen Kenntnisse, auf die er sehr stolz ist, ein wenig zu wünschen übriglassen.

Johannisbeerschnaps, indes, der Schnaps war nimmer darinnen: ein Gleichnis des, was ich am nächsten Morgen ohne Zweifel würde sein! Mit dem Leib war's vorbei, es blieb nichts denn die Seel). Auf meinem Strohsack zusammengekrümmt, also versuchte ich das Lesen. An den heroischen Denksprüchen der Römer hatt ich mitnichten Gefallen. Zum Teufel mit diesen Prahlhänsen! *Nicht jeder ist für Rom geboren*. Ich hasse derlei albernen Stolz. Ich will das Recht haben, recht von Herzen zu jammern, so mich die Kolik quält. Ja, und wann sie wiederum aufhört, will ich auch lachen, so ich kann. Und ich habe gelacht... Ihr wollt mir nicht glauben? Aber fürwahr, wie ich noch ganz elend mit den Zähnen klapperte, gleich einer Nuß im Scheffelmaß, fand ich, das Buch *Schwänke* von dem guten Bouchet aufs Geratewohl öffnend, eine so prächtige, knusperkrosse, gepfefferte, gesalzene Geschichte... Ei, ihr guten Götter, welch ein schallend Gelächter hab ich da angestimmt! Ich sagte mir: Du bist wahrlich töricht, lache nicht! Du wirst dir einen Schaden antun...

Nun wohl, ich hörete mit Lachen auf, um zu schreien, mit Schreien, um wiederum zu lachen. Und ich schreie, ich lache... Die Pest selber hat darob gelacht. O des kläglichen Bürschleins! Wie gar sehr hab ich geschrien, wie gar sehr gelachet!

Als der Tag grauete, da war ich in einem Zustand, schier gut genug, eingescharret zu werden. Meine Beine wollten mich nimmer tragen. Auf den Knien schleppete ich mich an die einzige Luke, so auf die Straßen hinausgeht. Ich rief den ersten Vorübergehenden an mit einer Stimme gleichwie ein geborstener Topf. Um zu verstehen, bräucht er nur zu sehen. Er sah mich, bekreuzigte sich und floh. Noch keine Viertelstunde darnach, da ward mir die Ehre, daß zwei Wächter vor meiner Bude stunden: mir ward strenges Verbot, die Schwelle allhier zu überschreiten. Ach, du grundgütiger Gott, ich dachte keineswegs daran. Ich bat, man möge meinen alten Freund, Meister Paillard, den Notar, aus Dornecy holen, auf daß er meinen Letzten Willen aufsetze. Aber sie waren so voller Furcht, daß gar der Hauch meiner Worte sie ängstete, und ich glaub, meiner Treu, aus Angst vor der Pest verstopfeten sie sich die Ohren. Letztlich stahl sich ein tapfrer kleiner Findling, der Schafhirt (o braves Bürschlein!), bis an mein Fenster; denn er war mir zugetan, sintemalen ich einst, als ich ihn beim Kirschennaschen ertappte, gesagt hatt: «Ei, du Tropf, dieweil du darüber bist, pflücke mir gleichweis davon.» Er hörete mich und rief: «Ich gehe, Meister Breugnon!»

Was fürder geschah, vermöchte ich euch schwerlich zu erzählen. Ich weiß, daß ich etliche Stunden, auf meinem Strohsack mich umherwälzend, vor Fieber die Zunge aus dem Mund hängen ließ gleich einem Kalb... Alsdann Peitschenknallen, Schellengeläut auf der Landstraße, eine laute, bekannte Stimme... Ich denke: Paillard ist kommen! Ich versuche aufzustehen... Ach, Herr meines Lebens! Mir ward, als trüge ich Sankt Martin auf meinem Nacken und Sembert auf dem Buckel. Ich sag mir: Und ob gar die Felsen von Basseville dazukämen, du mußt gleichwohl hingehen... Ich wünschte dringlich, seht ihr (ich hatte in der Nacht Zeit genug gehabt, alles nochmals genau zu überdenken), etliche Verfügungen und Testamentsklauseln eintragen zu lassen, die sollten mir verstatten, meine Martine und Glodie zu bevorteilen, ohne daß meine vier Buben vermöchten dawider Einspruch zu erheben. Ich ziehe meinen Kopf, der war schwerer denn Henriette, die große Glocke, empor bis zur Luke. Er fiel nach rechts, nach links, nach hinten und nach vorn. Auf der Landstraße erkenne ich zwei dicke Gestalten, die reißen mit entsetzensvoller Miene die Augen auf. Das waren Antoine Paillard und der Pfarrer Chamaille. Sie waren gerennet, die braven Freunde, daß die Sohlen brannten, auf daß sie mich noch lebendigen Leibes anträfen. Es sei gesagt, nachdem sie meiner gewahr wurden, begann ihr Feuer zu schwelen. Ohn Zweifel auf daß sie das Spektakel besser zu betrachten vermöchten, unternahmen sie selbander drei Schritte rückwärts, und auf daß mein Mut sich hebe, sagte der verteufelte Chamaille einmal ums andere: «Herrgott, wie abscheulich du aussiehst! Ach, du armer Kerl, schändlich siehst du aus... wie Braunbier mit Spucke.»

Ich sagte (um im Gegensatz dazu mir ihre Gesundheit einzuverleiben, denn das ermunterte meine Lebensgeister): «Soll ich euch nicht auffordern einzutreten? Euch scheinet gar warm zu sein.»

«Nein, danke, nein, danke!» riefen sie alle beide. «Es ist hier draußen sehr annehmlich.»

Darob ward ihr Rückzug noch wahrnehmbarer, und sie dehnten ihn bis zu ihrem Wagen hin. Paillard wähnete den Anstand zu wahren, indem er sein kleines Pferdchen, das mitnichten davor konnte, an der Kandare riß. Und Chamaille, dem es Gewöhnung war, mit Versterbenden Unterhaltung zu pflegen, fragte mich: «Wohlan, wie ist dir?»

«O je, mein Freund, der da krank ist, ist mitnichten gesund», gab ich mit wackelndem Kopf zur Antwort.

«Wohl, wohl, also geht es. Du siehst, mein armer Colas, dieses hab ich dir allzeit gesagt. Gott ist der Allmächtige, wir sind nur Staub vor ihm. Heute rot, morgen tot. Heute noch auf stolzen Rossen, morgen durch die Brust geschossen. Du hast mir nicht wollen glauben und gedachtest immer nur an deine Lust. Du hast das Gute genossen, jetzund mußt du den Kelch bis zur Neige leeren. Geh,

Breugnon, sei nicht trübselig! Der liebe Gott ruft dich zu sich. Solches ist eine hohe Ehre, mein Sohn! Indes tut not, ehe du ihn von Angesicht schaust, ein neu und fleckenlos Gewand zu nehmen. Je nun, komm, ich will dich waschen. Bereite deine Seele, o Sünder.»

Ich antwortete: «Sogleich, sogleich, wir haben noch Zeit, Pfaffe!»

«Unseliger», erwiderte er mir, «die Kutsche wartet mitnichten.»

«Das ficht mich nichts an», sagte ich, «ich werde zu Fuß gehen.»

Er fuchtelte mit den Armen.

«Breugnon, mein Freund, mein Bruder! Oh, ich erkenne wohl, du hangest noch immer an den eitlen Gütern dieser Erde. Was hat's denn allhier so Annehmliches? Hier ist all Nichtigkeit, Eitelkeit, Mißgeschick, Trug, List und Tücke, finstere Verstrickung, Hinterhalt, Schmerzen, Aufgezehretwerden. Was soll uns dieses Leben?»

Ich erwiderte ihm: «Du zerreißest mir das Herz. Nimmermehr, Chamaille, vermag ich den Mut zu finden, dich hienieden zurückzulassen.»

«Wir sehen einander wieder», sagte er.

«Was wollen wir nicht selbander gehn! – Nun wohl, ich gehe voran. *Nach der Devise des Herrn von Guise: Jeder, wann er an der Reih ist!* – Folget mir nach, ihr Edlen.»

Sie machten nicht Miene, auf mich zu merken. Chamaille erhob feierlich seine Stimme: «Die Zeit vergehet, Breugnon, und du vergehest mit ihr. Der Böse, der Widersacher, lauert dir auf. Möchtest du, daß das stinkende Aas deine beschmutzte Seele für seine Vorratskammer wegschnappe? Vorwärts, Colas, vorwärts, sprich dein Confiteor, mache dich bereit. Tu's also, ach tu's, mein Junge, tu's mir zuliebe, Gevatter!»

«Ich tu es», sagte ich. «Ich tue es gewißlich, um deinetwillen, meinetwillen und Seinetwillen. Da sei Gott vor, daß ich der ganzen Sippschaft nicht allen schuldigen Respekt erweise! Indes, mit Verlaub, zuvor will ich zwei Worte mit dem Herrn Notar bereden.»

«Das magst du alsdann tun.»

«Nein, mitnichten, erstlich Meister Paillard!»

«Was fällt dir bei, Breugnon? Du wirst den Allewigen nicht hinter dem Tintenkleckser zurückstehen lassen!»

«Der Ewige kann warten oder zum Teufel gehen, dafern's ihm Spaß macht: ich werde ihn gewißlich wiederfinden; indes, die Erde entschwindet mir. Die Höflichkeit erfordert, daß man seinen Besuch auch dorten mache, allwo man gut aufgenommen worden ist, ehe man dahin geht, wo man – vielleicht – wird aufgenommen werden.»

Er drängete, bat, drohte, schrie. Ich biß nicht an. Meister Antoine Paillard zog sein Schreibzeug heraus und verfaßte, auf dem Brunnenrand sitzend, in einem Kreis von Neugierigen und Hunden mein öffentliches Testament. Als solches erledigt war, verfügte ich schlecht und recht über meine Seele, gleich ich's mit meinem Geld getan hatte. Da alles beendet war (Chamaille fuhr mit seinen Ermahnungen fort), sagte ich mit ersterbender Stimme: «Schöpf neuen Atem, Baptiste. Was du sagest, ist überaus schön, indes, einem Mann am Rand des Grabes ist guter Rat teuer. Jetzo, da meine Seele schon bereit ist, in den Sattel zu steigen, möchte ich aufs allerwenigst noch einen Reisetrunk haben. Eine Flasche, edle Herren!»

Ach, die braven Burschen, wie gut haben sie alle beide, nicht minder gute Burgunder als gute Christen, meinen letzten Wunsch verstanden! Statt einer Flasche brachten sie gar drei: Chablis, Pouilly, Irancy. Vom Fenster meines

Schiffes, so im Begriff war, die Anker zu lichten, warf ich ein Seil hinab. Der Hirtenjunge hangete einen alten Weidenkorb daran, und mit letzter Kraft zog ich meine letzten Freunde zu mir empor.

Von diesem Augenblick an, da die andern von dannen gezogen waren, fühlte ich mich, auf meinen Strohsack zurückgesunken, minder einsam. Aber ich will mitnichten versuchen, euch einen Bericht der nachfolgenden Stunden zu geben. Ich weiß nicht, wie es kömmt, daß ich von ihnen nicht Rechenschaft könnt geben. Ihrer acht oder zehn muß man mir aus meinen Taschen gestohlen haben. Ich weiß, daß ich in eine weitläufige Unterredung mit der Dreieinigkeit der Flaschengeister vertieft war. Indes, meinem Bewußtsein ist entschwunden, worüber wir sprachen. Colas Breugnon ist mir abhanden gekommen: zum Teufel, wo mag er hingeraten sein?

Gegen Mitternacht sehe ich ihn wieder, wie er in seinem Garten mit beiden Arschbacken auf einem Beet dicker, saftiger, frischer Erdbeeren sitzt und durch die Zweige eines kleinen Birnbaumes den Himmel betrachtet. Wieviel Licht dort oben und wieviel Dunkel hier unten! Der Mond macht sich lustig über mich. Wenige Schritte vor mir liegt ein Haufen knorriger alter Weinreben gleich einem wimmelnden Schlangennest, die ziehen mir teuflische Gesichter... Wer aber kann mir erklären, was ich allhier tue? Es dünket mich (in meinem erfindungsreichen Verstand vermengen sich die Eindrücke), ich hätt mir gesagt:

Auf, auf Christ! Ein römischer Kaiser, Colas, sterbet nicht, den Hintern auf seiner Matratze. Sursum corda! Die Flaschen sind leer. Consummatum est. Hier ist nichts mehr zu tun! Wohlan, lasset uns die Kohlköpfe mit einer feierlichen Ansprache beehren!

Und gleichermaßen dünket mich, ich hätt Knoblauch

pflücken wollen, weil der ein fürtreffliches Mittel gegen die Pest geheißen wird oder dieweil ich mich aus Mangel an Wein mit Knoblauch begnügen wollt. Das ist gewiß, kaum hatte ich mit dem Fuß (und gleich darauf mit dem Sitzfleisch) die fruchtbringende Erde berühret, so fühlete ich mich umfangen von der Bezauberung der Nacht. Der Himmel breitete gleichwie ein runder, dunkler großer Nußbaum seine Kuppel über mir. Von seinen Zweigen hingen zu Tausenden Früchte herab. Weich gewiegt, reiften die Sterne gleich blinkenden Äpfeln in der lauen Finsternis. Die Früchte meines Obstgartens erschienen mir wie Sterne. Alles neigte sich zu mir zu, mich zu betrachten. Ich fühlete mich von tausend Augen umspäht. Ein Kichern lief durch die Reihen der Erdbeerbeete. Im Baum ober mir sang eine rotgoldene Birne mit einem zuckersüßen feinen Stimmlein:

Wegerich,
Verwurzle dich,
Kleiner Wicht,
Wie des Weines grüne Winde
Schlinge dich um meine Rinde,
Schwinge dich hinauf geschwinde,
Mit der Erde dich verbinde,
Kleiner Wicht,
Verwurzle dich!

Und aus allen Zweigen des himmlischen und des irdischen Gartens wiederholte ein Chor flüsternder, zwitschernder und singender Stimmchen:

Verwurzle dich, verwurzle dich!

Da drückte ich die Arme tief in meine Erde und sagte: «Willst du mich? Ich bin bereit.»

Bis an die Ellbogen drang ich in meinen fetten, weichen, lieben Boden ein; er gab nach gleichwie ein Busen, und ich wühlte mich mit den Knien und den Händen hinein. Ich umschlang ihn mit den Armen, ich drückte mein Abbild von Kopf bis Fuß darinnen ab; ich machte mein Bett darin und schmiegte mich hinein. Lang ausgestreckt, schaute ich mit offenem Mund zum Himmel und seinen Sternentrauben empor, als wartete ich darauf, daß eine von ihnen mir ins Maul tropfen sollte. Die Julinacht sang das Hohelied. Ein trunkenes Grillchen schrie wie besessen. Plötzlich ertönte die Stimme von Sankt Martin und schlug zwölf – oder vierzehn oder sechzehn (zweifelsohne war es kein gewöhnlicher Stundenschlag). Und siehe, da begannen alle Sterne, die oben und die in meinem Garten, zu klingen. Gott, was für eine Musik! Mir schlug das Herz zum Zerspringen, und meine Ohren dröhneten gleich Fensterscheiben, wann's donnert. Und aus der Tiefe meiner Grube sehe ich einen Jessebaum, einen mit Trauben dunkel befiederten Rebstock, sich kerzengerade in die Höhe richten. Mich dünkt, er wachse aus meinem Bauch und ich wachse mit ihm. Und singend gibt mir der ganze Obstgarten das Geleite. Ein Stern, an der obersten Spitze des Rebstockes aufgehängt, tanzt wie ein Rasender, und ich, den Kopf nach hinten gelehnt, daß ich ihn sehe, daß ich ihn fasse, klettere in die Höhe und schreie aus voller Kehle:

«Traube du, aus meinem Garten,
Wirst du warten!
Hurtig, Colas,
Bist schon nah!
Halleluja!»

Mich bedünket, einen Teil der Nacht habe ich solchermaßen mit Klettern verbracht, dieweil ich, als man mir später sagte, stundenlang gesungen hab. Ich sang mancherlei, Profanes und Heiliges und De profundis und Hochzeitskarmen, Weihnachtslieder und Laudate, Geschmetter und Polkas, erbauliche Gesänge und andere, so derb und leichtfertig waren, und ich spielte die Leier und den Pfeifsack, ich schlug die Trommel und blies die Trompete. Die herangelaufenen Nachbarn hielten sich den Bauch vor Lachen und sagten: «Was Lärmens! Das ist Colas, der sich von hinnen machet. Er ist närrisch, gänzlich närrisch!»

Des andern Tags ließ ich, wie man zu sagen pflegt, der Sonne den Vortritt. Ich überließ ihr das Recht, als erste aufzustehen. Es war Mittag, als ich erwachte. Ach, mit welcher Lust, Freundlein, gewahrte ich mich noch in der Tiefe meines Eigentums! Nicht, daß das Lager wär sonderlich weich gewesen oder mir mein Kreuz nicht verdammt weh getan hätte. Aber wie wohl tut es, so man sich zu sagen vermag, man habe sein Kreuz noch! Wie, Breugnon, alter Freund, du bist noch nicht auf und davon? Lasse dich umarmen, mein Sohn! Laß mich diesen deinen Körper, deine tapfere kleine Schnauze befühlen! Bist du es wahrlich? Was bin ich des froh! So du von mir gegangen wärst, Colas, wahrlich, nimmer hätt ich mich darob zu trösten vermocht. Gegrüßet seist du und mein Garten! Meine Melonen lachen mich voll Lust an. Reifet nur, meine Liebchen... Aber ich werde aus meinen Betrachtungen gerissen durch zwei Besserwisser, die mir von der anderen Seite der Mauer zubrüllen: «Breugnon, Breugnon, bist du tot?»

Das sind Paillard und Chamaille, die, weil sie nichts mehr hören, jammern und bereits meine dahingeschiedenen

Tugenden preisen, zweifelsohne auf der Landstraß. Ich steh auf (au weh! Mein verflixtes Kreuz!), ich gehe sachte, plötzlich stecke ich meinen Kopf zur Dachluke hinaus, und ich schrei: «Kuckuck, da ist er!»

Sie hopsen hoch.

«Breugnon, bist du nicht tot?»

Sie lachen und weinen nach Herzenslust. Ich strecke ihnen die Zunge heraus: «Bäuerle lebt immer noch...»

Wollet ihr glauben, daß diese Banditen mich vierzehn Tage lang in meinem Turm eingesperrt hielten, bis sie für gewiß erachteten, daß mir nichts Krankes anhafte? Die Wahrheit zu sagen, muß ich hinzufügen, sie ließen mich an nichts Mangel leiden, nicht an Manna noch auch an Bergwasser (ich meine des guten Noah). Sie gewöhneten sich gar dazu, abwechselnd unter mein Fenster zu kommen, und erzähleten mir die Zeitungen des Tags.

Wann ich endlich wieder heraus konnte, sagte der Pfarrer Chamaille zu mir: «Mein viellieber Freund, der große Sankt Rochus hat dich errettet. Du vermagst nichts Minderes, denn zu ihm zu gehen und ihm danken. Tue es, ich bitte dich!»

Ich widersetzte: «Ich halte vielmehr davor, es war Sankt Irancy, Sankt Chablis oder Sankt Pouilly.»

«Nun wohl, Colas», sagte er, «also wollen wir vom unsern auch was dazugeben. Machen wir halbpart. Geh du um meinetwillen zum heiligen Rochus. Ich werde um deinetwillen den Flaschenheiligen meinen Besuch verstatten.»

Als wir alsdann diese doppelte Pilgerfahrt selbander unternahmen (der getreue Paillard vervollständigte das Trio), sagte ich: «Gestehet nur, Freunde, jenes Tages, als ich euch um den Reisetrunk bat, da hättet ihr minder gern mit mir angestoßen. Ihr schienet mitnichten geneigt, mit mir zu kommen.»

«Ich liebe dich sehr», sagte Paillard, «das schwöre ich dir. Indes, was willst du? Ich liebe auch mich. Wie es gar trefflich heißt: *Das Hemd ist mir näher als der Rock.*»

«Mea culpa, mea culpa», murmelte Chamaille und schlug seine Brust, als wollte er einen jungen Esel antreiben. «Ich bin ein Hasenfuß, solches ist nun einmal meine Anlage.»

«Was ist dir von den Lehren des Cato geblieben, Paillard? Und wozu, Pfaffe, war dir deine Religion nütze?»

«Ach, lieber Freund, es lebet sich so lieblich», sagten sie beide mit einem großen Seufzer.

Da umarmten wir uns alle drei lachend und sagten: «Ein braver Mensch ist noch kein Held. Man muß ihn nehmen, wie er ist. Gott hat ihn geschaffen: er hat's wohlgemacht.»

Der Tod der Alten

Ende Juli

Ich war im Begriff, von neuem Geschmack am Leben zu finden. Solches fiel mir nicht sonderlich schwer, das könnt ihr mir glauben. Ja, ich weiß nicht warum, ich fand es sogar schmackhafter als vordem, fett, weich, goldbraun, gerad recht und rösch gebraten, knusprig zum Beißen und auf der Zunge zerschmelzend. Der Appetit eines Auferstandenen. Was muß Lazarus lustvoll geschmauset haben!

Eines schönen Tages nun, ich hatte fröhlich meine Arbeit getan und war just dabei, mit meinen Freunden trefflich zu speisen, da trat ein Bauer herein; der kam aus Morvan.

«Meister Colas», sagt er, «vorgestern habe ich Eure Frau gesehen.»

«Schelm, da hast du Glück», sage ich. «Und wie geht's der Alten?»

«Gar wohl, sie ist im Begriff, sich davonzumachen.»

«Wohin denn?»

«Gar schleunig, Herr, in eine beßre Welt.»

«Sie wird es alsdann nimmer sein», sagt ein schlimmer Possenreißer.

Und ein anderer: «Sie gehet, du bleibest. Dein Wohl, Colas! Ein Glück kommt nie nicht allein.»

Ich wollte tun gleichwie die andern (obschon ich bewegt war) und erwiderte: «Lasset uns anstoßen! Gott meinet es gut mit dem Mann, so er ihm die Frau nimmt, wann der nicht mehr weiß, was damit anfangen.»

Indes der Wein erschien mir plötzlicherweis kratzig. Ich vermochte nicht, mein Glas auszutrinken, und ging, meinen Stock nehmend, von hinnen, und das gar, ohne mich von der Gesellschaft zu verabschieden.

Sie riefen: «Wo gehst du hin? Was ficht dich an?»

Ich war schon weit fort, ich antwortete nicht, mir war das Herz schwer... Seht ihr, man mag wohl seine Alte nicht lieben, man mag wohl einander Tag und Nacht an die 25 Jahre in Zorn gebracht haben, zur Stunde, da der Sensenmann sie holen kömmt, sie, die alsolange in dem allzu engen Bett mit euch gelegen und ihren Schweiß mit dem eurigen vermischet hat, die in ihrem dürren Schoß den Samen eurer Art, den ihr da pflanztet, hat wachsen lassen, alsdann fühlet man ein sonderlich Ding, so einem die Kehle zuschnürt; es ist, als wenn ein Stück von uns selbst davongehet; und wenngleich es auch nicht schön ist, wenngleich es uns gar oft beschwerlich ward, ist man doch voll Mitleids mit ihm und mit sich selbst; man bejammert es, man bejammert sich selbsten... Verzeih mir Gott!, man hat es lieb. – Des andern Tags kam ich bei Einbruch der Nacht zu Hause an. Auf den ersten Blick sah ich, daß der große Bildhauer gut Arbeit getan hatte. Unter dem knitterigen Vorhang der runzligen Haut erschien das tragische Antlitz des Todes. Aber mir ward noch ein noch gewisseres Zeichen davor, daß das Ende nahe sei, dieweil sie, als sie meiner ansichtig ward, zu mir sagte: «Mein armer Mann, bist du nicht zu ermattet?»

Als ich diesen Ton der Güte vernahm, der mich gar sehr rührete, sagte ich mir: Ohne Zweifel, mit der armen Alten ist es aus – sie wird gutartig.

Ich setzte mich an ihrem Bett nieder und nahm ihre Hand. Zu schwach zum Sprechen, dankte sie mir mit den Augen, daß ich gekommen war. Um sie zu erheitern, versuchte ich zu scherzen und erzählete ihr, wie ich der allzu eilfertigen Pest einen Possen gespielt hätt. Sie hatte nichts nicht davon vernommen. Sie erregte sich darob also heftiglich (Teufel, war ich ungeschickt!), daß sie eine Schwäche befiel und wenig gemangelt hätt, so wär sie dabei geblieben. Wann sie wiederum zu Sinnen kam, fand sie die Sprache und (Gott sei Dank, Gott sei Dank!) gleicherweis ihre Bosheit wieder. Alsogleich beginnet sie stammelnd und zitternd (die Worte wollten mitnichten herfür, oder es kamen ganz andere raus, als sie vermeinete; und das machte sie gar zornmütig), sie beginnet also, mich mit Schimpfreden zu überschütten; saget, es sei eine Schande, daß ich ihr nichts vermeldet hätt, ich habe kein Herz, ich wär schlimmer denn ein Hund, hätt verdienet, gleichwie ein solcher ganz allein ob meinem Misthaufen an der Kolik zu verrecken. Sie brachte noch unterschiedliche Artigkeiten herfür. Man wollte sie beruhigen. Man sagete zu mir: «Gehe davon! Du siehst, du tuest ihr übel. Entferne dich vor einen Augenblick!»

Indes, ich lache, beuge mich ober ihr Bett und sage: «Wohl und gut, jetzo erkenne ich dich wieder! Nunmehr ist noch Hoffnung, du bist noch gleicherweis boshaft...»

Und ich nehm ihren Kopf, ihren wackligen alten Kopf zwischen meine großen Hände, küsse sie mit ganzem Herzen zweemalen auf beide Backen. Und beim zweitenmal weinete sie.

Alsdann verblieben wir beide ruhevoll und ohn Redens

allein im Zimmer, allwo in der Holztäfelung der Klopfkäfer harten Schlages das Ticktack der Totenuhr hämmerte. Die Leute waren ins Nebenzimmer gegangen. Sie keuchete mühselig, und ich merkete, sie wollte sprechen.

Ich sage: «Quäl dich nicht, meine Alte. Seit 25 Jahren hat man sich alles gesagt. Man versteht sich auch sonder sprechen.»

Sie sagt: «Man hat sich nichts nicht gesagt. Ich muß sprechen, Colas! Ansonst sollt mir das Paradies ... in das ich nicht werd einkommen ...»

«Freilich, freilich», sage ich.

«... ansonst sollt mir das Paradies bitterer denn die Galle der Hölle schmecken. Colas, ich war zu dir sauertopfisch und voll törichten Zorns.»

«Mitnichten, mitnichten», sage ich, «ein weniges Säure ist gut vor die Gesundheit.»

«... eifersüchtig, aufbegehrend, zänkisch, brummend. Ich erfüllete das Haus mit meiner schlimmen Laun, und ich habe sie dir bei jedweder Gelegenheit zu kosten gegeben.»

Ich tätschelte ihre Hand.

«Das macht nichts, ich habe ein gar dickes Fell.»

Atemlos begann sie von neuem.

«Aber solches geschah, dieweil ich dich liebte.»

«Ha, das hätt ich sollen wissen», sagte ich lachend. «Je nun, letztlich macht's jeder auf seine Weis. Aber warumb hast du mir nie nichts gesagt? Die deine war nicht gar deutlich.»

«Ich liebte dich», fuhr sie fort, «und du, du liebtest mich nicht. Derhalben warest du gütig, und ich war bös. Denn ich hassete dich, daß du mich nicht liebtest, und du, du sorgtest dich mitnichten darumb ... Du hattest dein Lachen, Colas, dein Lachen, gleicherweis wie heute ... Gott, wie habe ich davon gelitten. Du vermummtest dich darein wider den Regen; ich mochte es lassen regnen, alsoviel ich wollte, es gelang mir niemalen, dich Schelm zu durchnässen. Ach, wie gar sehr hast du mir weh getan! Mehrer denn einmal, Colas, vermeinte ich, daran zu sterben.»

«Mein armes Weib», sagte ich zu ihr, «solches geschah nur, dieweil ich das Wasser nicht mag ausstehn.»

«Du lachest noch fürder, du Schalk! Wohl, wohl, du tuest recht daran, zu lachen. Lachen hält warm. Jetzo, allwo die Erdenkälte mir an den Beinen emporkriecht, da fühle ich, was dein Lachen wert war; leihe mir deinen Mantel. Lach dich satt, lieber Mann. Ich bin dir nimmer bös darumb. Du aber, Colas, vergib mir.»

«Du warst eine brave Frau», sagte ich, «rechtschaffen, stark und treu. Mag sein, du warest nicht alleweil annehmlich, aber niemands ist vollkommen; das wär Vermessenheit gen den da oben, der ist allein vollkommen, wie man mir sagt (ich bin nicht droben gewesen, nachschauen). Und in schwarzen Stunden (ich nenne damit mitnichten die Stunden der Nacht, allwo die Katzen insgesamt grau sind, sondern solche der Jahre des Elends und der mageren Kühe), da warest du nimmer also unleidlich. Tapfer warst du. Vor keinerlei Mühe scheutest du zurücke, und dein trutziges Wesen erschien mir beinahe schön, so du es, ohne einen Fußbreit zu weichen, gen das widrige Geschick ins Feld führtest. Quälen wir uns itzund nicht länger um das, was vorzeiten war. Genug, daß wir es einmalen für allemal ertragen haben, ohn uns zu beugen, ohn zu jammern und ohn die Spur einer Schande, so wir hätten auf uns laden können. Was geschehen ist, ist geschehen und läßt sich nimmer von neuem anfangen. Die Last ist abgesetzt, nunmehr ist die Reihe am Herrn, sie zu wägen, so er will. Das ist nicht unsere Sache fürder. Uff, laß uns aufatmen, meine Alte! Jetzo verbleibet uns nur noch, die Riemen zu lösen, so uns den Rücken scheuerten; uns die klammen Finger und die wunden Schultern zu reiben und unser Nest in der Erde zu richten, um darein offenen Mundes und gleichwie eine Orgel schnarchend – Requiescat! Friede denen, so ihre Arbeit gut vollbracht haben! – den großen Ewigkeitsschlaf zu schlafen.»

Mit geschlossenen Augen und mit verschränkten Armen lauschete sie auf meine Worte. Sie öffnete die Augen, als ich geendet, und reckte ihre Hand aus.

«Gute Nacht, mein Freund, morgen wirst du mich wecken.» Sie ließ die Hand wieder sinken.

Alsdann streckte sie sich als eine Frau, so Ordnung liebet, ihrer ganzen Länge nach hin, zog sich die Decken unter ihr Kinn, bis daß sie keine Falte mehr machten, und preßte das Kruzifix an ihre leeren Brüste. Eine Frau, entschlossen und bereit zum Aufbruch, lag sie nun mit zusammengekniffener Nase und starrem Blick da und wartete.

Aber vordem, daß ihre alten Knochen der Ruhe genießen durften, sollten sie zweifellos, um durch das Übel gereinigt zu werden, ein letztes Mal im irdischen Feuer glühen (solches ist unser Los). Denn just in diesem Augenblicke öffnete sich die Tür von nebenan. Die Wirtin stürzete in das Zimmer und rief atemlos: «Schnell, kommt schnell, Meister Colas!»

Ich verstand nicht, ich fragte: «Was gibt's? Sprecht leise.»

Aber sie in ihrem Bett, die eben die große Reise angetreten, richtete sich auf ihrem letzten Lager steif wie der von Jesus Auferweckte noch einmal empor, und gleich als ob sie von der Höhe des Wagens, den sie just hatte bestiegen, beim Zurückwenden und Rückwärtsschauen über unsere

Köpfe hinweg vermochte zu sehen, was ich nicht sah, reckete sie die Arme gegen mich aus und rief: «Meine Glodie!»

Jetzo verstand auch ich, durchbohret von diesem Schrei und dem rauhen Husten, so aus dem Nebenzimmer drang. Ich lief, ich fand meine arme kleine Lerche, der war die Kehle gleichsam zugeschnürt, und sie suchte mit ihrem zarten Händlein die Umklammerung zu lösen, war ganz rot und heiß, flehete mit den schreckensvollen Augen um Hilfe und schlug um sich wie ein verwundet Vöglein.

Was diese Nacht geschah, ich vermöchte es nicht zu berichten. Noch jetzo, da ich gut fünf Tage hernach sie mir ins Gedächtnis rufe, sind mir die Beine wie abgestorben. Ich muß mich setzen. Ach, lasset mich Atem schöpfen. Ist es möglich, daß es einen Gott im Himmel gibt, so sich ein Vergnügen daraus machet, diese kleinen Wesen langsam zu quälen, der ihre dünnen Hälschen unter seinen Fingern mag krachen hören, sie sich mag wehren sehen und ihren Blick voll staunenden Vorwurfs aushalten kann? Ich verstehe, daß man einen alten Esel gleich mir einmalen derb zwicket, daß man jemands, so sich wehren kann, einem starken Burschen, einer breitschultrigen Weibsperson, übel mitspielet. Mögest du nur, dafern es dich belustigt, uns aufschreien zu machen, versuchen, ob es dir gelinge. Der Mensch ist nach deinem Bild geschaffen. So du gleich ihm nicht alle Tage gut wärest, so du voll Laune und Bosheit bist, so du ab und zu aus zerstörender Lust schädigen magst, um deine Kraft zu proben, aus schwarzer Galle, aus übler Laune oder gar zur Kurzweil – solches nimmt mich allgemach nicht sonderlich wunder. Wir sind alt genug, potz Kuckuck, es mit dir aufzunehmen. Wann es uns leid wird, vermögen wir dir's zu sagen. Nimmst du aber dieses kleine Lämmlein zum Ziel, das noch seine erste

Wolle traget – solches ist zuviel! Nein, das mögen wir nicht zugeben! Gott oder König, wer immer es tät, er mißbrauchte sein Recht. Wir vermahnen dich, Herr, dafern du also fortfahrest, werden wir in Bälde uns genötigt sehen, dich zu unserem größesten Leidwesen abzusetzen. Aber ich mag nicht glauben, daß solches Ding dein Werk sei. Davor hege ich allzuviel Ehrfurcht für dich. Derlei Untaten können nur zweierlei Ursach haben, Vater: entweder du hast keine Augen, oder aber du existierst nicht... Ei je, das Wort ist nicht zupaß, ich widerrufe es. Der Beweis davor, daß du existierst, ist, indem wir jetzo vertraulich selbander uns bereden. Was mancherlei Betrachtung haben wir schon miteinander gepflogen! Und unter uns, Herr, habe ich nicht genugsam oft recht behalten? Wieviel Malen hab ich in jener Unglücksnacht dich gerufen, beschimpfet, bedrohet, verleugnet, gebeten, angefleht! Ich habe oft genug meine gefalteten Hände zu dir emporgehoben und dir die geballte Faust gezeiget! Das hat nichts nicht genützet, du hast dich nicht beirren lassen. Aber du kannst zumindest nicht sagen, daß ich das Kleinste versäumete, dich zu rühren. – So du nicht willst, wohl, wohl, laß bleiben! Dafern du nicht geruhest, mich anzuhören, ergebenster Diener. Um so schlimmer für dich, Herr, wir kennen andere, wir werden uns woanders hinwenden.

Ich war alleinig mit der alten Wirtin, die Nachtwache zu halten. Martine, die unterwegs von den Kindswehen war überrascht worden, hatte Glodie bei der Großmutter gelassen und war in Dornecy geblieben. Als wir gen Morgen sahen, daß unser Herzblatt, unsere arme kleine Dulderin, im Verscheiden lag, versuchten wir's mit den äußersten Mitteln. Mit meinen Armen hob ich ihren kleinen, matten Leib, der nicht schwerer war denn eine Feder, empor (er hatte schon nimmer die Kraft, sich zu wehren, der Kopf hing nieder, und das Körperlein, hin und wieder von Stößen durchzucket, gleichwie ein Sperling, atmete schier nicht mehr). Ich schaute durchs Fenster. Der Wind blies, es regnete. Eine Rose ob ihrem Stengel neigte sich gen die Scheibe, als wollte sie eintreten. Mir war's, als kündete sich solcherart der Tod. Ich schlug das Zeichen des Kreuzes, und ohngeachtet des allen schritt ich ins Freie. Der ungestüme feuchte Wind schlug unter der Tür wider mich an. Schier unbewußt barg ich den Kopf meines Vögeleins unter einer meiner Hände, sorgend, der Sturm könne sein Lichtlein ausblasen. Wir machten uns des Wegs. Zuvorderst schritt, Geschenke tragend, die Wirtin. Wir gingen in den Wald hinein, so sich längs des Weges hinzieht, und entdeckten in Bälde am Rand eines Sumpfes eine bebende alte Espe. Hoch und gerade gleich einem Turm, beherrschte sie ein ganzes Volk junger, biegsamer Binsen. Einmalen, zweimalen, dreimalen wandelten wir rings um sie herum. Die Kleine stöhnte, und der Wind in den Blättern klapperte gleichwie sie mit den Zähnen. Um das Händlein des Kindes wanden wir ein Band, das andere End um einen Zweig des bebenden Baumes; dazu sagten die zahnlose Alte und ich wieder und wieder:

«Zittre, bebe, Baum, du Lieber,
Nimm mein Fieber.
Laß dich bitten, dich beschwören
In dem Namen, hoch in Ehren
Des dreieinigen großen Gottes.
Aber so du meiner spottest,
Bleibst gar taub, läßt mich im Stich,
Wehe dir, dann fäll ich dich!»

Alsdann grub die Alte ein Loch zwischen den Wurzeln, goß darein einen Schoppen Wein, tät zwo Knollen Knoblauch und eine Scheibe Speck darzu und legte oben drauf noch einen Heller. Nunmehr machten wir noch drei Runden um meinen Hut, den hatten wir zur Erde gelegt und mit Schilf gefüllt. Bei der dritten Runde spuckten wir hinein und sagten einmal übers andere: *«Erstick am Krupp, krächzende, kriechende Kröte!»*

Am End kehrten wir um; wann wir zum Ausgang des Waldes gelangten, knieten wir vor einem Weißdorn nieder. Ihm zu Füßen betteten wir das Kind und beteten bei der heiligen Dornenkrone zum Gottessohn.

Als wir hienach gen Hause zurückkehrten, schien die Kleine tot. Indes wir hatten getan, was wir vermochten.

Während all dieser Zeit wollte meine Frau nicht sterben. Die Liebe zu ihrer kleinen Glodie hielt sie am Leben. Sie schlug um sich, sie schrie: «Heiliger Gott, Maria und Joseph, nein, ich gehe nicht davon, ich wisse denn zuvor, was du mit ihr tun willst und ob sie, ja oder nein, wird gesund werden. Gesund soll sie werden! Herr Gott im Himmel, ich will es also. Ich will es, ich will es, ich will es, und so geschieht's.» Indes, es war zweifellos noch nicht vollkömmlich geschehn: denn darnach sie es gesagt hätt, begann sie von neuem. Gott, wieviel Atems sie aufbrachte! Und da hatte ich zuvor vermeint, sie wäre nahe daran, den letzten auszuhauchen! War dieses der letzte, alsdann hatte er eine treffliche Länge... Breugnon, du schlimmer Kerl, du lachst, schämst du dich nicht? – Was soll's, Freund, ich bin nun, als ich bin. Lachen hindert mich nicht, Leid zu haben. Indes, kein Leid kann einen rechtschaffenen Franzosen hindern zu lachen. Und ob er lache oder jammere, vor allem muß er sehen. Es lebe Janus bifrons, der allweil die Augen offen hat.

Also ward mir darum nicht minder peinvoll, mit anzuhören, wie meine arme alte Gefährtin sich abmühte und keuchte. Und wenngleich ich in derselbigen Herzensangst war denn sie selbsten, wollte ich sie beruhigen, sprach ihr zu, als wie man zu Kindern spricht, und wickelte sie gar sorglich in ihre Decke. Indes, sie schrie: «Du Taugenichts! Wärst du Manns genug, alsdann hättest du wohl Mittels gefunden, sie zu retten! Dich selbst zu retten, hast du trefflich verstanden. Wozu taugst du wohl eigentlich? Statt ihrer bist du's, so tot sein müßte.»

Ich antwortete: «Meiner Treu, ich billige deiner Meinung wohl, Alte, du hast überaus recht. Ich gäbe meine Haut willig her, so jemands sie haben wollte. Aber es scheint, sie kommt da oben mitnichten zupaß: man findet sie wohl allzu abgenutzt. Ich tauge zu nichts nicht mehr (das ist wohl wahr), als gerad wie du, zu leiden. Wohlan, leiden wir selbander, ohn viel Worte zu machen. Möglich, daß unsere Kleine alsdann soviel mehr oder weniger wird zu leiden haben.»

Da lehnte sie ihren alten Kopf an den meinen, und das Salz aus unseren Augen mischte sich ob unsern Wangen. Im Zimmer aber ringsum wurde der drückende Schatten von den Schwingen des Todesengels fühlbar...

Plötzlich aber verschwand er. Das Licht kehrete wieder. Wer vollbrachte das Wunder? War es der Gott da droben, oder waren es gar die aus den Wäldern, Jesus, der Allerbarmer alles Leidens, oder die Erde, die Gewaltige, die alles Übel zerbläst und einsaugt? Hatten unsere Gebete es bewirkt oder die Angst meines Weibes oder etwan dies, weil ich die Espe bestochen hatt? Wir werden es niemalen erfahren; und da ich in der Ungewißheit verbleibe, danke ich (das ist das sicherste) der ganzen Gesellschaft und schließe gar die mit ein, so ich nicht kenne (möglich, das sind just die Besten). Sicher aber in jedwedem Fall und allein wichtig ist, daß von selbigem Augenblick an das Fieber sank, der Atem gleichwie ein munteres Bächlein durch das zarte Kehlchen strömte und meine kleine Tote, der Umarmung des Erzengels entfliehend, auferstund.

Da schmolzen unsere alten Herzen in inniglichem Fühlen. Gemeinsam stimmten wir das «Nunc dimittis, Herr!» an, und meine Alte ließ nunmehr, vor Freude weinend, ihren Kopf wie einen sinkenden Stein ermattet auf das Kissen zurückfallen und seufzte: «Jetzo kann ich endlich gehen!»

Gleich darauf wurde ihr Blick unsicher. Das Gesicht fiel ein, als hätt ein plötzlicher Windstoß ihren Atem entführt. Und ich, über ihr Bett gebeugt, darin sie nimmer war, blickte gleichsam in die Tiefe eines Loches im Wasser, in dem die Form eines eben untergegangenen Körpers einen Augenblick eingeprägt verbleibt, um alsobald kreisend wieder zu verwischen. Ich schloß ihr die Lider, küßte ihre wachsbleiche Stirn, faltete ihre Hände, die arbeitsamen Hände, die sich zu Lebzeiten nie täten Ruhe gönnen; und die verlöschte Lampe, deren Öl ausgebrannt war, sonder Gram verlassend, ging ich mich bei der neuen Flamme niedersetzen, die jetzo das Haus erhellen sollte. Ich sah sie schlafen. Mit gerührtem Lächeln wachte ich bei ihr und dachte (kann man seinen Gedanken wehren?):

Ist es nicht gar seltsam, daß man sich also an dies kleine Geschöpflein hänget? Ohn sie erscheint alles nichtig; mit ihr ist alles gut, selbst das Ärgste kann uns nichts anhaben. Ach, jetzo kann ich ruhig sterben, mag mich der Teufel holen! Dafern nur sie am Leben bleibt, da pfeife ich auf das übrige... Immerhin ist das ein weniges stark. Wie denn! Da stehe ich, lebe und befinde mich wohl, bin Herr über meine fünf Sinne und noch etliche andere dazu und überdies über den trefflichsten aller, meinen gesunden Menschenverstand, ich habe niemalen mit dem Leben geschmollt, trage ich meinem Leib zehn Ellen Gedärme, so allzeit genugsam leer, um dem Leben ein Fest zu bereiten, habe einen klaren Kopf, eine sichere Hand, feste Waden und Kniegelenke, bin ein guter Arbeiter und witziger Burgunder Kopf, und da bin ich besten Willens, das alles für solch kleines Tierlein herzugeben, von dem ich schier nichts weiß! Denn am End, was ist es denn Großes? Ein artiges kleines Frätzlein, ein ergötzliches Spielzeug, ein stammelndes kleines Wesen, das sich erst versucht, das noch nichts ist, aber das möglicherweis einmalen etwas *sein wird*... Und für dieses «möglicherweis» soll ich mein «Ich bin und bin hier, und bin hier, bei Gott, recht wohl» mit Steinwürfen von hinnen treiben? Ja, so ist's! Denn dieses «möglicherweis» ist doch die schönste meiner Blumen, ist die, für die ich lebe. Wann die Würmer sich an meinem Fleisch haben vollgefressen, wann es mit der fetten Kirchhofserde gänzlich verschmolzen ist, dann werde ich, o Herr, in einem anderen Selbst auferstehn, schöner, glücklicher und besser als ich... Ei, was weiß ich eigentlich davon? Warumb soll es just besser sein denn ich? Weil es mit den Füßen auf meinen Schultern steht und weil es, über meinem Grabe wandernd, weiter sehen wird denn ich... O ihr, die ihr aus mir ersteht, die ihr das Licht werdet trinken, darein meine Augen, die es so überaus geliebt haben, sich nimmer baden werden; mit euren Augen genieße ich die Ernte der kommenden Tage und Nächte, sehe ich die Jahre und die Jahrhunderte einander folgen, genieße gleichermaßen das, was ich voraussehe, als das, so mir verborgen bleibt. Alles ziehet an mir vorüber, aber so geschieht's, maßen ich selbst mich fortbewege. Von euch getragen, schreite ich immer weiter, immer höher. Ich bin nimmer an meine kleine Scholle gebunden. Jenseits meines Lebens, jenseits meines Ackers dehnen sich die Furchen. Sie umfassen die Erde, sie durchschreiten den Weltenraum. Gleich einer Milchstraße überziehen sie mit ihrem Netz das tiefblaue Himmelsgewölbe, Ihr seid meine Hoffnung, meine Sehnsucht und mein Samen, den ich mit vollen Händen ausstreue in die Unendlichkeit.

Das abgebrannte Haus

Mitte August

Soll ich vom heutigen Tag berichten? Das ist ein harter Bissen. Noch ist er nicht gänzlich verdaut. Los, Alter, Mut! Solches wird das beste Mittel sein, ihn abzutreiben!

Es heißt: Sommerregen bringt Segen. Wäre das wahr, dann müßte ich also reich sein wie Krösus, denn diesen Sommer läßt es nicht nach, auf meinen Buckel zu regnen; und desohngeachtet stehe ich nun sonder Hemd und sonder Hos da gleich einem heiligen Johannes. Kaum hatte ich die doppelte Heimsuchung hinter mir – Glodie war genesen und mein alt Eheweib gleichermaßen, die eine von ihrer Krankheit und die andere vom Leben –, da hatte ich von den Mächten, so das Weltall regieren, einen wütenden Ansturm zu bestehen (es muß da oben eine Frau im Spiel sein, die mir zürnt; was, zum Teufel, habe ich ihr getan? Sie liebt mich doch, meiner Treu!), aus dem ich bloß, besiegt und mit zerschlagenen Knochen, aber dennoch (das ist letztlich die Hauptsach) samt allen meinen Knochen herfürging.

Obzwar mein Enkelchen jetzo geheilt war, eilte ich mich nicht, in meine Vaterstadt zurückzukehren; ich blieb bei ihr und freute mich an ihrer Genesung noch mehr denn sie selbsten. Erlebt man die Genesung eines Kindes, so ist's, als schaue man der Erschaffung der Welt zu; das gesamte Universum erscheint weiß und frisch wie ein eben gelegtes Ei. So ging ich denn müßig und hörte zerstreut auf die Neuigkeiten, so die Nachbarinnen mitbrachten, die zum Markt gingen. Bis ich eines Tages gleich einem alten Esel, der die Peitsche des Eseltreibers ober sich sieht, bei einer Äußerung die Ohren spitzte. Es hieß, in Clamecy sei in der Vorstadt Beuvron Feuer ausgebrochen und die Häuser stünden gleich Reisigbündeln in Flammen. Ander Auskunft vermochte ich nicht zu erlangen. Ab diesem Augenblick saß ich in einer dunklen Ahnung wie auf Kohlen. Man hatte mir gut zureden: «Bleib geruhig! Schlimme Nachrichten reisen schnell wie Schwalben. Wärst du getroffen, da wüßtest du es schon. Wer redet von deinem Haus? Es gibt mehr denn einen Esel in Beuvron...»

Mich hielt's nicht länger; ich sagte mir: das meine ist's... Es brennt, ich spüre den Brandgeruch...

Ich nahm meinen Stock, ich ging davon. Ich dachte: Großer Gott, was für ein Dummkopf bist du! Das erste Mal ist's, daß ich Clamecy verlassen habe, ohn irgendein Ding in Sicherheit zu bringen. Allzeit, wann ich zu anderen Malen den Feind kommen sah, trug ich meine Hausgötter hinter die Mauern auf die andere Seite der Brücke, mein Geld, meine Kunstwerke, auf die ich am meisten stolz bin, mein Werkzeug, meinen Hausrat und den Krimskrams insgesamt, der, obzwar häßlich und unbequem, einem dennoch für alles Geld der Erde nicht feil wäre, dieweil er die Reliquien unseres armseligen kleinen Glückes bedeutet... Diesmalen habe ich alles im Stich gelassen...

Und ich glaubte meine Alte zu vernehmen, die aus der besseren Welt gegen meine Dummheit wetterte. Ich erwiderte ihr: Du bist schuld, um deinethalben habe ich mich so geeilt!

Nachdem wir uns beide gehörig gezankt hatten (damit war zumindest ein Teil des Weges ausgefüllt), suchte ich uns einzureden, daß ich mich ganz umsunst sorgte. Aber desohngeachtet kehrte die schlimme Vorstellung gleich einer Mücke, so sich auf die Nase setzt, allweil zurück; unaufhörlich sah ich mein Haus vor mir, und kalter Schweiß rann mir an Rückgrat und Lenden hinab. Ich schritt tüchtig aus. Villiers lag schon hinter mir, und ich begann just den langen bewaldeten Hügel emporzusteigen, da sah ich auf dem Abstieg einen daherkommenden Wagen und den Vater Jojot, den Müller aus Moulot, der, alsobald er mich erkannte, anhielt, seine Peitsche hob und schrie: «Ach, du armer Kerl!»

Mir war, als bekäme ich einen Tritt vor den Bauch. Ich blieb offenen Mundes am Wegrand stehen. Er fuhr fort: «Wo willst du hin? Kehr um, mein Colas! Geh nicht in die Stadt. Du regst dich allzusehr auf. Alles ist verbrannt, ratzekahl niedergebrannt. Nichts bleibt dir mehr übrig.»

Mit jedwedem Wort drehte mir der Kerl das Herz im Leib herum. Doch ich wollte den Tapferen spielen, riß mich zusammen und sagte: «Zum Teufel, ich weiß es wohl!»

«Wohlan», meinte er beleidigt, «was willst du denn dorten noch suchen?»

Ich antwortete: «Die Überbleibsel.»

«Nichts ist übrig, sage ich dir. Schier nichts nicht, nicht ein Radieschen!»

«Jojot, du schneidest auf; du wirst mir nicht einreden, meine beiden Lehrbuben und meine wackeren Nachbarn hätten mein Haus brennen sehen, ohn zu versuchen, ein weniges, ein paar Hausgerät, aus dem Fenster zu retten, wie das unter Brüdern Brauch...»

«Deine Nachbarn, du Unglücksmensch? Gerade sie haben ja das Feuer angelegt!»

Der Stoß warf mich um. Er meinte triumphierend: «Siehst du wohl, daß du nichts weißt!»

Ich wollte es nicht zugeben. Er aber, nunmehr gewiß, mir als erster die schlimme Zeitung zu überbringen, begann mir die Geschichte teils befriedigt, teils bekümmert zu erzählen.

«Die Pest ist schuld», sagte er, «sie sind allesamt wie von Sinnen. Warumb auch haben die Herren vom Gemeinderat und vom Burgbann, die Schöffen und der Prokurator uns allesamt verlassen? Die Schäfer sind davon. Da werden die Schafe wild. Da neue Krankheitsfälle in Beuvron aufkamen, hat man geschrien: Verbrennt die verpesteten Häuser! Kaum gesagt, schon getan. Dieweil du nicht am Platz warst, begann man natürlicherweise mit dem deinen. Man ging mit wackerem Eifer daran; jedweder half trefflich mit: man vermeinte, zum Wohl der Stadt zu arbeiten. Überdies steckt einer den andern an. Beginnt man erstlich zu zerstören, da weiß ich selbst nicht, was geschieht: man wird trunken, alles geht drunter und drüber, man kann nicht mehr innehalten... Wann sie das Feuer angelegt hatten, da tanzten sie ringsherum. Es war wie ein Wahnsinn... *Auf der Brücke von Beuvron tanzt man rum, tanzt man rundherum*... Du hättest sie sehen sollen... *Seht nur an, wie man trefflich tanzen kann*... Wenn du sie gesehen hättest, da hättest du vielleicht selbsten mitgetanzt. Du kannst dir fürstellen, wie das Holz, so du in der Werkstatt hattest, aufflammte, wie's prasselte... Kurz und gut, man hat alles verbrannt!»

«Das hätte ich sehen mögen, das muß schön gewesen sein!» sagte ich.

Und ich dachte es wahrlich. Aber ich dachte gleichermaßen: Mit mir ist's aus! Sie haben mich zugrund gerichtet. Das aber hütete ich mich, Jojot zu sagen.

«Also du machst dir nichts daraus?» meinte er mit unzufriedener Miene.

(Er hatte mich wohl gern, der wackere Mann; aber ab und an hat man – verflixte Menschenbrut! – nichts dagegen, so man seinen Nachbarn im Elend sieht, und wäre es nur, um die Vergnügung zu haben, ihn zu trösten.) Ich sagte: «Schade, daß man mit solch schönem Feuer nicht bis zur Johannisnacht warten tät.»

Ich machte Miene, weiterzugehen.

«Und du willst trotz allem hin?»

«Ich will's. Guten Tag, Jojot.»

«Komischer Kauz!»

Er trieb sein Pferd an.

Ich ging, oder vielmehr es mochte so scheinen, bis daß der Wagen an der Wegbiegung verschwunden war. Nicht zehn Schritte hätte ich zu machen vermocht; die Beine knickten mir unterm Leib zusammen. Ich ließ mich auf einen Meilenstein fallen, saß da gleichwie auf einem Nachttopf.

Die Minuten, die nunmehr folgten, waren schlimme Minuten. Es tat nimmer not, den Prahlhans zu spielen. Ich konnte verzweifelt, unglücklich, kreuzunglücklich sein, worauf ich auch keineswegs verzichte. Ich dachte:

Ich habe alles verloren, mein Heim und die Hoffnung, jemalen ein neues zu bauen; mein Erspartes, so ich Tag für Tag, Sou für Sou zusammengetragen habe mit jener langsamen Mühsal, so die beste Freud ist, dazu die Erinnerungen meines Lebens, die in den Mauern eingegraben sind, die Schatten der Vergangenheit, die gleich Fackeln leuchten. Und noch weit mehr habe ich verloren, ich verlor meine Freiheit. Was soll jetzo aus mir werden? Ich werde bei einem meiner Kinder hausen müssen. Und doch hatte ich mir geschworen, was auch immer komme, diesen unglücklichen Stand zu meiden. Ich liebe sie, bei Gott; sie lieben mich, ja gewiß; aber ich bin nicht also dumm, nicht zu wissen, daß jeder Vogel in seinem Nest bleiben soll und daß die Alten die Jungen stören und selbsten gestört werden. Jedweder denkt an seine Eier, an die, so er ausgebrütet hat, und kümmert sich nimmer um die, von denen er stammt. Der Alte, der sich an sein Leben klammert, wird zum Eindringling, wann er sich vermißt, unter die junge Brut sich zu mischen; mag er sich auch nicht vordrängen, man schuldet ihm Respekt. Zum Teufel mit dem Respekt! Er ist die Ursache allen Übels. Man ist nimmer ihresgleichen. Ich habe all mein möglichstes getan, damit meine fünf Kinder nicht durch ihren Respekt vor mir gedrücket wurden; es ist mir ziemlich gelungen; aber was man auch anstelle und ohngeachtet sie einen lieben, sie betrachten einen doch allzeit ein weniges als Fremden: man kommt aus Gegenden, darin sind sie nicht geboren, und man wird die Gegenden, dahin sie wandern, nimmer kennenlernen; wie sollte man sich da vollkömmlich verstehen? Einer hindert den andern, und das bringt sie gegeneinand auf. Und dann soll der Mensch – obzwar das ist schrecklich auszusprechen –, und mag er auch am zärtlichsten geliebet sein, die Liebe der Seinen sowenig wie möglich auf die Probe stellen: das heißt Gott versuchen. Man darf nicht allzuviel von uns Menschen verlangen. Gute Kinder sind gut; ich habe mitnichten Grund, mich zu beklagen. Sie sind noch besser, wann man nicht Not hat, ihrer Hilfe zu bedürfen. Darüber könnte ich viel sagen, so ich wollte... Und am

End, ich hab meinen Stolz. Ich mag den Kuchen, so ich selbsten ihnen gegeben, nicht wieder fortnehmen. Das wäre, als wollt ich sagen: Bezahlt! Die Bissen, so ich nicht selbst verdiene, bleiben mir im Halse stecken; da wär's mir, als zählte man jedes Stück, das ich in den Mund steckte, mit den Augen. Ich will niemand nichts schulden als nur meiner eigenen Mühsal. Ich muß frei sein, Herr in meinem Haus, kommen und gehen können, wie es mir behagt. Wann ich mich gedemütigt fühle, tauge ich zu nichts. Ach, welch Elend, alt zu sein, von seinen Mitbürgern abhängig zu werden oder, weit schlimmer noch, von der Großmut der Seinen: denn diese sind dazu gezwungen; und man weiß niemalen, ob sie es mit ganzem Herzen tun; und man würde wohl lieber verrecken als ihnen im Weg stehen.

Solcherart jammerte ich und litt in meinem Stolz, in meiner Liebe, in meiner Unabhängigkeit, in allem, was mir teuer gewesen, an den Erinnerungen der Vergangenheit, die in Rauch aufgegangen waren, an allem, was ich Schönstes und Schwerstes erlebt hatte. Und ich wußte, was immer ich begänne und wie überaus ich mich dagegen aufbäumte, daß mir nur dieser alleinige Weg zu gehen übrigblieb. Ich gestehe, daß ich keinerlei weise Gelassenheit dazu mitbrachte. Ich fühlte mich elend, gleichwie ein Baum, den man an der Wurzel abgesägt und gefällt hat.

Wie ich so auf meinem ärmlichen Sitz Umschau halte, ob ich nicht irgend etwas sähe, daran ich mich klammern könne, da erblicke ich nicht weit von mir, vom Laubgeflecht einer Allee verschleiert, die Zinnen des Schloßturmes von Cuncy, und ich denke plötzlich all der schönen Werke, die ich seit 25 Jahren dahin geliefert habe, der Möbel, der Holzverkleidungen, der geschnitzten Treppen, kurz, alles dessen, was dieser brave Herr Philbert mir bestellt hatte... Trefflicher Kauz! Er hat mich etliche Male verteufelt in Wut gebracht. Ist ihm doch nicht eines schönen Tages beigefallen, sich seine Geliebte in Evas Gewand schnitzen zu lassen und sich selbsten im Adamskleid als frisch-fröhlichen, galanten Adam nach dem Sündenfall! Und hat er nicht die Grille gehabt, daß im Waffensaal die auf dem samtbezogenen Paneel geschnitzten Hirschköpfe die Gesichter der braven gehörnten Ehemänner der Umgegend zeigen sollten? Wie herzhaft haben wir derhalben gelacht! Aber der Teufelskerl war nicht leichtlich zufriedenzustellen. Kaum war man fertig, da mußte man wieder anfangen. Und was sein Geld betrifft, so bekam man's nicht oft zu sehen... Aber was tut's! Er hatte die Gabe, ein schön Ding zu lieben, sei es aus Holz oder aus Fleisch und Blut, und schier auf die gleiche Art und Weis (es ist die rechte, denn man soll ein Kunstwerk wie seine Geliebte lieben; voll Wollust und mit Geist und Seel und Leib und Gliedern). Und hat er mich nicht bezahlt, der Knauser, so rette er mich jetzt! Denn hier kann ich wieder auftauchen, obzwar ich da unten untergegangen bin. Der Baum meiner Vergangenheit ist zerstört, aber seine Früchte blieben mir; sie sind vor Frost und Feuer geschützt. Und ich verspürte Lust, sie wiederzusehen und des Augenblicks hineinzubeißen, auf daß ich wieder Geschmack am Leben fände.

Ich ging ins Schloß hinein. Man kannte mich dort wohl. Der Herr war nicht zugegen; aber unter dem falschen Vorwand, Ausbesserungen und Maße für neue Arbeit vornehmen zu müssen, ging ich dorten hin, allwo ich meine Kinder finden mußte. Etliche Jahre waren vergangen, seit ich sie nimmer gesehen. Alsolang ein Künstler die Kraft seiner Lenden spürt, zeugt er und gedenkt nicht dessen, das er gezeugt hat. Überdies hatte mich das letzte Mal, da ich hinein wollte, Herr von Cuncy mit einem sonderlichen Lachen davon zurückgehalten. Ich hatte mir gedacht, daß er ohn Zweifel irgendein Weibsbild, irgendeine verheiratete Frau verberge; und dieweil ich sicher war, daß es nicht die meine sei, scherte ich mich nicht darumb. Und überdies, die Schrullen solcher großen Tiere soll man nicht erörtern: das ist klüglicher. In Cuncy versucht niemand, den Herrn zu begreifen: er ist ein weniges übergeschnappt.

Ich stieg also frischen Mutes die Haustreppe empor. Aber ich hatte noch nicht zehn Schritte getan, da blieb ich gleich dem Weibe Lots wie zur Salzsäule erstarrt stehen. Die Weintrauben, die Pfirsichzweige und die Blumengewinde, so sich um das geschnitzte Treppengeländer wanden, waren mit tiefen Messerhieben zerstückelt. Ich traute meinen Augen nicht, ich umfaßte die armen Verstümmelten mit meinen beiden Händen; ich fühlte, wie sich ihre Wunden unter meinen Fingern vertieften. Mit einem Stöhnen, mit versagendem Atem sprang ich in großen Sätzen die Stufen hinauf: ich ahnte nunmehr, was ich vorfinden würde! – Was ich vorfand, das überstieg indes jedwede Vorstellung.

Im Speisesaal, im Waffensaal, im Schlafgemach war allen Figürchen der Möbel und der Täfelung irgend etwas abgeschnitten: dem die Nase, jenem der Arm, diesem das Bein, dem andern das Feigenblatt. Auf den Wölbungen der Truhen zu seiten der Kamine, auf den schlanken Schenkeln der geschnitzten Säulen machten sich in tiefen Messerschrammen Inschriften breit: der Name des Besitzers, etwelcher schwachsinnige Gedanke oder wohl auch Tag und Stunde dieser Herkulesarbeit. Am End der langen Halle hatte meine liebliche nackte Nymphe aus der Yonne, die da auf dem Hals einer zottigen Löwin kniet, als Zielscheibe gedient; ihr Leib war von Büchsenschüssen durchlöchert. Und allerorts aufs Geratewohl Stiche und Schnitte, abgehobelte Späne, Tinten- oder Weinflecke, angemalte Schnurrbärte oder schmutzige Späße. Kurzum, da war alles, was nur die Einsamkeit und die plumpe Laune eines reichen Tropfes ersinnen kann, der, in seinem Schloß vergraben, nimmer weiß, was er soll anfangen, und der, dieweil er zu nichts Besserem taugt, nur noch aufs Zerstören verfällt... Wär er zur Stell gewesen, ich glaube, ich hätt ihn getötet. Ich wimmerte, ich keuchte aus der Tiefe meines Schlundes. Geraume Zeit vermochte ich nicht ein Wort herfürzubringen. Mein Hals war ganz rot, und die Stirnadern traten hervor: die Augen schwollen mir aus dem Kopf gleichwie bei einem Krebs. Am End brachte ich etliche Flüche heraus. Es war höchste Zeit! Weniges fehlte, und ich wäre erstickt... Aber nunmehr, da der Zapfen einmal gezogen war, potz Wetter!, jetzo ging's los. Zehn Minuten allweil so fort und ohn Atem zu schöpfen, habe ich alle Götter verflucht und meinen Haß von der Leber gespült.

«O du Hund», schrie ich, «mußte ich wohl meine schönen Kinder just in deine Mistbude führen, auf daß du sie martern, verstümmeln, vergewaltigen, beschmutzen und besudeln könntest! Ach Gott! Ach weh! Ihr, meine süßen Kleinen, ihr, die ihr in Freude gezeugt wart, ihr, auf die ich als meine Erben zählte, ihr, die ich gesund, kraftvoll und rund geschaffen hatte, mit festen Gliedern, an denen nichts fehlte, die ihr aus Holz gefertigt waret, so tausend Jahre überdauern kann, in welchem Stand finde ich euch wieder: lahm, verstümmelt, oben, unten und in der Mitte, von hinten, von vorne, an der Spitze, am Bug, vom Keller bis zum Boden, mehr mit Schrammen bedeckt denn eine Bande alter Raubgesellen, so aus dem Krieg heimkehrt! Muß ich der Vater dieses ganzen Spitals sein! Großer Gott, erhöre mich, laß mir die Gnade zuteil werden (mag sein, mein Gebet scheint dir überflüssig), mich nach meinem Tode mitnichten in dein Paradies eingehen zu lassen, sondern in die Hölle; tue mich neben den Bratspieß, an dem Luzifer die Seelen der Verdammten röstet, auf daß ich mit eigener Hand den Henker meiner Kinder, der da auf seinen Arsch gespießt ist, um und um drehen darf!»

Alsoweit war ich gerad, als der alte Andoche, ein Lakai, den ich wohl kannte, mich bat, meinem Gejammer ein End zu setzen. Indes er mich zur Tür drängte, suchte der wackere Mann mich zu trösten.

«Ist es denn möglich», meinte er, «um etlicher Holzstücke willen sich in solch einen Zustand zu bringen! Was wolltest du sagen, so du gleich uns mit diesem Narren zusammen leben müßtest? Ist es nicht besser, daß er sich (solches ist sein Recht) mit den Brettern ergötze, die er dir bezahlt hat, als auf Kosten guter Christen gleich mir und dir?»

«Ei, daß er dich doch verprügele!» erwiderte ich. «Vermeinest du, ich wollte mich nicht gern um eines einzigen dieser Holzstücke willen, die meine Finger zum Leben erweckt haben, verwamsen lassen? Der Mensch ist nichts; nur das Werk ist heilig. Ein dreifacher Mörder, der da den Geist tötet!»

Ich hätte noch weit andere Dinge und mit der gleichen Beredsamkeit gesagt, aber ich sah, daß meine Zuhörerschaft nichts nicht davon begriff und daß ich für Andoche schier ebenso närrisch war als der andere. Und da ich mich im selbigen Augenblick noch einmalen umwandte, auf daß ich von der Schwelle der Tür ein letztliches Mal den Anblick dieses Schlachtfeldes umfange, da schoß plötzlich das Komische der Dinge, das Komische meiner armen nasenlosen Götter und ihres Attila, des Andoche mit den sanftmütigen Augen, die mich bemitleideten, und meiner selbst, des dicken Dummkopfes, der seine Kraft mit Jammern vertat und vor Planken Selbstgespräche hielt, gleich einer Rakete durch meinen Kopf; so überwältigend, daß ich jählings meinen Zorn und mein Leid vergaß, dem verdutzten Andoche ins Gesicht lachte und davonging.

Nun war ich wieder auf der Straße. Ich sagte:

Diesmalen haben sie mir alles genommen. Ich bin reif, eingescharrt zu werden. Nichts nicht bleibt mir als meine Haut... Wohl, aber mir bleibt auch, potz blitzblau, was darinnen steckt! Gleich jenem anderen Belagerten, der dem, so ihm drohte, seine Kinder zu töten, dieweil er sich nicht ergeben wollte, erwiderte: «Wie dir's beliebt! Aber ich habe das Werkzeug, um neue zu machen, bei mir!», so habe auch ich, potz Kuckuck, das meine; das haben sie mir nicht genommen und können es mir nicht nehmen... Die Welt ist eine öde Wüste, darin hie und da Kornfelder wachsen, die wir Künstler gesäet haben. Die Tiere der Erde und des Himmels kommen, sie zu berauben, sie abzuweiden und niederzustampfen. Ohnmächtig, etwas zu schaffen, können sie nur zugrunde richten. Nagt und zerstört nur, ihr Viecher, tretet mein Getreide mit Füßen, ich lasse neues emporwachsen. Ob die Ähre reift oder abstirbt, was kümmert mich die Ernte? Im Schoß der Erde keimt neue Saat. Ich bin, was sein wird, und nicht, was gewesen ist. Und wenn der Tag kommt, da meine Kraft erlischt, da ich meine Augen nicht mehr werde haben noch meine fleischigen Nüstern, noch die Gurgel darunter, durch die man den Wein hinabgießt und in der meine tüchtige bewegliche Zunge hängt, wann ich nimmer meine Augen haben werde noch die Geschicklichkeit meiner Hände, noch meine frische Kraft, wann ich überaus alt sein werde, blutlos und gedankenlos – diesen Tag, mein

Breugnon, wirst du nicht mehr erleben. Geh, sorge dich nicht! Könnt ihr euch einen Breugnon vorstellen, der nimmer fühlt, einen Breugnon, der nimmer schafft, einen Breugnon, der nimmer lacht und der nimmer vier Eisen zugleich im Feuer hat? Mitnichten! Das kann erst sein, wenn er aus seiner Haut heraus ist. Die mögt ihr verbrennen. Ich überlasse euch meine Fetzen…

Damit setzte ich meinen Weg gen Clamecy fort. Und wann ich an der höchsten Steigung angekommen war, den Haudegen spielte und, wie es meine Gewohnheit ist, mit dem Stock wirbelte (wahrhaftig, ich fühlte mich schon wieder getröstet), da sah ich in schnellem Lauf ein weinendes blondes Kerlchen auf mich zukommen; das war Robinet, genannt Binet, mein kleiner Lehrjunge. Ein Schlingel von dreizehn Jahren, der bei der Arbeit aufmerksamer den schwirrenden Fliegen folgte denn dem Unterricht, der öfter draußen als drinnen war, allwo er Steine übers Wasser tanzen ließ oder die Waden der vorbeiziehenden Jungfern in Augenschein nahm. Ich ohrfeigte ihn wohl zwanzigmal des Tags. Aber er war behende gleich einem Äfflein, verschmitzt und listig; seine Finger waren geschickt gleich ihm selbsten und gute Arbeiter; und ich hatte ihn trotz allem gern, liebte seinen allzeit offenen Schnabel, seine kleinen Nagezähne, seine mageren Beine, seine pfiffigen Augen und seine aufgestülpte Nase. Er wußte es wohl, der Racker! Ich hatte gut die Faust heben und ihn andonnern: er entdeckte das Lachen um Jupiters Mundwinkel. Also schüttelte er sich auch seelenruhig gleichwie ein Esel, wann ich ihn geohrfeigt hatt, und begann in Bälde darnach von neuem. Er war ein vollkömmlicher Tunichtgut.

Ich war derhalben nicht wenig erstaunt, ihn jetzt akkurat wie den Triton eines Brunnens, dem große, lange Tränen aus Auge und Nase tropfen, zu erblicken. Und da wirft er sich auch noch auf mich, umfängt meinen Leib und überschwemmt ihn, laut heulend, mit seinen Tränen. Ich verstund nicht, was das bedeuten solle. Ich sagte: «Nu! Was denn! Wer hat dir was getan? Willst du mich wohl loslassen! Man wischt sich die Nase, zum Donnerwetter!, bevor man jemands umarmt!»

Aber statt aufzuhören, hält er mich weiter gleich einem Baumstamm umschlungen, läßt sich dabei zu meinen Füßen auf die Erde gleiten und weint noch heftiger. Ich fange an, mich zu sorgen.

«Aber, aber, Bürschlein! Steh auf! Was hast du denn?»

Ich nehme ihn in die Arme, hebe ihn gleich einer Feder empor – hoppla! –, und da sehe ich, daß er eine Hand umwickelt hat, die hindurch die Lumpen blutet, daß sein Gewand in Fetzen hängt und seine Augenbrauen verbrannt sind. Ich sage (meine Angelegenheit hatte ich schon vergessen): «Schlingel, hast du wiederum eine Torheit angestellt?»

Er stöhnt: «Ach, Meister, ich bin so traurig!»

Ich setze ihn neben mich auf die Böschung. Ich sage: «Wirst du nun reden?»

Er schreit: «Alles ist verbrannt!»

Und von neuem fangen die großen Wasser zu springen an. Da begriff ich mit eins, daß dieser ganze große Jammer mir galt, daß der Brand ihn verschuldet hatte; und ich vermag wahrlich nicht zu sagen, wie so wohl mir das tat.

«Mein armer Junge», erwiderte ich, «weinst du derhalben?»

Er wiederholte (er glaubte, ich hätte nicht begriffen): «Die Werkstatt ist abgebrannt!»

«Wohl, wohl, das ist eine alte Geschichte; ich kenne sie schon, deine Neuigkeit! Wohl zehnmal in dieser Stunde hat man sie mir in die Ohren geschrien. Was ist da zu tun? Es ist halt ein Unglück!»

Er schaute mich erleichtert an. Indes, das Herz war ihm doch schwer.

«Du hingst also an deinem Käfig, du lockerer Zeisig, und hast doch nur allweil gedacht, wie du daraus könntest entwischen? Gesteh's nur, ich habe dich im Verdacht, daß du Gauner gleich den andern um das Brennholz getanzt bist.»

(Ich dachte freilich nichts dergleichen.)

Er machte ein empörtes Gesicht.

«Das ist nicht wahr», schreit er, «nicht wahr! Ich habe mich geschlagen. Alles, was wir vermochten, um das Feuer aufzuhalten, alles, Meister, haben wir getan; aber wir waren unser nur zween, und Cagnat» (das ist mein anderer Lehrjunge), «obzwar überaus krank und vom Fieber geschüttelt, war aus dem Bett gesprungen und hatte sich vor die Haustür gestellt. Aber haltet einmal eine Horde Gorillas auf! Wir wurden beiseite geschoben, zu Boden geworfen, fortgestoßen, niedergetrampelt. Wir konnten noch sosehr wie die Besessenen um uns schlagen und stoßen: sie drangen über uns hinweg wie der Fluß, wann die Pforten der Schleuse offen sind. Cagnat raffte sich auf und lief ihnen nach. Sie haben ihn schier umgebracht. Ich hatte mich, indes sie kämpften, in die brennende Werkstatt geschlichen... Guter Gott, welch ein Flammenmeer! Alles hatte auf einmal Feuer gefangen. Es sah aus wie eine Fackel, die ihre weiße, rote und zischende Zunge herausrecket und einem Flammen und Rauch ins Gesicht speit. Ich weinte, ich hustete, ich fing an zu braten. Ich sagte mir: Robin, du wirst gewißlich noch zu Blutwurst werden! Da kann man nichts machen, warten wir's ab! Hoppla, ich nehme einen Anlauf gleichwie beim

Johannisfest; ich springe, meine Hose brennt, und mein Haar ist versengt. Ich falle in einen Haufen Hobelspäne, die furzend in die Luft fliegen. Ich tue ein gleiches, springe auf, versuche es noch einmalen und fliege der Länge nach mit dem Kopf gegen den Werktisch. Dort bleibe ich schier betäubt liegen. Nicht lange Zeit. Rings um mich hör ich das knisternde Feuer und draußen die Teufel, die da tanzen und tanzen. Ich versuche mich zu erheben und falle wieder zurück, denn ich war gleichsam wie zerschlagen; ich stütze mich mit dem Arm auf die Späne, und da sehe ich zehn Schritt vor mir Eure kleine heilige Magdalena; da steht sie mit ihrem zarten, nackten Körper, nur von ihren Haaren bekleidet, rundlich und lieblich, und wird schon von dem Feuer beleckt. Halt! schreie ich, laufe hinzu, ergreife sie, ersticke mit meinen Händen den Brand ihrer schönen lodernden Füße und presse sie in meine Arme; meiner Treu, ich weiß nimmer, ich weiß nimmer, was ich tue; ich küsse sie, ich weine, ich sage: Mein Schätzlein, du bist bei mir, hab keine Furcht. Ich halte dich fest, du sollst nicht verbrennen. Ich gebe dir mein Wort darauf! Und du, hilf auch du mir! Magdalenchen, wir werden uns schon retten! Da war keine Zeit mehr zu verlieren, schon stürzet die Decke ein! Unmöglich war es, dorthin zurückzukehren, von wannen ich gekommen war. Wir stunden ganz nahe bei der runden Luke, die zum Fluß hinausgeht; ich schlage mit der Faust das Glas ein; wir drängen uns durch gleichwie durch einen Ring: es war just Platz genug für unsere beiden Körper. Ich kugele hinunter und mache einen Kopfsprung bis auf den Grund des Beuvron. Glücklicherweis ist der Grund nicht weit von der Oberfläche; und dieweil er trefflich weich und mit Schlamm gepolstert ist, hat sich die Magdalena beim Fallen nicht einmal eine Beule geschlagen. Ich kam minder gut davon: ich ließ sie nicht los, ich steckte im Schlamm, verwickelte mich darein und hatte den Schnabel tief im Topf; ich trank und aß davon mehr, als mir lieb war. Am End aber bin ich dennoch herausgekommen; und was soll ich noch weiter erzählen – da sind wir alle beid! Verzeiht mir, Meister, daß ich's nicht besser machen konnte!»

Und nun wickelt er voller Ehrfurcht seinen Pack aus und zieht aus seiner zusammengerollten Jacke das Magdalenchen heraus, die trotz ihrer verbrannten Beine mit ihren unschuldigen und verliebten Augen lächelt. Da war ich so bewegt, daß ich (was ich mitnichten beim Tod meiner Alten, bei der Krankheit meiner Glodie, beim Untergang, bei der Zertrümmerung meiner Werke getan hatte), daß ich weinte.

Und da ich Magdalena und Robinet umarmte, erinnerte ich mich auch des andern und fragte: «Und Cagnat?»

Robinet erwiderte: «Er ist vor Gram gestorben.»

Ich kniete auf dem Wege nieder, küßte die Erde und sagte: «Hab Dank, mein Junge!»

Und da ich den Knaben, der die Statue mit seinem verletzten Arm an sich preßte, anschaute, sprach ich, auf das Kind deutend, zum Himmel: «Sieh hier mein schönstes Werk: die Seelen, so ich gemeißelt habe. Die werden sie mir nicht nehmen. Verbrennet das Holz! Die Seele bleibt mein!»

Der Aufruhr

Ende August

Wann unsere Aufregung glücklich verarbeitet war, sagte ich zu Robinet: «Genug davon! Was geschehen, ist geschehen. Nunmehr lasset uns zuschauen, was fürder zu tun ist.»

Ich ließ ihn erzählen, was sich in der Stadt seit zwei oder drei Wochen, seit ich sie verlassen, zugetragen hatte, aber bündig und klar, ohn Umschweif; denn was sich gestrigen Tags zutrug, gehört schon zur alten Historie, und Wesens ist nur, zu wissen, woran wir sind. Ich vernahm denn, daß in Clamecy die Pest und die Furcht regierten; die Furcht noch mehr denn die Pest: denn diese schien schon anderorts ihr Glück zu suchen und überließ die Stadt den Straßenräubern, so, vom Geruch angelockt, von allen Seiten herbeiströmten, um ihr den Raub aus den Händen zu reißen. Sie waren Herren der Lage. Die ausgehungerten Flößer, so von dem Schreck der Seuche schier toll waren, ließen sie gewähren; taten wohl gar gleich ihnen. Was die Gesetze angeht, so waren sie ohn Kraft. Wer zum Hüter darob bestellt war, ging seine eigenen Felder hüten. Von unseren vier Schöffen war einer gestorben, zwei waren geflohen; und der Prokurator hatte das Hasenpanier ergriffen. Der Schloßverwalter, ein wackerer Mann, indes gichtbrüchig und einarmig, der geschwollene Füße und ein Spatzengehirn hatte, war schier in Stücke zerrissen worden. Da blieb also nur ein Schöffe, Racquin, als einziger den entfesselten Bestien genüber. Und aus Furcht, aus Schwäche, aus Schlauheit bedünkte ihn weislicher, ihnen zu willfahren, anstatt ihnen entgegenzutreten; und so ließ er brennen, was nicht zu retten war. Zur selbigen Zeit deichselt er's solcherart, ohn sich's einzugestehen (aber ich kenne ihn, ich hab's geahnt), daß seine ränkesüchtige Seele ihr Genüge fände, indem er auf den oder jenen, des Glück ihm ein Dorn im Auge war oder an dem er sich rächen wollte, die mordbrennerische Meute hetzte. Jetzo erklärte ich mir, warumb die Wahl auf mein Haus fiel! Aber ich sagte:

«Und die anderen, die Bürgersleut, was machen denn sie?»

«Sie machen bäh!» sagte Binet. «Ei, das ist eine feine Hammelherde. Sie warten es zu Haus ab, bis man sie abschlachtet. Sie haben weder Hirten noch Hunde mehr.»

«Nun wohl, Binet, aber noch bin ich da! Laß uns ein wenig sehen, mein Bürschlein, ob ich noch beißen kann. Wir wollen hingehen, mein Junge.»

«Meister, ein Alleiniger vermag nichts.»

«Man kann's alleweil versuchen.»

«Und wenn diese Kerle Euch fassen?»

«Ich habe nichts mehr zu verlieren, ich schere mich nimmer um sie. Kämme einmal einen Teufel, so er kein Haar mehr hat!»

Da fing er an herumzutanzen.

«Das wird putzlustig werden! Tralleri, trallera! Pech und Schwefel! Trari, trara! Immer voran, immer voran!»

Dabei schlug er auf seiner verbrannten Hand ein Rad

auf der Landstraße, so daß er bald der Länge nach hingefallen wäre.

Ich setzte eine strenge Miene auf.

«Ei, du Aff», sagte ich, «ist das eine Gelegenheit, mit deinem eigenen Schwanz um einen Baum zu tanzen? Steh auf! Laß uns ernstlich reden! Jetzt heißt's aufpassen!» Mit glänzenden Augen hörte er mich an. «Dir wird das Lachen wohl vergehen. Also höre: Ich gehe auf der Stell alleinig nach Clamecy.»

«Und ich! Und ich!»

«Dich schicke ich auf Botschaft nach Dornecy, Meister Nicole, unseren Schöffen, zu benachrichtigen; der ist ein fürsorglicher Mann mit trefflichem Herzen und noch trefflicheren Beinen; er liebt sich mehr als seine Mitbürger, mehr als sich selbsten aber sein Gut; dem sagst du, daß des morgigen Tages gewißlich sein Wein getrunken werde. Von dorten gehst du weiter bis nach Sardy, da wirst du Guillaume Courtignon, den Prokurator, in seinem Taubenschlag finden; dem sagst du, daß sein Haus in Clamecy ohn allen Zweifel noch diese selbige Nacht niedergebrannt, ausgeraubt und des weiteren mehr würde, dafern er nicht zurückkehre. Er wird zurückkehren. Mehr brauche ich dir nicht zu sagen. Du wirst alleinig wissen, was du reden mußt, und zum Flunkern tun dir keine Lektionen not.»

Der Kleine kratzte sich hinterm Ohr und sagte: «Es ist nicht der Schwierigkeit wegen. Aber ich will Euch nicht verlassen.»

Ich erwiderte: «Hab ich dich gefragt, ob du willst oder nicht? Ich will es so. Du wirst gehorchen.» Er wollte widersprechen, aber ich sagte: «Genug!» Und da sich dieser kleine Kerl meines Schicksals halber sorgte, meinte ich: «Ich wehre dir mitnichten, zu laufen. Wenn du alles getan hast, da darfst du zu mir stoßen. Das beste Mittel, mir zu helfen, wird sein, mir Verstärkung heranzubringen.»

«In gestrecktem Galopp werde ich sie schwitzend und keuchend auf ihren Schmerbäuchen heranschleppen», sagte er, «den Courtignon wie den Nicole. Und müßte ich ihnen einen Blechtopf an den Schwanz binden!» Er schoß gleichwie ein Pfeil davon. Plötzlich hielt er noch einmalen an: «Meister, sagt mir zumindest, was Ihr tun wollt!»

Mit bedeutsamer, geheimnisvoller Miene erwiderte ich: «Das wirst du schon erfahren.»

(Meiner Treu, ich wußte selbsten noch nichts davon!)

Gen acht Uhr abends langte ich in der Stadt an. Unter goldenen Wolken ging die rote Sonne unter. Die Nacht brach just herein. Welch schöne Sommernacht! Doch niemands war da, um ihrer zu genießen. Kein Landstreicher und kein Hüter am Markttor. Man konnte hinein gleichwie in ein Wirtshaus. In der Grand' Rue nagte eine magere Katze an einem Stücklein Brot; sie sträubte das Fell, wann sie mich erblickte, und nahm dann Reißaus. Die Häuser hatten die Augen geschlossen und zeigten ein unbewegliches Gesicht. Nicht ein Laut. Ich sagte:

«Sie sind alle gestorben. Ich bin zu spät gekommen».

Aber siehe, da merkte ich, daß man hinter den Fensterladen dem Lärm meiner hallenden Schritte nachspähte. Ich klopfte an, ich schrie: «Macht auf!»

Niemand rührte sich. Ich ging an ein ander Haus. Ich klopfte wiederumb, mit dem Fuß und dem Stock. Niemands öffnete. Ich hörte im Innern ein *Frr, frr!* gleichwie von Mäusen. Nunmehr hatte ich begriffen. Sie verschanzten sich, die Jämmerlinge! Gott verdamm mich, ich werde sie dennoch beim Wickel kriegen!

Mit Faust und Hacken trommelte ich wider die Auslage des Buchhändlers und schrie: «Heda, alter Bruder! Denis Saulsoy, zum Donnerwetter! Ich zerschlage alles. Mach auf! Mach auf! Menschenskind! Ich bin's, Breugnon.»

Alsobald gleichwie durch Zauberei (man hätte vermeinen, eine Fee hätte mit ihrem Stab die Fensterkreuze berührt) öffneten sich die Laden insgesamt, und ich sah die ganze Marktstraße entlang an den Fenstersimsen, aufgereiht gleichwie die Zwiebeln, erschrockene Gesichter, die mich in Augenschein nahmen. Sie schauten mich an, schauten und schauten... Mir ahnte niemalen, daß ich also schön sei: ich befühlte mich. Alsdann lösten sich plötzlich die verzerrten Züge. Sie schauten zufrieden drein.

Wie die wackeren Leute mich lieben! dachte ich, ohn zu bedenken, daß sie nur glücklich waren, dieweil meine Gegenwärtigkeit zu dieser Stunde und an diesem Ort sie ein weniges beruhigte.

Nunmehr entwickelte sich zwischen Breugnon und den Zwiebeln eine Unterhaltung. Allesamt redeten zu gleicher Zeit, und ich ganz allein stand ihnen allen Rede.

«Von wannen kommst du? Was tust du? Was hast du gesehen? Was willst du? Wie kamst du herein? Wo hat man dich durchgelassen?»

Ich sagte: «Holla, holla! Nicht so eilfertig! Ich merke mit Vergnügen, daß ihr noch im Besitz eurer Zungen seid, wenn euch auch das Herz in die Hosen gefallen ist! Aber zum Teufel, was tut ihr da drin? Kommt herunter, die Abendkühle tut gar wohl. Hat man euch etwan eure Hosen weggenommen, daß ihr in euren Zimmern bleiben müßt?»

Doch anstatt zu antworten, fragten sie: «Breugnon, wen hast du beim Kommen in den Straßen getroffen?»

«Wen soll ich denn treffen, ihr Idioten», sag ich, «dieweil ihr allesamt in der Klappe seid?»

«Die Räuber.»

«Die Räuber?»

«Sie plündern und verbrennen alles.»

«Wo denn?»

«In Béyant.»

«Alsdann wollen wir sie festnehmen! Was habt ihr jetzo in eurem Hühnerstall zu suchen?»

«Wir hüten des Hauses.»

«Man hütet sein Haus am besten, so man die der andern verteidigt.»

«Das Wichtigste zuerst. Jeder verteidgt halt das seine.»

«Den Vers kenne ich: *Ich liebe meine Nachbarn, aber ich schere mich nicht um sie*... Ihr Unglücksmenschen! Ihr arbeitet ja für die Räuber. Erstlich die andern, dann ihr selbsten. Jedweder kommt an die Reih.»

«Herr Racquin hat gesagt, dafern Gefahr sei, wäre es das beste, sich ruhig zu verhalten, brennen zu lassen, was nicht zu retten sei, und zu harren, bis daß die Ordnung wiederhergestellt wäre.»

«Durch wen?»

«Durch den Herrn von Nevers.»

«Bis dahin mag noch viel Wasser zu Tal laufen. Der Herr von Nevers hat mit seinen eigenen Angelegenheiten zu tun. Bevor er euer denkt, seid ihr allesamt verbrannt! Vorwärts, Kinder, kommt! Niemands hat ein Recht auf seine Haut, so er sie nicht verteidigt.»

«Die andern sind in der Übermacht und bewaffnet.»

«Vom Wolfe heißt es alleweil, er sei größer, als er ist.»

«Wir haben keinen Anführer.»

«So führt euch selbsten.»

So schwatzten sie fürderst von einem zum andern Fenster gleich den Spatzen auf der Stange. Sie stritten untereinand, aber keiner rührete sich. Ich ward ungeduldig.

«Wollt ihr mich die ganze Nacht hier auf der Straße stehen, die Nase in die Luft recken und mich den Hals verdrehen lassen? Ich bin nicht gekommen, auf daß ich euch eine Serenade sänge, derweil euer Zähnklappen das Zeichen zur Übergabe gibt. Was ich euch sagen will, läßt sich nicht singen und nicht über die Dächer schreien. Macht mir auf. Macht mir auf, oder, beim Himmel, ich lege Feuer an! Marsch, vorwärts! Kommt herunter, ihr Männer (dafern noch welche da droben stecken); die Hennen genügen, um die Hühnerstiege zu hüten.»

Halb unter Gelächter, halb unter Flüchen öffnete sich zum ersten die eine, dann die andere Tür; eine fürsichtige Nase wagte sich zu zeigen; was dazu gehörte, folgte; und alsobald man einen Hammel außerhalb der Umzäunung sah, da kamen alle anderen heraus. Jedweder wollte der erste sein, mich zu begaffen.

«Und du bist wahrlich gesund?»

«Gesund wie ein Fisch im Wasser.»

«Und niemands hat dir was getan?»

«Niemands, ausgenommen eine Herde Gänse, die hinter mir herschnatterten.»

Da sie mich also wohlbehalten dieser doppelten Gefahr entronnen sahen, atmeten sie freier und wurden mir wohlgesinnter. Ich sagte: «Seht mich ordentlich an. Ei ja, ich bin noch heil und vollkömmlich. Alle Stücklein sind noch beisammen. Nein, es fehlt nichts. Wollt ihr meine Brille...? So, aber nunmehr ist's genug! Morgen werdet ihr besser sehen. Die Zeit drängt; kommt, kommt, laßt die Possen. Wo können wir miteinand reden?»

Gangnot sagte: «In meiner Schmiede.»

In Gangnots Schmiede, darinnen es nach Horn roch,

drängten wir uns auf dem von Pferdehufen festgestampften Boden im Dunkeln gleich einer Herde. Die Tür wurde geschlossen. Ein Lichtstumpf, den man auf die Erde stellte, ließ über die rauchschwarze Deckenwölbung unsere großen Schatten tanzen, so am Hals abbrachen. Alle schwiegen. Und mit einem Schlag sprachen alle gleichzeitig. Gangnot nahm seinen Hammer und ließ ihn auf den Amboß sausen. Der Schlag durchschnitt das Stimmengewirr; durch den Riß hindurch trat die Stille wieder herein. Ich nützte ihrer und sagte: «Sparen wir unseren Atem. Ich weiß schon von der Geschichte. Die Räuber sind bei uns. Wohlan! Werfen wir sie hinaus!»

Sie sagten: «Sie sind zu stark. Die Flößer sind auf ihrer Seite.»

Ich erwiderte: «Die Flößer haben Durst. Wann sie andere trinken sehen, dann mögen sie nicht zuschauen. Das versteh ich gar wohl. Man darf niemalen Gott versuchen, einen Flößer noch weniger. So ihr das Rauben zulaßt, dürft ihr euch mitnichten wundern, daß auch der, so kein Dieb ist, die Diebsfrucht lieber in seine Tasche verschwinden sieht als in die des Nachbarn. Und überdies: Allerorts gibt es Gute und Böse. Machen wir's wie der Herr: Ab haedis scindere oves.»

«Aber wann uns Herr Racquin, der Schöffe, doch verbietet, uns zu rühren!» meineten sie. «Ihm gebührt's, bei Abwesenheit der anderen, des Statthalters, des Prokurators, die Ordnung im Ort aufrechtzuerhalten.»

«Tut er's?»

«Er meint ...»

«Tut er's? Ja oder nein!»

«Das merkt man ja!»

«Also, dann wollen wir selbsten sie schaffen.»

«Herr Racquin versichert, so wir uns nicht rühreten,

würden wir verschont bleiben. Die Räuberbande würde in den Vorstädten verschanzt bleiben.»

«Und woher will er das wissen?»

«Er hat einen Pakt mit ihnen schließen müssen, hat sie gezwungen, sich zu beschränken!»

«Aber dieser Pakt ist ein Verbrechen!»

«Er tat's, sagt er, um sie einzuschläfern.»

«Sie einschläfern? Oder gar euch?»

Gangnot schlug von neuem auf den Amboß (das war seine Art und Weis, so wie andere sich beim Reden auf die Schenkel schlagen). Er sagte: «Er hat recht.»

Alle schauten beschämt, furchtsam und zornmütig drein. Denis Saulsoy sagte vor sich hin: «Wenn man alles sagen wollte, was man denkt, vermöchte man viel zu erzählen.»

«Und weshalb redest du nicht?» meinte ich. «Weshalb redet ihr allesamt nicht? Wir sind unter Brüdern. Was fürchtet ihr?»

«Die Wände haben Ohren.»

«Wie? Soweit seid ihr schon? – Gangnot, nimm deinen Hammer und stell dich quer vor die Tür, mein Junge! Dem ersten, der hinaus oder herein will, schlägst du den Schädel ein! Mögen die Wände zum Lauschen Ohren haben oder nicht, ich stehe dafür, daß sie keine Zunge haben werden, um etwas zu hinterbringen. Denn wenn wir hier herausgehen, so wird's sein, um den Entschluß, so wir fassen, auf der Stelle auszuführen. Und nun redet! Wer stillschweigt, ist ein Verräter.»

Das gab einen schönen Höllenlärm. Aller Haß und alle eingedämmten Flüche brachen gleich Gewehrfeuer los. Die geballten Fäuste schüttelnd, schrien sie: «Dieser Schurke, dieser Racquin, er hat uns in der Gewalt! Der Judas hat uns verkauft, uns und unsere Habe! Aber was sollen wir tun? Wir vermögen nichts. Er hat das Gesetz für sich. Er hat die Macht, er hat die Polizeigewalt.»

Ich frage: «Wo steckt er?»

«Im Rathaus. Dort nistet er Tag und Nacht der größeren Sicherheit willen, umgeben von einer Garde von Taugenichtsen, die ihn bewachen, vielleicht mehr überwachen, als daß sie ihn bewachen.»

«Kurz und gut, er ist also ihr Gefangener? Trefflich! Dann gehen wir stehenden Fußes, ihn vorerst zu befreien. Gangnot, öffne das Tor!»

Sie schienen noch nicht ganz entschlossen.

«Was zögert ihr?»

Saulsoy meinte, sich den Kopf kratzend: «Das ist eine gar große Sach. Vor Schlägen fürchtet man sich mitnichten. Aber, Breugnon, so man's recht bedenkt, da haben wir keinerlei Recht vor uns. Dieser Mann ist das Gesetz. Gegen das Gesetz angehen, das heißt wahrlich sich mit einer schweren...»

«Ver-ant-wort-lich-keit beladen», vollendete ich. «Nun wohl, ich nehme sie auf mich. Sorge dich nicht. Wann ich sehe, Saulsoy, daß ein Schurke schurkisch handelt, da fange ich damit an, ihn niederzuschlagen; darnach frage ich ihn, wie er heißt; und dafern er Prokurator oder Papst ist, nun, dann ist's noch akkurat so! Freunde, so macht's gleicherweis. Wenn die Ordnung zur Unordnung geworden ist, muß die Unordnung wohl oder übel Ordnung schaffen und das Gesetz wiederherstellen.»

Gangnot sagte: «Ich gehe mit dir.»

Den Hammer über der Schulter, mit seinen riesigen Händen (an der Linken vier Finger, der zerquetschte Zeigefinger fehlte), auf einem Auge schielend, mit dunkler Haut, mächtigem Körper und dick gleich einem Faß, sah er aus wie ein wandernder Turm. Und hinter ihm drängte man sich und folgte dem Schutzwall, so sein Rücken bildete. Jedweder lief in seinen Laden, um dort seine Büchse, sein Hackmesser oder seinen Dreschflegel zu holen. Und, meiner Treu, ich wollte nicht schwören, daß jedweder, der hineinging, in dieser Nacht auch wieder herauskam; ohn Zweifel, weil der arme Mann seine Bewaffnung nicht finden konnte. Denn, um die Wahrheit zu sagen, wann wir am großen Platz anlangten, war wir gar spärlich gesäet. Aber die ausharren, sind die Rechten.

Glücklicherweise stund das Tor zum Rathaus offen. Der Hirt war so überaus gewiß, daß seine Hammel sich bis zum letzten die Wolle würden scheren lassen, ohn zu mucksen, daß seine Hunde gleichwie er den Schlaf des Gerechten schliefen, nachdem sie trefflich gespeiset hatten. Unser Ansturm hatt also, ich gesteh's, gar nichts von einem Heldenstück. Wir brauchten nur, wie man so sagt, den Fuchs im Bau zu fangen. Wir holten ihn säuberlich heraus, nackt und bloß gleich einem abgezogenen Hasen. Er war ein dicker Kerl, der Racquin, mit rundem, rosigem Gesicht, Fleischpölsterlein auf der Stirn, über den Augen, mit süßlicher Mien, so weder Gutheit noch Dummheit aufwies. Das merkten wir in Bälde. Vom ersten Augenblick an wußte er ohn Zweifel, was los war. Aber nur wie ein Blitz von Furcht und Wut zuckte es in seinen kleinen grauen Augen auf, die tief unter den wulstigen Lidern lagen. Alsogleich aber hatte er sich wiederumb in der Gewalt und fragte uns mit befehlshaberischer Stimme, mit welchem Recht wir in das Haus des Gesetzes wären eingedrungen. Ich antwortete ihm: «Um dich aus deinem Bett zu holen.» Er wurde zornig.

Saulsoy sagte ihm: «Meister Racquin, es ist nimmer der Augenblick, zu drohen. Ihr seid hier der Angeklagte. Wir kommen, Rechenschaft von Euch zu fordern. Verteidigt Euch.»

Er änderte subito den Ton.

«Aber meine lieben Mitbürger», sagte er, «ich kann mir keineswegs erklären, was ihr von mir wollt. Wer beklagt sich? Und worüber? Bin ich nicht bei Gefahr meines Lebens allhier geblieben, auf daß ich euch beschütze? Wann alle andern flohen, da mußte ich alleinig den Räubern und der Pest standhalten. Was wirft man mir vor? Bin ich Ursach des Elends, das ich zu heilen suche?»

Ich sagte: «Es heißt: *Ein schlauer Arzt macht eiternde Schnitte*. Also tust du, Racquin, du Arzt der Stadt. Du verstärkst den Aufruhr, und du nährst die Pest. Und darnach melkst du deine beiden Tiere. Du bist im Einverständnis mit den Räubern. Du legst Feuer an unsere Häuser. Die du bewachen sollst, lieferst du aus. Die du bestrafen sollst, führest du an. Aber sage uns, Verräter: Treibst du dies schändliche Handwerk aus Furcht oder aus Habsucht? Was für ein Schild soll man dir um den Hals hängen? *Das ist der Mann, der seine Vaterstadt um dreißig Silberlinge verkaufte?* Für dreißig Silberlinge? Mitnichten, das wäre gar dumm! Die Preise sind aufgeschlagen seit Judas' Zeiten. Oder soll man schreiben: *Das ist der Schöffe, der die Haut seiner Mitbürger versteigerte, um die seine zu retten?*»

Er fuhr auf und sagte: «Ich tat, was ich mußte, was meines Rechts war. Die Häuser, darinnen die Pest hauste, verbrenne ich. So will's das Gesetz.»

«Und du nimmst dir die Häuser derer für verpestet und zeichnest sie mit einem Kreuz, so nichts von dir wissen wollen! *Wer seinen Hund ersäufen will*... Zweifellos läßt du auch nur, um die Pest zu bekämpfen, die verpesteten Häuser ausplündern?»

«Ich kann es nicht hindern. Und was tut's euch, so die Plünderer darnach wie die Ratten verrecken? So schlägt man zwei Fliegen auf einmalen. Das ist eine gute Aufräumung!»

«Er wird uns noch erzählen, daß er die Pest mit den Räubern und die Räuber mit der Pest vertreibt. Und am End bleibt er Sieger über der zerstörten Stadt. Hab ich's nicht schon gesagt? Wenn der Kranke tot ist und die Krankheit niedergeschlagen, da bleibt niemands übrig als der Arzt. Nun also, Meister Racquin, von heute ab werden wir uns deine Behandlung sparen, wir werden uns selbsten behandeln; und dieweil jedwede Mühe ihres Lohnes wert ist, so geben wir dir...»

«...dein Bett auf dem Friedhof», vollendete Gangnot.

Es war, als wäre ein Knochen in eine Meute geworfen worden. Heulend stürzten sie sich auf die Beute; und der eine schrie: «Wir wollen das Kind zu Bett bringen!»

Das Wild rettete sich zum Glück in den Alkoven; und an die Mauer gedrückt, betrachtete es verstört die beißlustigen Mäuler. Ich hielt die Hunde zurück.

«Kuscht euch! Laßt mich machen!»

Sie blieben zurück. Der Elende, nackt und rosig wie ein junges Ferkel, zitterte vor Furcht und vor Kälte. Ich hatte Mitleid. Ich sagte zu ihm: «Vorwärts, zieh deine Hosen an! Wir haben deinen Allerwertesten genug bewundert, teurer Freund!» Sie lachten sich schier bucklig. Ich nutzte diese kurze Windstille, um ihnen Vernunft zu predigen. Unterdes kroch der Kerl zähneklappernd und mit bösem Blick in seine Haut, denn er fühlte, daß die Gefahr sich verzöge. Als er angezogen war, nunmehr sicher, daß man dieses Tags den Hasen noch nicht verspeisen würde, da wurde er von neuem mutig, beschimpfte uns, nannte uns Rebellen und drohte, uns wegen Beleidigung der Obrigkeit verurteilen zu lassen. Ich sagte zu ihm: «Zur Obrigkeit gehörst du nimmer. Ich setze dich ab.»

Nunmehr richtete sich sein Zorn gegen mich. Der Wunsch nach Rache war mächtiger denn die Klugheit. Er sagte, er kenne mich gar wohl, ich sei es, des Ratschläge den Anführern die schwachen Köpfe verdreht hätten, sagte, daß er auf mich die ganze Schuld an diesem Überfall werfe und daß ich ein Schurke sei. In seiner Wut, die sich überstürzte, lud er mit scharfer, pfeifender Stimme schier eine Karre voll Schimpfworte auf meinem Buckel ab.

Gangnot fragte: «Soll man ihn totschlagen?»

Ich sagte: «Es war ein guter Einfall von dir, Racquin, daß du mich zugrunde richtetest. Du weißt gar wohl, daß ich dich nicht hängen lassen kann ohn Gefahr, den Verdacht auf mich zu laden, ich handelte aus Rache für das Niederbrennen meines Hauses. Und doch würde das Halsband aus gedrehtem Hanf deiner Schönheit gar trefflich anstehen. Aber dich damit zu schmücken, überlassen wir andern. Du verlierst beim Warten nichts. Die Hauptsach bleibt, daß man dich in Gewahrsam hält. Du bist nichts mehr. Wir reißen dir dein schönes Schöffenkleid herunter. Wir werden Steuer und Ruder nunmehr selbst führen.»

Er stotterte: «Weißt du, was du aufs Spiel setzest, Breugnon?»

Ich antwortete: «Ich weiß es wohl: meinen Kopf. Und ich setze ihn aufs Spiel – in dem der Verlierer gewinnt. Wann ich's verliere, gewinnt die Stadt.»

Man führte ihn ins Gefängnis. Er fand dorten den Platz noch warm von einem alten Sergeanten, der drei Tage zuvor ward eingesperrt, weil er seinem Befehl den Gehorsam verweigern tät. Jetzo, nachdem der Anschlag ausgeführt worden war, sagten die Gerichtsdiener und der Rathauspförtner männiglich, wir hätten recht getan und daß sie allzeit gedacht hätten, Racquin sei ein Verräter. Wer nicht handelt, hat gut denken!

Bis dahin war unser Plan glatt gegangen, gleichwie ein eben Brett, über das der Hobel gleitet, ohn auf einen Ast zu stoßen. Derhalben wunderte ich mich. Ich fragte: «Wo stecken denn wohl die Räuber?», als man plötzlich «Feuer!» schrie.

Potz Donner! Sie plünderten anderswo.

Auf der Straße tat uns ein Mann atemlos kund, daß die ganze Bande die Warenlager von Pierre Poullard in Bethlehem außerhalben des Tores vom Turm Lourdeaux aufpacke, zerstöre, verbrenne und sich dann vollsöffe. Ich sagte zu den Gefährten: «So sie Tanzmusik brauchen, wollen wir ihnen aufspielen!»

Wir liefen nach der Mirandola. Von der Plattform des Sankt-Martin-Turmes, die die niedere Stadt beherrscht, aus der ein Sabbatlärm in die Nacht heraufklang, heulten keuchend die Sturmglocken.

«Kameraden», sagte ich, «wir werden in den Glutofen hinabsteigen müssen. Das wird uns warm machen. Sind wir bereit? Erstlich aber müssen wir einen Führer haben. Wer soll es sein? Willst du, Saulsoy?»

«Nein, nein, nein, nein!» wehrte er sich, dieweil er drei Schritte rückwärts tat. «Davon will ich nichts wissen. Es ist überaus genug, daß ich gezwungen bin, hier um Mitternacht mit diesem alten Schießgewehr herumzulaufen. Was man verlangt, was not tut, das will ich tun – nur nicht anführen. Da sei Gott vor! Ich habe niemalen nichts zu entscheiden vermocht...»

Ich fragte: «Wohlan, wer will's?»

Aber keiner von ihnen rührte sich. Ich kenne es, das Gelichter! Reden, losmarschieren, das geht noch an. Aber heißt's eine Entscheidung treffen, da ist niemands mehr da. Das ist die Gewohnheit, als kleiner Bürgersmann dem Leben gegenüber Kniffe zu gebrauchen, allweil zu zögern, das Tuch, das man kaufen will, fünfzigmal herumzudrehen, zu feilschen und mit dem Zugreifen zu warten, bis die Gelegenheit vorüber oder das Tuch nicht mehr vorhanden ist. Die Gelegenheit war da, ich streckte den Arm aus.

«Wenn niemand sonst will, nun denn, dann will ich es.»

Sie sagten: «Recht so!»

«Aber eine Bedingung: Man muß mir diese Nacht ohn Widerspruch gehorchen! Sonst sind wir verloren. Bis zum Morgen bin ich alleiniger Herr. Morgen möget ihr mich richten. Seid ihr einverstanden?»

Sie sagten einstimmig: «Wir sind einverstanden.»

Wir stiegen den Hügel hinab. Ich ging voran. Zu meiner Linken marschierte Gangnot, rechts hatte ich Bardet, dem Ausrufer der Stadt, mit seiner Trommel den Platz angewiesen. Am Eingang der Vorstadt, auf dem Zollschrankenplatz, begegneten wir einer überaus heiteren Menschenmenge, die ohn Böswilligkeit familienweise, Frauen, Burschen und Mädchen, dorten hingingen, allwo geplündert wurde. Man hätte vermeinen können, es ginge zu einem Fest. Etliche Hausfrauen hatten wie am Markttag ihren Korb mitgenommen. Man blieb stehen, um unseren Trupp vorübergehen zu sehen; die Reihen teilten sich höflich vor uns; sie begriffen nicht, um was es ging, und folgten im Herdentrieb unseren Schritten. Einer unter ihnen, der Perückenmacher Perruche, trug eine Papierlaterne. Er hielt sie mir unter die Nase, erkannte mich und sagte: «Ach, Breugnon, alter Junge, da bist du ja wieder! Na, sieh einer! Da kommst ja just zur rechten Zeit! Wir werden miteinand anstoßen.»

«Alles zu seiner Zeit, Perruche», antwortete ich, «wir werden morgen anstoßen.»

«Du wirst alt, mein Colas. Der Durst bindet sich an keinerlei Stund! Morgen wird der Wein ausgetrunken sein.

Sie zapfen ihn schon. Wir müssen uns eilen! Oder sollte dir der Septembersaft etwan jetzo zuwider sein?»

Ich sagte: «Der gestohlene Wein, ja.»

«Gestohlen? Das ist er keineswegs», meinte er, «sondern nur gerettet. Soll man denn, wann das Haus brennt, gar dumm die guten Dinge umkommen lassen?»

«Dieb!»

Und ich ging vorüber.

«Dieb!» wiederholten Gangnot, Bardet, Saulsoy und die anderen. Sie gingen vorüber. Perruche blieb wie angewurzelt stehen; dann hörte ich ihn wütig schimpfen, und da ich mich umwandte, sah ich ihn hinter uns her laufen und uns die Faust zeigen. Keiner von uns schien ihn zu hören noch zu sehen. Als er uns eingeholt hatte, schwieg er plötzlich still und marschierte mit uns.

Wann wir an der Uferböschung der Yonne anlangten, war ein Vorwärtskommen unmöglich. Dichtgedrängt stand die Menge. Ich ließ die Trommel schlagen. Die vordersten Reihen öffneten sich, ohn recht zu wissen warumb. Wir drangen gleichwie ein Keil hinein, aber nun saßen wir fest. Da standen zwei Flößer, die wir wohl kannten, der Vater Joachim, genannt «der König von Kalabrien», und Gadin, genannt Gueurlu. Sie sagten: «Ei, ei, Meister Breugnon, was zum Teufel wollt Ihr hier machen mit Eurer Trommel und mit diesen angeschirrten Leuten, die ernsthaft gleichwie die Maulesel daherkommen? Wollt Ihr Euch einen Spaß machen, oder geht's in den Krieg?»

«Du ahnest nicht, wie wahr du sprichst, Kalabreser», erwiderte ich, «denn wie du mich hier siehst, bin ich für heute nacht Hauptmann von Clamecy und just im Begriff, es gegen seine Feinde zu verteidigen.»

«Seine Feinde?» fragten sie. «Bist du schier närrisch? Wer sind die denn?»

«Die da unten sengen und brennen.»

«Und was kann dir das ausmachen», meinten sie, «jetzo, da dein Haus einmalen verbrannt ist? (Um das deine tut es einem leid; du weißt, man hat sich geirrt.) Aber das von Poullard, diesem Galgenstrick, der sich von unserer Arbeit mästet, diesem Halsabschneider, der sich mit der Wolle brüstet, so er uns vom Rücken geschoren, und uns, nachdem er uns schier nackt geschoren hat, von der Höhe seiner Tugend herab gar verachtet! Wer ihn bestiehlt, geht gewißlich geradewegs ins Paradies ein. Das ist wie geweihtes Brot. Laß uns nur machen. Was kümmert's dich? Selbst nicht plündern, das läßt sich hören! Aber dran hindern...? Ist doch nichts nicht dabei zu verlieren und alles zu gewinnen!»

Ich sagte (denn es wäre mir schwer geworden, auf diese armen Burschen loszuschlagen, ohn zu versuchen, ihnen Vernunft beizubringen): «Alles ist zu verlieren, Kalabreser! Und unsere Ehre ist zu retten.»

«Unsere Ehre! Deine Ehre!» meinte Gueurlu. «Ist das was zum Trinken oder zum Fressen? Mag sein, man ist morgen tot. Was bleibt von uns? Es bleibt nichts nicht. Was wird man von uns denken? Man wird gar nichts denken. Die Ehre ist eine Prachtspeise für die Reichen, die großen Tiere, so man mit Grabschriften beisetzt. Was uns betrifft, so werden wir allesamt in einer gemeinsamen Grube liegen gleichwie die Heringe im Faß. Dann geh einmal hin und schau nach, wer nach Ehre oder nach Unrat riecht!»

Ohne Gueurlu zu antworten, sagte ich zu Joachim: «Jeder allein ist nichts, das ist wohl wahr, mein König von Kalabrien; aber alle miteinand sind gar viel. Hundert Kleine machen einen Großen. Wenn die Reichen verschwunden sein werden, wenn die Lügen ihrer Gräber mit ihren Inschriften und den Namen ihrer Geschlechter zerstäubt sein werden, da wird man noch von den Flößern von Clamecy sprechen; sie werden in seiner Geschichte der Adel mit den rauhen Händen und dem wie ihre Fäuste harten Kopf sein; und ich will nicht, daß man von ihnen sagt, sie seien Schurken.»

Gueurlu sagte: «Ich pfeife darauf.»

Aber der König von Kalabrien spuckte aus und schrie: «Wenn du darauf pfeifst, so bist du ein Schmutzfink. Er hat recht, der Breugnon. So ich wüßte, daß man solches von mir sagte, das würde mich auch kränken. Und, bei Sankt Nikolaus, man wird es nicht sagen. Die Ehre ist nicht nur für die Reichen. Das werden wir ihnen schon zeigen. Ob Herr oder Junker, da ist nicht einer, der an uns heranreicht!»

Gueurlu meinte: «Soll man sich gar Zwang antun? Tun sie es etwan? Gibt es ärgere Blutsauger denn diese Fürsten, diese Herzöge, den Condé, den Soissons, und den unsern, den Nevers, und sie alle von Épernon, die, wann sie sich ihre Kinnbacken und den Wanst vollgeschlagen haben, sich noch mit Millionen bis zum Platzen vollstopfen, die Schweine, und alsobald der König tot ist, seine Schätze ausrauben? Das ist ihre Ehre! Da wären wir wahrlich schön dämlich, es ihnen nicht gleichzutun.»

Der König von Kalabrien fluchte: «Es ist ein Schweinepack. Eines Tages wird unser Henri aus dem Grabe auferstehen, alsdann werden sie alles wieder ausspeien müssen, oder wir selbsten werden sie samt ihrer Goldfüllung braten. Wann die Großen es gleich den Schweinen treiben, potz Mord und Totschlag, dann sticht man sie ab; aber ihre Schweinerei wird man nicht nachäffen. Wir geben das Beispiel, wir. Im kleinen Finger eines Flößers steckt mehr Ehre denn im Herzen eines Edelmanns.»

«Also dann kommst du mit uns, mein König?»

«Ich komme. Und auch der da, der Gueurlu, wird kommen.»

«Nein, zum Teufel!»

«Du kommst, sage ich dir. Oder du kannst dir den Fluß von unten beschauen. Vorwärts, marsch. Und ihr, macht Platz, bei der Heiligen Mutter Gottes, ihr Dummköpfe, ich will vorbei!»

Er trieb die Leute mit seinen Stößen zurück und kam durch. Und wir folgten in seinem Kielwasser gleichwie ein Fischlein hinter einem Großfisch. Die, denen man nunmehr begegnete, waren allzu betrunken, als daß man hätte daran denken können, mit ihnen zu diskurrieren. Alles zu seiner Zeit: erstlich die Beweise mit dem Mund und dann die mit den Fäusten. Man versuchte nur, sie, ohn ihnen Schaden zu tun, auf die Erde niederzusetzen: ein Säufer ist heilig!

Am Ende stund man vor der Tür des Warenlagers. Der Schwarm der Plünderer wimmelte im Haus Meister Pierre Poullards gleich Läusen im Schaffell. Die einen schafften Kisten und Ballen fort; die anderen hatten sich gestohlene Gewänder übergezogen; etliche fröhliche Possenreißer warfen, um sich zu ergötzen, Schalen und Töpfe aus dem Fenster des ersten Stockwerks. Auf dem Hof wurden Fässer herangerollt. Ich sah einen, der trank, den Mund ans Spundloch gedrückt, bis er umfiel und unter der roten Seiche alle viere von sich streckte. Der Wein bildete Pfützen, daran die Kinder leckten, und um besser sehen zu können, hatten sie einen Haufen Gerät in den Hof gestellt und in Brand gesteckt. Man hörte, wie unten in den Kellern Tonnen und Fäßlein mit Holzschlägern eingeschlagen wurden. Heulen, Schreien und Husten mischten sich durcheinander: unter der Erde grunzte das Haus, als läge in seinem Bauch eine Herde von Säuen, und schon schossen hie und da aus den Kellerluken Rauchzungen, so die Balken beleckten.

Wir drangen in den Hof. Man kümmerte sich nicht um uns. Jedweder war mit sich beschäftigt. Ich sagte: «Schlagt die Trommel, Bardet!»

Bardet schlug auf seine Kiste. Er rief aus, welche Vollmachten mir die Stadt verliehen hätte; und da ließ ich selbst meine Stimme ertönen und schrie den Räubern zu, sie sollten sich zum Teufel scheren. Beim Trommelwirbel hatten sie sich zusammengerottet gleich einem Mückenschwarm, wann man auf einen Kessel schlägt. Alsobald unser Lärm aufhörte, fingen sie wütig von neuem an zu summen, und jetzo stürzten sie sich pfeifend und heulend auf uns und warfen uns mit Steinen. Ich suchte den Eingang zum Keller zu erzwingen; aber sie ließen aus den Fenstern des Bodens Ziegelsteine und Balken auf uns niederprasseln. Wir drangen dennoch hinein und drängten die Halunken zurück. Gangnot wurden dabei noch zwei Finger seiner Hand abgerissen, und dem König von Kalabrien wurde das linke Auge ausgeschlagen. Was mich betrifft, so fand ich mich beim Zurückstoßen der Tür, die sich schloß, mit dem Daumen zwischen die Türangeln geklemmt, gleichwie ein Fuchs in der Falle. Himmel und Hölle! Schier wär ich gleichwie ein Weib in Ohnmacht gefallen und hätte den Inhalt meines Magens wiedergegeben. Zum Glück entdeckte ich ein geöffnet Faß (es war feinster Branntwein), damit begoß ich mir den Bauch und badete meinen Daumen darein. Darnach, das schwöre ich euch bei allen Heiligen, hatt ich nimmer Lust, schönzutun. Aber ich selbsten wurde nun wild. Der Kamm war mir geschwollen.

Wir kämpften jetzo auf den Treppenstufen. Es mußte

ein End gemacht werden, denn diese albernen Teufel feuerten ihre Musketen uns grade ins Gesicht, und so nahe, daß der Bart Saulsoys Feuer fing. Gueurlu löschte ihn mit seinen schwieligen Händen. Zum Glück sahen die besoffenen Kerle beim Zielen doppelt; ohn das wäre nicht einer von uns mit dem Leben davongekommen. Wir mußten die Stufen wieder emporsteigen und den Rückzug antreten. Aber nunmehr, am Eingang aufgepflanzt, bemerkte ich, wie der Brand sich heimtückisch von beiden Flügeln zu dem untersten Raum schlich, allwo sich der Weinkeller befand. Da ließ ich am Ausgang eine Schutzwehr aus Steinen und Schutt aufrichten, die uns bis zum Nabel reichte, und so den Durchgang versperrend, schichteten wir darauf unsere Spieße und Bootshaken, so daß sie wie der Borstenrücken eines zusammengerollten Stachelschweins aussah. Und ich schrie: «Ah, ihr Räuber! Ihr möget das Feuer! Nun wohl, dann fresset es!»

Die meisten, betrunken im hintersten Keller, begriffen die Gefahr erst, als es zu spät war. Doch wann die hohen Flammen die Mauern bersten und die Balken unter ihrer Gewalt zusammenkrachen ließen, da stieg aus dem tiefsten Grund des Erdbodens ein wahrer Höllenlärm empor; und gleichwie ein reißender Strom drängten die Elenden, deren etliche in Flammen standen, nach oben, gleichwie moussierender Wein, der den Zapfen aus dem Loch springen läßt. Sie kamen, um sich an unserer Mauer die Köpfe einzurennen, und die, so sie vorwärts stießen, bildeten einen Pfropfen, der den Eingang verstopfte. Dahinter, tief unten in der Höhle, hörte man das Feuer und die zum Tod Verurteilten heulen. Und ihr könnt's mir glauben, daß uns bei dieser Musik nicht warm wurde. Es ist keine Vergnügung, mit anzuhören, wann Verwundete leiden und vor Schmerzen schreien, und wäre ich nur ein simpler Bürgersmann gewesen, der alltägliche Breugnon, da hätt ich gesagt: Wir wollen sie retten!

Aber wann man der Führer ist, da hat man nimmer das Recht, Herz noch Ohren zu besitzen. Man muß Auge und Geist sein, sehen und wollen und, ohn schwach zu werden, tun, was getan werden muß. Diese Banditen retten hätte bedeutet, die Stadt zugrunde richten; denn wären sie herausgekommen, hätten sie gemerkt, daß sie stärker und zahlreicher waren als wir, die sie bewachten; und reif für den Galgen, wie sie waren, hätten sie sich nicht ohne weiteres fangen lassen. Die Wespen saßen im Nest – mochten sie dort bleiben!

Und nun sah ich die beiden Flammenflügel über dem Mittelbau sich einen, sich zusammenschließen und krachend mit ihrem Gefieder aus Rauch um sich schlagen...

Just in diesem Augenblick aber, siehe, da entdecke ich über den ersten Reihen derer, die sich, einer an den andern gedrängt, in dem Treppenhals zusammenpressen und sich allesamt nicht rühren können, es sei denn mit den Wimpern, den Augen und dem heulenden Mund, meinen alten Trinkgenossen Eloi, Gambi genannt, einen gutartigen, nur allzeit durstigen Taugenichts (guter Gott, wie mag er nur in dieses Wespennest geraten sein?). Ohn zu begreifen, lachte und weinte er stumpfsinnig vor sich hin. Er verdiente wohl sein Los, dieser Strauchdieb und Faulpelz! Aber desohngeachtet, wie soll man mit ansehen, daß er dorten bei lebendigem Leib geröstet wird? Wir haben als Kinder zusammen gespielt und haben in der Sankt-Martins-Kirche miteinander den Leib des Herrn gegessen: gemeinsam haben wir die erste Kommunion empfangen...

Ich schiebe die Spieße auseinander, ich springe über die Schutzwehr, trete auf wütig um sich beißende Köpfe, und ober diesem rauchenden Wust menschlicher Leiber hinweg gelange ich zu meinem alten Gambi und packe ihn beim Kragen. Ja, aber wie soll ich ihn, bei allen Göttern, diesem Schraubstock entreißen? dachte ich, dieweil ich ihn packte. Man müßte ihn zerhacken, um nur ein Stück von ihm zu kriegen... durch einen sonderlichen Glücksfall (man möchte schier vermeinen, daß es einen Gott für die Trunkenbolde gäbe, wann nicht allesamt seine Gunst gleichermaßen verdient hätten) stand mein Gambi just auf dem Rand einer Stufe, schwankte nach hinten, als ihn die Empordrängenden solcherart mit ihren Schultern hochgehoben hatten, daß er nimmer die Erde berührte und in der Schwebe blieb gleich einem Nußkern, den man zwischen den Fingern preßt. Mit Hilfe meiner Hacke stieß ich rechts und links die Schultern, die ihm die Rippen einquetschten, zur Seite, und so gelang es mir nicht sonder Mühe, den sauber herausgeschälten Nußkern aus dem Maul der Menge herauszuziehen. Es war hohe Zeit! Gleich einer Windhose stieg das Feuer, als wär's in einem Kamin, den Treppenschacht empor. Ich hörte im Grund des Backofens die Leiber knistern; und mit großen Sätzen, ohne nachzuschauen, in was meine Stiefel einsanken, stieg ich gebückt empor, Gambi an seinen fettigen Haaren hinter mir her schleifend. Wir gelangten aus dem Schlund, davon wir gar weit abrückten, und ließen die Flamme ihr Werk vollenden. Und dabei, um unserer Rührung Herr zu werden, traktierten wir Gambi mit Rippenstößen, diesen Kerl, der, schier am Verrecken, zwei glasierte Teller und einen farbigen Napf, den er weiß Gott wo errafft hatte, ohne sie loszulassen, fest an sein Herz gepreßt hielt! Und Gambi, der Ernüchterte, warf plärrend seine Geschirre von sich, stellte sich vor aller Welt hin, um gleich einem Brunnen sein Wasser zu lassen, und schrie: «Ich will nichts nicht von dem behalten, was ich gestohlen habe!»

ZEIT IST GELD

EINE RUNDE SACHE:
DIE ECUS LUDWIGS XIII.

COLAS BREUGNON IST ANFANGS GANZ ZUFRIEDEN
MIT SICH UND SEINER KLEINEN WELT, ABER...

... besonders gut sind die Zeiten nicht. Krieg und Pest waren eine ständige Bedrohung, und Anfang des 17. Jahrhunderts geriet auch das französische Münzwesen immer mehr in Verfall als Folge einer unübersehbaren Menge minderwertiger alter Münzen, die im Umlauf waren.

Eine weitere Ursache für die Münzentwertung war das verbreitete Beschneiden der Goldstücke: Betrüger schnitten oder feilten vom Rand der frei geprägten und daher etwas unrunden Münzen kleine Teile ab, um so in den Besitz von Edelmetall zu kommen.

Um diesem Unwesen ein Ende zu bereiten, befahl Ludwig XIII., die Pariser Münzstätte auf Maschinen umzustellen und völlig runde Münzen neu zu prägen. Das gelungene Ergebnis waren der *Louis d'or* und der *Louis d'argent*, nach ihm benannte Gold- und Silbertaler, die noch lange geprägt werden sollten, zumal die folgenden Könige Frankreichs ebenfalls Ludwig (Louis) hießen.

Die prächtigen Ecus sind heute noch bei Sammlern beliebt; Sparer halten dagegen Pfandbriefe und Kommunalobligationen für eine «runde Sache».

Bei Anbruch des Tages erschien der Prokurator, Meister Guillaume Courtignon, gefolgt von Robinet, der ihn im Triumph anschleppte. Dreißig Bewaffnete und ein Haufe Bauern begleiteten ihn. Noch andere kamen im Laufe des Tages, die der Magistrat uns zusandte. Und überdies noch andere des folgenden Morgens, so der gute Herzog uns schickte. Sie befühlten die heiße Asche, stellten den Schaden fest, machten die Rechnung, fügten ihre Reise- und Aufhaltungskosten bei und verschwanden hienach ohne weiteres dahin, von wannen sie gekommen waren…

Und die Moral von der Geschicht:
Hilf dir selbsten, sonst hilft Gott dir nicht!

Der Possen, so man dem Herzog spielte

Ende September

Die Ordnung war wiederhergestellt, die Asche war erkaltet, und man hörte nimmer von der Krankheit reden. Aber fürs erste lebte die Stadt noch wie unter einem Druck. Die Bürger hatten noch mit der ausgestandenen Angst zu tun. Sie tasteten gleichsam den Boden ab; sie waren noch nicht vollkömmlich gewiß, darüber und mitnichten darunter zu sein. Meistens versteckten sie sich in ihren Häusern, und dafern sie auf der Straße waren, schlichen sie mit gesenkten Ohren und eingezogenem Schwanz eilig an den Mauern entlang. Ach, man war gewißlich nicht stolz, schier wagte man nicht, einand ins Gesicht zu schauen, und man hatte keinerlei Vergnügung daran, sich selbsten im Spiegel zu betrachten: man hatte sich zu genau angeschaut, man kannte sich allzugut; die innerste Menschennatur hatte sich sonder Hemd überrumpeln lassen – das ist nicht schön! Man fühlte sich beschämt und voll Mißtrauen. Was mich betrifft, so fühlte ich mich auch nicht sonderlich wohl in meiner Haut: das Gemetzel und der Brandgeruch jener Rösterei verfolgten mich; und mehr denn alles die Erinnerung an die Feigheiten und Grausamkeiten, die ich auf mir vertrauten Gesichtern gesehen hatte. Sie wußten es und waren mir heimlich gram darum. Ich begreife das wohl, mir selbsten war es noch viel peinvoller; ich hätte ihnen am liebsten gesagt: Nichts für ungut, Freunde. Ich habe nichts gesehen … – Und dazu drückte die schwüle Septembersonne schwer auf die ermattete Stadt. Fieber und Betäubung, so der Spätsommer mit sich führt.

Unser Racquin war unter guter Bedeckung nach Nevers abgefahren, allwo der Herzog und der König sich die Ehre strittig machten, ihn zu richten, so daß er, die Uneinigkeit nutzend, begründete Hoffnung hatte, ihnen zwischen den Fingern durchzuschlüpfen. Was mich selbsten betrifft, so wollten die Herren vom Burgbann die Güte haben, ob meinem Betragen die Augen zu schließen. Wie es scheint, beging ich bei der Rettung Clamecys zwei oder drei grobe Verbrechen, die mir für das mindest die Galeerenstrafe hätten eintragen können. Maßen sie aber nicht hätten begangen werden können, so die Herren, anstatt sich aus dem Staub zu machen, dageblieben wären und die Führung übernommen hätten, bestanden sie nicht darauf. Und ich ebensowenig. Mir liegt nicht sonderlich an, Händel mit dem Gericht zu haben. Mag man sich auch unschuldig fühlen – weiß man jemalen, was geschehen kann? Hat man erst den Finger in der Teufelsmaschine, da ist's um den Arm geschehen. Schneidet ab, schneidet ab, ohne Zögern, so ihr nicht wollt, daß der ganze Kerl mit hineinzogen werde … So war auch zwischen ihnen und mir ein wortlos Übereinkommen getroffen, daß ich nichts nicht getan hätt und sie nichts gesehen und daß alles, was sich in jener Nacht unter meiner Führerschaft zugetragen, durch sie vollzogen worden sei. Aber hat man auch den besten Willen, man kann nicht auf einen Schlag auslöschen, was geschehen ist. Man erinnert sich dessen, und das ist peinvoll. Ich las es in aller Augen: man hatte Angst vor mir; und ich selbsten hatte Angst vor mir, vor meinen Heldentaten, vor diesem unbekannten, abgeschmackten Colas Breugnon, so ich gestrigen Tags gewesen war. Zum Teufel mit diesem Cäsar, diesem Attila, diesem Pulverfaß! Ein Faß voll Wein – wohl, das ist mir recht. Aber voll Pulver? Nein, nein! Das ist meine Sache mitnichten! – Kurz und gut, wir waren bestürzt, zermürbt und müde; Herz und Magen taten uns weh.

Mit wahrer Wut warfen wir uns wieder auf die Arbeit. Die Arbeit saugt alle Scham und allen Kummer in sich auf gleichwie ein Schwamm. Die Arbeit gibt der Seele eine neue Haut und neues Blut. An Arbeit fehlte es nicht: ringshumher lag alles in Trümmern! Am meisten aber kam uns eine zur Hilfe: das war die Erde. Niemalen hatte man einen gleichen Überfluß an Früchten, niemalen eine so reiche Ernte gesehen; und die Krone des Ganzen war letztlich die Weinlese. Man hätte wahrlich meinen können, die gute Mutter Erde wolle uns das Blut, so sie getrunken, in Wein zurückgeben. Und warumb auch nicht? Nichts nicht geht verloren; nichts darf verlorengehen. Ginge es verloren, wo wollte es da hingehen? Das Wasser kommt vom Himmel und steigt wieder zum Himmel; warumb sollte der Wein nicht gleichweis solch Hin und Her zwischen der Erde und unserem Blut machen? Es ist der nämliche Saft. Ich bin ein Rebstock oder bin es gewesen oder werde es sein. Es mir fürzustellen, ist mir eine Lust: ich will gern einer sein. Und lieber denn in jedweder anderen Unsterblichkeit wär mir's, als Rebe oder Rebstock weiterzuleben, zu fühlen, wie mein Fleisch sich dehnt und zu schönen, gutgerundeten, vollen Beeren anschwillt, zu blauen, schmelzbedeckten Trauben, wie es ihre Haut an der Sommersonne bis zum Platzen spannt und letztlich (das ist das

Beste) verspeiset wird. Jedenfalls ist gewiß, daß in diesem Jahr der Saft der Reben überfloß und das Blut der Erde aus allen Poren strömte. Kam es nicht gar so weit, daß es an Fässern mangelte? Und daß man aus Mangel an Gefäßen die Trauben in Bottiche oder gar in Waschfässer tat, ohn sie auch nur zu keltern? Ja, es kam noch besser. Es geschah, so unglaublich es klingt, daß ein alter Bürger aus Andries, Vater Coullemard, der nicht zu Rande kam, die Tonne Trauben für 30 Sous verkaufte, unter der Bedingung, daß man sie selbst vom Weinstock pflücke. Ihr könnt euch fürstellen, wie uns das aufregte, uns, die wir wahrlich nicht kaltblütig zuschauen können, wenn das warme Blut unseres guten Gottes verderben soll! Ehe wir es verschleudern, da ist's besser, es zu trinken. Man opfert sich, man ist ein Mensch von Gewissen. Indes, es war eine Herkulesarbeit; und mehr denn einmal war es Herkules und nicht Antäus, der den Erdboden berührte. Das Gute bei der Geschichte war letztlich, daß unsere Gedanken ein ander Gesicht bekamen; ihre Stirn glättete und ihre Haut klärte sich.

Aber ohngeachtet allem, ein gewisses Etwas blieb noch auf dem Grund des Bechers, ein schlammiger Geschmack, gleich einer Art Hefe; einer hielt sich immer noch vom anderen fern; man beobachtete einand. Wohl hatte man ein weniges an geistigem Schwung (schwankender Weis) zurückgewonnen, aber man wagte noch nicht, dem Nachbarn näherzukommen; man trank alleinig, man lachte alleinig: das ist überaus ungesund. Die Dinge hätten noch lange dergestalt weitergehen können, und man sah kein Mittel, aus diesem Stand herauszukommen. Der Zufall aber ist ein Schlaukopf. Er findet das rechte Mittel, das einzige, das die Menschen aneinanderkittet: das heißt, es dahin bringen, daß sie sich wider irgendwen vereinen. Auch die Liebe bringt einander nahe; doch was alle wie einen einzigen Mann zusammenstehen läßt, das ist der Feind. Und der Feind, das ist unser Gebieter.

Es geschah also in diesem Herbst, daß Herzog Charles sich anmaßte, uns das Tanzen zu verbieten. Das ist ein weniges stark! Potz Donner! Da gab's mit einem Schlag nicht einen, außer denen, so gichtbrüchig waren, hinkten oder keine Beine hatten, der nicht ein Prickeln wie Ameisen in den Waden gespürt hätte. Wie gemeiniglich gab die Grafenwiese den Anlaß zum Streit. Sie ist nun einmal der Zankapfel, um den sich allweil alles dreht. Diese schöne Wiese, so am Fuß des Berges Croc Pinçon vor den Toren der Stadt liegt und um die sich gleich einer nachlässig hingelegten Sense der Beuvron schlängelt, wird seit dreihundert Jahren zwischen dem großen Maul des Herrn von Nevers und dem unsern hin und her gezerrt, das zwar weniger groß ist, doch trefflich festzuhalten versteht, was es einmal gefaßt hat. Das geschieht ohn jedwede Feindseligkeit von der einen oder der anderen Seite; man lacht, man ist höflich, man nennt einand «mein Freund», «Euer Liebden», «mein durchlauchtigster Herr», nur daß jedweder tut, was er will, daß keiner auch nur einen Fußbreit Boden aufgibt. Um die Wahrheit zu sagen, bei unseren Prozessen haben wir niemalen recht behalten. Von den hohen Gerichtshöfen, vom Oberamt, vom Marmortisch des Justizpalastes sind Urteile über Urteile abgegeben worden, die setzeten fest, daß unsere Wiese nicht unsere Wiese sei. Wie man weiß, nennt man Rechtsprechen die Kunst, für Geld schwarz zu heißen, was man weiß sieht. Das stört uns nicht sonderlich. Richten ist nichts, haben ist alles. Ob deine Kuh schwarz oder weiß sei – hüte deine Kuh, mein wackerer Junge! Wir hüteten ihrer und blieben auf unserer

Wiese. Das ging so bequemlich! Denkt nur, es ist die einzige Wiese in Clamecy, die keinem von uns gehört! Dieweil sie dem Herzog zu eigen ist, gehört sie uns allen. Wir empfanden derhalben keinerlei Bedenken, sie abzunützen. Und Gott weiß, daß wir solches von ganzem Herzen taten! Alles, was man daheim nicht tun kann, tut man dort. Man arbeitet, man putzt, man zupft die Matratzen aus, man klopft dorten die alten Teppiche, wirft sein Gerümpel ab, spaziert herum, läßt seine Ziege weiden, tanzt zum Klang des Leierkastens, übt sich in der Handhabung der Büchse oder der Trommeln. Und nächtlich treibt man dorten auf dem mit Papieren besäten Gras seine Liebesscherze längs des flüsternden Beuvron, den nichts in Erstaunen setzen kann (er hat schon anderes zu sehen bekommen!).

Solange Herzog Louis lebte, ging alles gut, denn er tat, als sähe er nichts. Das war ein Mann, der wußte, er könne sein Gespann desto besser im Zaum halten, je freier Spiel er seinen Untertanen ließ. Was tat es ihm, so wir uns einbildeten, frei zu sein und unseren Kopf für uns zu haben, wenn er in Wahrheit unser Herr war? Sein Sohn aber ist ein eitler Fant; dem liegt mehr an, zu scheinen, als zu sein (solches ist begreiflich, denn er ist nichts), und so steigt er auf die Hinterbeine, alsobald einer auch nur kräht. Und doch, ein Franzose muß singen können und sich über seine Gebieter verlustieren; wann er ihrer nicht spotten kann, wird er aufsässig: es behagt ihm nicht, jemands zu gehorchen, der allzeit ernst genommen sein will. Wir lieben nur den von Herzen, über den wir von Herzen lachen können. Denn das Lachen macht uns alle gleich. Dieser Gänserich indes ließ es sich beifallen, ein Verbot ergehen zu lassen, das uns untersagte, auf die Grafenwiese zu gehen, dort zu spielen, zu tanzen, uns herumzuwälzen und das Gras zu zertreten. Er hatte einen trefflichen Augenblick gewählt! Nach allen unseren Mißgeschicken, da er besser getan hätte, uns von Steuern zu entlasten! Aber wir zeigten ihm, daß die Clamecyer nicht aus dem Holz gemacht sind, daraus man Scheiterhaufen schichtet, sondern aus harten Eichenklötzen, in die die Axt nur mit Mühe zu dringen vermag und aus der sie, wann einmal darin, mit noch größerer Mühe herauskommt. Wir brauchten uns nicht miteinand zu verabreden. Insgesamt schlugen wir groß Lärmens. Uns unsere Wiese nehmen! Das Geschenk zurückgeben, so man uns verabfolgt hatte – oder das wir uns angemaßt hatten (das kommt auf das gleiche heraus: ein Gut, das man gestohlen und dreihundert Jahre bewahrt hat, wird zum dreimal heiligen und geheiligten Eigentum), ein Gut, das uns um so teuerer war, als es uns nicht gehörte, als wir es Schritt vor Schritt, Tag vor Tag durch langsames Erobern und zähes Festhalten zu dem unsrigen gemacht hatten, das einzige Gut, das uns nichts gekostet hatte als die Mühe, es wegzunehmen! Das konnte einem ja wahrlich jedes Wegnehmen verleiden! Wozu dann überhaupt noch leben? Wenn wir nachgegeben hätten, ja, da hätten sich gewißlich unsere Toten in ihren Gräbern umgedreht! Die Ehre der Stadt machte uns allesamt einmütig.

Am Abend desselbigen Tages, an dem der Stadttrommler mit düsterem Ton (er setzte eine Miene auf, als gäbe er einem zum Galgen Verurteilten das Geleit) den verhängnisvollen Beschluß verkündete, versammelten sich alle Männer von Rang, die Oberhäupter der Gilden und der Innungen und die Stockträger unter den Pfeilern am Markt. Auch ich war dorten. Ich vertrat, wie recht und billig, meine Schutzpatronin Frau Joachim, die heilige Anna, Anna die Gute. Darüber, was geschehen mußte, waren die Meinungen unterschiedlich; daß aber etwas geschehen müsse, billigte jedweder zu. Gangnot, der Sankt Eleusius, und der Kalabreser, der Sankt Nikolaus vertrat, waren für rücksichtsloses Vorgehen: sie wollten, daß man zur selbigen Stunde Feuer an die Tore lege, die Schutzwehre und die Köpfe der Gerichtsdiener einschlage und daß man die Wiese rasibus bis auf den Grund abscheren wolle. Aber der Bäcker Florimond, der für Sankt Honorius, und Maclu, der Gärtner, der für Sankt Fiacrius sprach, wollten als sanftmütige Männer und sanftmütige Heilige langmütig sein und sich weislich mit einem papierenen Krieg begnügen: zarte Wünsche und Bitten an die Herzogin (ohne Zweifel begleitet von gut berechneten Erzeugnissen aus Backstube und Garten). Zum Glück waren wir unser drei: ich, Jean Bobin für Sankt Crispinus und Edmond Poifou für Sankt Vinzentius, die wir ebensowenig geneigt waren, dem Herzog zur Lektion den Arsch zu verwamsen, als ihm etwa auf diese Stelle einen Kuß zu verabfolgen. In medio stat die Tugend. Ein echter Gallier versteht die Art, wann er sich einen Spaß mit den Leuten machen will, es voller Gemütsruhe zu tun, ihnen gerad ins Gesicht, aber mit leisem Finger und sonderlich ohne selbsten Schaden dabei zu nehmen. Sich rächen macht alleinig nicht glücklich; man muß sich dabei auch ergötzen. Also hört, was wir erdachten… Aber soll ich den trefflichen Possen, den ich erfand, erst erzählen, bevor das Stück gespielt ist? Nein, mitnichten; das hieße der Speise die Würze nehmen. Es genügt zu berichten, daß unser groß Geheimnis zu unser aller Ehre vierzehn Tage hindurch von der ganzen Stadt gewußt und bewahrt ward; und ist auch die erste Idee von mir (darob bin ich stolz), so fügte jedweder noch irgendeine Verschönerung hinzu. Der eine zupfte ein Zipfelchen zurecht, der andere tat ein Schnällchen oder ein Schleifchen hinzu: also daß das Kind trefflich ausgestattet ward; an Vätern fehlte es ihm mitnichten. Die Schöffen, der Bürgermeister, die mit im Geheimnis und einverstanden waren, erkundeten tagtäglich die Fortschritte des Wurms; und Meister Delavau kam nächtlicherweis, sein Gesicht unterm Mantel versteckt, mit uns die Geschichte zu bereden, wies die Weis, das Gesetz zu umgehen und es dennoch mitnichten zu verletzen, und zog triumphierend aus seinen Taschen etliche mit Fleiß zusammengestellte lateinische Inschriften, so den Herzog und unsere Unterwürfigkeit verherrlichten und gleicherzeit auch just das Gegenteil besagen konnten.

Endlich brach der große Tag an. Auf dem Sankt-Martins-Platz harrten wir Meister mitsamt unserem Anhang, wohlrasiert, aufgeputzt und ehrbar um unsere Abzeichen gestellt, der Schöffen. Schlag zehn Uhr begannen die Glocken des Turmes zu läuten. Im selbigen Augenblick wurden zu beiden Seiten des Platzes die beiden Tore des Rathauses und der Sankt-Martins-Kirche weit geöffnet, und auf die beiden Freitreppen traten (man hätte vermeinen können, es wären die Figürchen der Turmuhr, die vorbeizogen) von der einen Seite die weißen Chorhemden der Priester, von der andern grün und gelb wie Quitten die Schöffen. Einand erblickend, wechselten sie über unsere Köpfe hinweg feierliche Verbeugungen. Alsdann schritten sie zum Platz hernieder, die einen unter Vortritt der rotgewandet und rotnasig leuchtenden Kirchendiener, die andern mit den aufgezäumten Gerichtsdienern; die ließen ihre Halsketten klappern und ihre langen Stöcke auf dem Pflaster springen. Wir andern waren rings um den Platz und längs der Häuser aufgestellt und bildeten solcherweis einen Kreis; und die Obrigkeit, akkurat in der Mitte placiert, stellte den Nabel vor. Jedermann war zur Stell. Da gab's keine Nachzügler. Die Rechtsverdreher, die Gerichtsleute und der Notarius unter dem Banner von Sankt Ivo, dem Vermögensverwalter unseres Vaters im Himmel, und die Apotheker, Quacksalber und Ärzte, die feinen Urinkenner (jedweder duftet nach seinem Wein) und Klistierspritzer, sub invocatione des heiligen Kosmus, der die Gedärme der Paradiesischen ausputzt, sie alle bildeten rings um den Bürgermeister und den alten Erzbischof eine heilige Garde von Feder und Spritze. Von den Herren der Bürgerschaft fehlte, glaube ich, nur ein einziger: es war der Prokurator, der Statthalter des Herzogs, aber auch der Gatte der Tochter des Magistratsschöffen, ein guter Clamecyer, maßen es ihm bei uns gut ging; er hatte, von dem unterrichtet, das man zu tun beabsichtigte, und nichts mehr fürchtend, als daran teilzunehmen, weislich einen Vorwand gefunden, um des Abends zuvor sich in der Stille wegzumachen.

Etliche Zeit brieten wir auf dem Platz gleichwie auf langsamem Feuer. Wir bildeten gleichsam einen Bottich, darein der Most gärte. Welch fröhliches Durcheinander! Ein jedweder sprach, lachte, Geigen wurden gestimmt, und die Hunde bellten. Man wartete... Auf wen denn? Geduld! Die Überraschung... Ah, da kommt sie schon. Noch ehe man sie erblickt, läuft Stimmengewirr gleichwie ein Lauffeuer ihr voran und kündet sie an. Und alle Hälse drehen sich gleich Wetterfahnen im Wind mit einem Schlag herum. Von der Marktgasse her rückt, auf den Schultern von acht kräftigen Burschen getragen und ober der Menge hin und her schwankend, ein hölzerner Aufbau in Art einer Pyramide heran: drei ungleiche übereinandgetürmte Tische mit bebänderten, bortenumnähten, mit lichter Seide umwundenen Beinen; und ganz oben unter einem Baldachin, darauf Federbüsche gesteckt waren und von dem eine Flut farbiger Bänder herabfloß, eine verschleierte Statue. Niemands dachte daran, zu erstaunen, denn alle waren mit im Geheimnis. Jedweder zog gar höflich die Mütze davor ab; aber hinter der Mütze verborgen, lachten wir alten Schelme uns ins Fäustchen.

Alsobald das Ding bis just auf die Mitte des Platzes zwischen Bürgermeister und Pfarrer vorgerückt war, zogen die Korporationen mit Musik an der Spitze vorüber, beschrieben vorerst einen vollkömmlichen Kreis um die reglose Achse und verloren sich dann in der Gasse, die am Kirchenportal entlang zum Beuvron-Tor hinabsteigt.

Als erster marschierte, wie billig, Sankt Nikolaus. Der König von Kalabrien, in einen kirchlichen Chormantel gekleidet, mit einer gestickten goldenen Sonne auf dem Rücken, also daß er aussah gleich einem Skarabäus, hielt in seinen dunklen, knotigen Armen den Stab des Flußheiligen in Form eines an beiden Enden aufgebogenen Bootes, auf dem Nikolaus mit seinem Krummstab die drei kleinen Kinder, so am Bug sitzen, segnet. Vier alte Seeleute geleiteten ihn. Sie trugen vier gelbliche Kerzen, dick wie Keulen und hart wie Knüppel, die als solche zu brauchen, so's not tat, sie auch bereit waren. Der Kalabreser aber stolzierte stirnrunzelnd und sein einziges Auge zu dem Heiligen erhebend daher, spreizte die Beine und blähte, was er an Bauch besaß.

Nun folgte die Geleitschaft des Zinntopfes, die Söhne des heiligen Eleusius: Messerschmiede, Schlosser, Stellmacher und Hufschmiede; ihnen schritt Gangnot mit der verstümmelten Hand voran und trug hoch in seiner zweifingrigen Zange ein Kreuz, auf dessen Schaft Hammer und Amboß eingeschnitzt waren. Und die Hoboen spielten: *Guter König Dagobert, hast die Hosen ganz verkehrt!*

Alsdann kamen die Winzer, die Küfer, die die Hymne auf den Wein und seinen Heiligen, den Vinzentius, sangen, der, auf der Spitze des Stabes sitzend, mit der einen Hand einen Weinkrug, mit der andern eine Traube umklammert hält. Wir Schreiner und Zimmerleute, mit dem heiligen Joseph und der heiligen Anna, Eidam und Schwieger, insgesamt tüchtige Süffel, wir folgten dem Schutzpatron der Wirtshäuser, schnalzten mit der Zunge und schielten nach einem guten Tropfen. Und die von Sankt Honorius, die Feisten, Mehlbestäubten, trugen gleich einer römischen Trophäe auf einem Hakenspieß ein rundes Brot, geschmückt mit einer goldgelben Krone. Nach den Weißen kamen die Schwarzen: die ausgepichten Schuhflicker. Die tanzten und ließen ihre Knieriemen um den heiligen Crispinus knallen. Und letztlich als Krönung, ganz mit Blumen geschmückt, Sankt Fiacrius. Gärtner und Gärtnerinnen trugen auf einem Traggestell Nelken und Levkojen und hatten Rosen um ihre Hüte, Hacken und Harken gewunden. Ihr Banner aus roter Seide, das den heiligen Fiacrius mit nackten Waden und bis an den Hintern geschürzt darstellt, wie er seinen großen Zeh auf den ins Erdreich gesenkten Spaten krümmte, wehte klatschend im Herbstwind.

Hinterher schwankte das verschleierte Etwas. Weißgekleidete Mägdelein, die voranschritten, miauten Lieder. Der Bürgermeister und die drei Schöffen marschierten zu beiden Seiten und hielten die dicken Quasten der Bänder, die von dem Baldachin herabhingen. Die um Sankt Ivo und Sankt Kosmus bildeten Spalier; dahinter brüstete sich, aufgebläht wie ein streitsüchtiger Hahn, der Schweizer. Und der Pfarrer, von seinen Vikaren begleitet, davon der eine lang wie ein Fasttag, der andere dick und platt wie schlecht gegangen Brot, sang alle zehn Schritt mit seinem tiefen Baß ein Stück Litanei, aber ohn sich groß anzustrengen, dieweil er die anderen singen ließ und nur die Lippen bewegte, die Hände auf dem Bauch gefaltet hielt und im Gehen schlief. Die große Menge des Volkes wälzte sich hintennach wie ein einzig Stück dicken und weichen Teiges, gleichwie eine ölig fließende Welle. Wir aber waren ihre Schleuse.

Wir gingen aus der Stadt heraus. Geraden Weges begaben wir uns auf die Wiese. Die Blätter der Platanen wirbelten im Wind. Auf der Straße tanzten sie scharenweise in der Sonne, und der träge Fluß spülte ihr goldenes Blätterkleid davon. Am Schlagbaum machten die drei Polizeidiener und der Schloßhauptmann Miene, uns den Durchgang zu wehren. Aber außer dem neugebackenen Hauptmann, der eben in unsere Stadt gekommen war und alles für bare Münze nahm (der arme Teufel hatte sich schier außer Atem gelaufen und rollte gar wütig die Augen), waren wir gleichwie Diebsgesindel allesamt unter einer Decke. Wir fluchten derhalben nicht weniger, schwuren bei allen Heiligen und pufften einand: das gebot unsere Rolle, die wir gewissenhaft spielten; man hätte indes die Posse nimmer allzu lange lassen dauern dürfen, denn der Kalabreser und die Seinen begannen allzu trefflich zu spielen. Sankt Nikolaus auf der Spitze seines Stabes wurde bedrohlich, und die Kerzen, angelockt von den Rücken der Gerichtsdiener, zitterten in den Fäusten hin und wider. Nunmehr trat der Bürgermeister vor, nahm die Mütze vom Kopf und rief: «Hut ab!»

Im selbigen Augenblick fiel die Hülle, so die Statue unter dem Baldachin bedeckte, und die Magistratsdiener riefen:

«Platz dem Herzog!»

Der Tumult hörte mit einem Schlag auf. Sankt Nikolaus, Sankt Eleusius, Sankt Vinzentius, der heilige Joseph und die heilige Anna, Sankt Honorius, Sankt Fiacrius standen zu beiden Seiten aufgereiht und präsentierten die Waffen. Die Polizeidiener und der dicke Hauptmann gaben mit entblößten Köpfen bestürzt den Weg frei. Und nun erblickte man, über den Trägern schwebend, von Lorbeer gekrönt, das Barett auf dem Ohr und den Degen überm Bauch, den Herzog in effigie. So wenigstens verkündete es die Inschrift Meister Delavaus urbi et orbi; aber, um die Wahrheit zu gestehen, der Spaß vom Ganzen war dieser: dieweil wir weder Zeit noch Mittel hatten, ein ähnlich Bildnis herzustellen, so nahmen wir guten Glaubens vom Speicher des Rathauses eine alte Statue (man hat niemalen recht erfahren, wen sie darstellen sollte, noch von wem sie war; auf dem Sockel konnte man den halbverwitterten Namen Balthasar entziffern, und seit der Zeit nannte man sie «Baldux»). Was liegt auch daran? Der Glaube macht selig. Sind denn die Bildnisse des wackeren Eleusius, des Sankt Nikolaus oder Jesu mehr wahr? Dafern man nur glaubt, da sieht man in allem den, so man sehen will. Braucht's einen Gott? Mir genügt, wenn's mir gefällt, ein Stück Holz, um darin ihn und meinen Glauben unterzubringen. An jenem Tag tat ein Herzog not, und man fand ihn.

Vor den gesenkten Bannern zog der Herzog vorüber. Dieweil die Wies sein eigen war, betrat er sie. Und wir gaben ihm zur Ehre insgesamt mit flatternden Fahnen, mit klingendem Spiel, mit Pfeifen, Dudelsack und dem heiligen Sakrament das Geleit. Wer hätte das mißbilligen können? Nur ein schlechter Untertan des Herzogs, nur ein grämlicher Gesell. Mit sauersüßer Mien blieb dem Hauptmann nichts anderes übrig, als es gutzuheißen. Er hatte nur die Wahl, den Herzog festzunehmen oder sich dem

Gefolge anzuschließen. Und so folgte er dann unseren Schritten.

Alles war im besten Gange, als man kurz vor dem Hafen schier noch gestrandet wäre. Am Eingang geriet Sankt Eleusius mit Sankt Nikolaus aneinand, und der heilige Joseph zankte sich mit seiner Schwieger herum. Jedweder wollte ohn Ansehung des Alters, der Rücksicht und der Höflichkeit als erster voranschreiten. Und da wir am selbigen Tag männiglich kampfbereit und in kriegerischer Laune ausgezogen waren, juckte es uns allen in den Fäusten. Ich, der ich meinem Namen zufolge Sankt Nikolaus angehöre, meinem Beruf nach dem heiligen Joseph und der heiligen Anna, meines Milchbruders Sankt Vinzentius, des heiligen Traubenschluckers, nicht zu vergessen, ich, der ich für alle Heiligen bin, dafern sie für mich sind, entdeckte glücklicherweis einen von der Weinlese kommenden Wagen, der die Straße daherfuhr, und daneben, hin und her schwankend, meinen Zechgenossen Gambi, und ich schrie: «Freunde, unter uns ist keiner der erste! Umarmen wir einand! Hier kommt der, vor dem wir alle gleich sind. Unser einziger Gebieter (nach dem Herzog, das versteht sich). Er ist da. Er sei gegrüßt! Ehre dem Bacchus!»

Und indem ich meinen Gambi beim Arsch packe, ziehe ich ihn auf den Wagen, allwo er ausrutscht und Hals über Kopf in ein Faß ausgepreßter Trauben hineinfällt. Dann ergreife ich die Zügel, und wir gelangen als die ersten auf die Grafenwiese. Bacchus, seine Grundfeste in den Saft des Fasses getaucht, das Haupt von Weinlaub umrankt, strampelt lachend mit den Beinen. Alle männlichen und weiblichen Heiligen folgen Arm in Arm tanzend hinter dem Hintern des triumphierenden Bacchus. Auf dem grünen Rasen war's herrlich! Da tanzte man, aß, spielte, lagerte all den Tag über um diesen unseren guten Herzog herum... Und des folgenden Morgens sah die Wiese gleichwie ein Saustall aus. Keine Spur von Rasen mehr. Unsere Sohlen hatten auf dem weichen Boden ihre Inschriften hinterlassen und zeugten von dem Eifer, mit dem die Stadt den Durchlauchtigsten Herrn Herzog gefeiert hätt. Mich bedünket, er war des wohl zufrieden. Und, potz Donner!, wir waren es gleichermaßen. Wohl hielt des folgenden Tages der Prokurator es für ziemlich, wann er zurückkehrte, sich zu entrüsten, Einspruch zu erheben, zu drohen. Er tat nichts dergleichen, er hütete sich. Ja, richtig, er eröffnete ein Verhör; aber er trug Sorge, es mitnichten abzuschließen: es ist besser, sich einen Ausweg offenzulassen. Niemandem lag daran, etwas festzustellen.

Solcherweis zeigten wir, daß die Clamecyer gleicherzeit gehorsame Untertanen ihres Herzogs und Königs sein können und desohngeachtet alles nach ihrem eigenen Kopf zu machen vermögen: der ist von Holz. Und dieser nunmehr erbrachte Beweis ließ den Frohsinn in der geprüften Stadt wieder auferstehen. Man lebte wieder auf. Mit zwinkernden Augen redete man einand an, umarmte sich lachend und dachte:

Unser Sack mit Narrenpossen ist noch nicht leer. Das Beste haben sie uns nicht geraubt. Alles steht vortrefflich.

Und all unser Mißgeschick war vergessen.

Anderer Leute Haus

Oktober

Ich habe am End einen Entschluss wegen des Unterkommens fassen müssen. Solang ich konnte, habe ich gezögert. Man tritt zurück, auf daß man besser springe. Seit ich zum Heim nur noch einen Aschenhaufen hatte, habe ich den einen Tag hier, den andern dorten kampiert; einmalen bei diesem, zum andermalen bei jenem Freund. Es mangelte nicht der Leute, die mich vorläufig eine Nacht oder zwei bei sich behalten wollten. Alsolang die Erinnerung an die gemeinsame Gefahr auf uns lastete, da war man noch eine Herde, und jedweder fühlte sich bei dem anderen zu Haus. Indes, das konnte mitnichten so weitergehen. Die Gefahr war im Abzug. Jedweder zog seinen Leib in sein Schneckenhaus zurück, ausgenommen die, so keinen Leib mehr hatten, und ich, der nimmer ein Gehäuse hätt. Im Gasthaus konnte ich mich nicht einquartieren. Ich habe zween Söhne und eine Tochter, die Bürger von Clamecy sind; die hätten es mir nicht erlaubt. Nicht etwan, daß die beiden Buben in ihrer Liebe sonderlich gelitten hätten! Aber was hätten die Leut dazu gesagt...! Sie hatten's jedoch nicht eilig, mich aufzunehmen, und auch mir pressierte es mitnichten. Mein Freimut paßt schlecht zu ihrer Frömmelei. Welcher von beiden sollte sich opfern? Die armen Burschen! Sie waren akkurat in der gleichen Verlegenheit denn ich selbsten. Zum Glück für sie ist Martine, das wackere Mädchen, da, und sie liebt mich, so bedünkt mich, wahrhaftiglich. Sie beanspruchte mich um jeden Preis. Wohl. Aber da war noch ein Eidam. Er hatte keinerlei Grund, das begreife ich wohl, mich bei sich haben zu wollen. Also gingen sie mit scheelen Augen männiglich umeinand und um mich herum. Und ich floh sie; mir war, als sollte mein alter Leib versteigert werden.

Für den Augenblick hatte ich meine Herberge in meiner Weinberghütte auf dem Abhang von Beaumont aufgeschlagen; dorten, wo ich alter Sünder im Juli die Nacht mit der Pest durchgebracht hatte. Denn der Hauptspaß von der Geschichte war, daß diese Stumpfböcke der allgemeinen Gesundheit wegen mein unberührtes Haus verbrannt, aber die Kate, durch die der Tod geschritten war, heil und ganz gelassen hatten. Ich, der ich den Knochenmann nimmer fürchte, war wohl zufrieden, die Hütte mit dem gestampften Fußboden, auf dem die Flaschen vom Leichenschmaus noch herumlagen, wiederzufinden. Um es freiheraus zu sagen: ich wußte wohl, daß ich niemalen den Winter in diesem Loch könnte verbringen, das eine ausgehängte Tür hatte, zerbrochene Scheiben und ein Dach, dadurch das Wolkenwasser wie durch ein Käsesieb tropfte. Aber heute regnete es nicht, und morgen würde Zeit genug sein, an morgen zu denken. Ich mag mich nicht gern um einer ungewissen Zukunft willen quälen, und überdies, wann ich eine Frage nicht zu meiner Zufriedenheit lösen kann, da brauche ich das Mittel, die Angelegenheit auf die andere Woche zu verschieden. «Wozu taugt das?» sagt man mir. «Die Pille muß wohl oder übel geschluckt werden.» – «Wollen sehen», erwidere ich. «Wer weiß, ob in acht Tagen die Welt noch steht! Wenn ich sie nun schlucke und die Trompeten des Jüngsten Gerichts würden zu tönen beginnen, wie wollte ich mich da ärgern, daß ich mich so beeilt hätt! Schiebe das Glück niemalen um eine einzige Stunde auf, mein Freund! Das Glück muß frisch getrunken werden. Aber das Üble kann warten. Wird solche Flasche schal, dann ist sie nur bekömmlicher.»

Also wartete ich, oder besser, ich ließ den lästigen Entschluß, so ich doch eines Tages mußte fassen, warten. Und auf daß bis dahin nichts nicht käme, mich zu stören, riegelte ich meine Tür ab und verschanzte mich. Meine Gedanken drückten mich nicht schwer. Ich grub meinen Garten um, harkte die Wege, bedeckte die junge Saat mit gefallenen Blättern, schützte die Artischockenbeete und verband den verwundeten Bäumen ihr Weh; kurzum, ich machte Frau Erde, so im Begriff war, sich unter ihrem winterlichen Daunenbett zur Ruhe zu legen, die Nachttoilette. Darnach kostete ich, um mich bezahlt zu machen, eine kleine rot und gelb gefleckte Butterbirne, die am Baum vergessen worden war. Gott, wie köstlich ist es, sie zergehen zu lassen und aus dem vollen Mund den duftenden Saft die Kehle entlang talauf, talab tief hinabgleiten zu fühlen! In die Stadt begab ich mich nur, um meinen Vorrat aufzufrischen (darunter verstehe ich mitnichten nur das Trinken und das Essen, sondern auch die Neuigkeiten). Meinem Nachwuchs zu begegnen, vermied ich. Ich hatte ihnen eingeredet, ich sei auf der Reise. Ich will nicht schwören, ob sie's glaubten; indes, als respektvolle Söhne wollten sie mich mitnichten Lügen strafen. Dieserart war's, als spielten wir Verstecken wie die kleinen Burschen, die sich zuschreien: «Wolf, wo bist du?» Und so hätten wir noch geraume Zeit, auf daß wir das Spiel fortsetzten, antworten können: «Der Wolf ist nicht da.» Wir rechneten ohne Martine. Wann eine Frau im Spiel ist, da wird alleweil gemogelt. Martine ward mißtrauisch. Martine kannte mich; Martine hatte in Bälde meine List ausgekundschaftet. Sie läßt mit dem, was man sich zwischen Vater und Kind, Brüdern und Schwestern schuldet, nicht spaßen.

Eines Abends, als ich aus der Hütte heraustrat, sah ich sie den Weg heraufkommen. Ich trat zurück und schloß die Tür. Dann kauerte ich mich in eine Ecke und rührte mich nicht mehr. Sie kam, klopfte an, rief, trommelte gegen die Tür. Ich blieb still wie ein totes Blatt. Ich hielt den Atem an (just da wurde ich von einem Hustenreiz gepackt). Sie rief, ohn abzulassen: «Willst du wohl öffnen! Ich weiß, du bist da.»

Und mit der Faust und den Holzschuhen hämmerte sie auf die Tür los. Ich dachte: Die wackere Dirn! Gibt die Tür nach, stehe ich mitnichten groß da; und ich war schon willens zu öffnen, um ihr einen Kuß zu geben. Indes, das gehörte nicht zum Spiel. Und wann ich spiele, da will ich alleweil gewinnen. Ich blieb dickköpfig. Martine rief noch eine Weil, am End gab sie's auf. Ich hörte, wie sie sich zögernd entfernte. Ich verließ mein Versteck und begann zu lachen. Und vor lauter Lachen und Husten erstickte ich schier. Halbtot hatte ich mich gelacht und trocknete mir just die Augen, als ich hinter mir von der Mauer herab eine Stimme vernahm, die sagte: «Schämst du dich nicht?»

Nicht viel, da wäre ich umgefallen. Ich sprang auf, wandte den Kopf und sah, an die Mauer geklammert, Martine, die mich anschaute. Mit strengen Augen sagte sie: «Alter Possenreißer! Jetzo hab ich dich.»

Verdutzt gab ich's zu: «Ich bin gefangen.»

Darauf brachen wir beide in ein schallend Gelächter aus. Beschämt ging ich öffnen; gleich einem Cäsar hielt sie ihren Einzug, pflanzte sich vor mir auf, faßte mich beim Bart und sagte: «Bitte um Verzeihung.»

Ich sagte: «Mea culpa.» (Aber es war just wie in der Beichte: man nimmt sich vor, morgigen Tags es wieder zu tun.)

Sie hielt mich noch immer am Kinnbart fest, zog daran und grollte.

«Eine Schande ist's! So ein Graukopf, einen weißen Schwanz am Kinn, und nicht mehrer Verstand im Hirnkasten denn ein neugeboren Kind!»

Zwei, drei Malen zog sie ihn gleich einer Glocke nach links, nach rechts, nach oben, nach unten. Dann gab sie mir auf beide Wangen einen Klaps und küßte mich.

«Warum bist du nicht gekommen, du schlechter Kerl?» sagte sie. «Du arger Wicht weißt doch, daß ich dich erwartet habe!»

«Mein Töchterlein», meinte ich, «ich werde dir alles erklären...»

«Das kannst du bei mir tun. Los, vorwärts marsch!»

«Ja, aber ich bin noch nicht bereit! Laß mich meine Siebensachen zusammenpacken.»

«Deine Siebensachen! Herr des Himmels! Ich werde sie dir packen helfen.»

Sie warf mir meinen alten Umhang über den Rücken, stülpte mir meinen abgeschabten Filzhut auf den Kopf, wickelte mich ein, schüttelte mich und sagte: «Nun ist's soweit! Jetzo aber los!»

«Einen Augenblick!» meinte ich noch. Ich setzte mich auf einer Stufe nieder.

«Wie?» rief sie entrüstet. «Willst du dich etwan sträuben? Willst du nicht zu mir kommen?»

«Ich sträube mich mitnichten», sagte ich. «Ich muß wohl zu dir kommen, dieweil es keinen anderen Ausweg für mich gibt.»

«Ei, du bist ja sehr freundlich», sagte sie. «Das ist also deine Liebe!»

«Ich liebe dich von Herzen, mein gutes Kind», erwiderte ich, «von Herzen. Aber mir wäre lieber, dich bei mir zu sehen als mich bei einem anderen.»

«So bin ich also ein anderer!» meinte sie.

«Du bist die Hälfte davon.»

«Nein! Mitnichten!» rief sie. «Weder die Hälfte noch das Viertel. Ich bin ich, ganz und vollkömmlich ich, vom Kopf bis zur Zeh! Ich bin seine Frau – wohl möglich! Aber er ist mein Mann, und ich will, was er will, dafern er will, was ich will. Du kannst geruhig sein: er wird überaus glücklich sein, daß du bei ihm wohnst. Ei, freilich, er soll was erleben, wenn er's nicht wäre!»

Ich sagte: «Ich glaub's wohl! Just wie Herr von Nevers, wenn er seine Besatzung bei uns einquartiert. Ich habe gar viele bei mir aufgenommen, aber ich bin nicht gewohnt, euch aufnehmen zu lassen.»

«Du wirst es lernen. Keine Widerrede! Gehen wir.»

«Nun wohl. Aber unter einer Bedingung.»

«Schon Bedingungen? Du lernst es rasch.»

«Ich will, daß man mich gemäß meinem Wunsch unterbringt.»

«Ich merke wohl, du willst den Tyrannen spielen. Gut, gut; sei's drum.»

«Du schwörst es?»

«Ich schwöre.»

«Und dann ...»

«Nun ist's aber genug, du Schwätzer. Willst du jetzt wohl gehen?»

Sie packte mich beim Arm. Potz Donner, welche Kneifzange! Ich muß wohl oder übel mit.

In der Wohnung angelangt, zeigte sie mir das Zimmer, so sie mir bestimmt hätt: im Hinterladen; trefflich warm und unter ihren Fittichen. Das gute Mädchen verfuhr mit mir gleichwie mit einem Kind an der Mutterbrust. Das Bett war bereitet: mit feinen Daunen und frisch bezogen. Und in einem Glas auf dem Tisch ein Strauß Heidekraut. Innerlich lachte ich ergötzt und gerührt; und zum Dank nahm ich mir vor: Ich werd sie in Zorn bringen, die brave Martine. Also erklärte ich ihr bündig: «Das ist mir nicht zupaß.»

Verletzt zeigte sie mir die anderen Stuben im Erdgeschoß. Ich wollte keine von ihnen, und meine Wahl fiel auf einen kleinen Mansardenverschlag unterm Dach. Sie erhob groß Lärmens; ich aber sagte zu ihr: «Wie dir's beliebt, mein schönes Kind. Du hast die Wahl: entweder ich richte mich hier ein oder ich gehe in meine Weinberghütte zurück.»

Da mußte sie wohl nachgeben. Aber nun kam sie tagtäglich und zu jedweder Stunde auf die Angelegenheit zurück.

«Du kannst da nicht bleiben. Unten hättest du's besser; sag doch, was dir mißfällt; nun sag doch endlich, du Dickkopf, warum willst du nicht?»

Ich antwortete pfiffig: «Weil ich nicht will.»

«Du machst mich rasend!» schrie sie voll Zorn. «Aber ich weiß wohl, warum… Hochmut! Du Hochmütiger, der von seinen Kindern nichts annehmen will. Von mir nicht! Von mir! Ich könnte dich schlagen!»

«Solcherweis», meinte ich, «würdest du mich zumindest zwingen, Kopfnüsse von dir einzustecken.»

«Geh, du hast kein Herz!»

«Mein Töchterlein!»

«Ei freilich, spiel nur den Sanften! Weg mit den Pfoten, du Schlimmer!»

«Mein großes Mädchen, mein süß Herzelein! Mein Liebchen, meine Allerschönste!»

«Willst du mir jetzt gar den Hof machen? Du Honigschnabel! Du Schmeichler! Du Süßholzraspler! Du Lügner! Hast du mich noch nicht genug ausgelacht mit deinem langen, schiefen Mund?»

«Schau mich an, auch du lachst ja!»

«Nein!»

«Du lachst!»

«Nein! Nein! Nein!»

«Ich sehe es ja!»

Und ich drückte meine Finger auf ihre Wangen, so von Lachen geschwellt waren und losplatzten.

«Das ist wahrlich zu dumm», sagte sie, «ich bin erbost auf dich, ich hasse dich und habe nicht einmalen das Recht, zornig zu sein! Dieser alte Aff bringt mich wider Willen mit seinen Fratzen zum Lachen! Geh nur, geh. Ich mag dich nicht leiden. Ein armseliger, zugrunde gerichteter Kerl, der seinen Kindern genüber den Stolzen, den König spielen will! Du hast kein Recht dazu.»

«Es ist das alleinige Recht, so mir bleibt.»

Sie sagte mir noch etliche spitze Worte, und ich diente ihr mit gleich scharfen. Wir haben alle beid feingeschliffene Zungen, wir wetzen die Worte auf der Messerschleife. Zum Glück sagt sie oder ich just im Augenblick, da wir am zornigsten aufeinander sind, irgendein trefflich drollig Wort; dann lachen wir, das läßt sich nicht verhindern. Und wir müssen von vorn beginnen.

Nachdem sie ihren Zungenschwengel tät lang genug hin und her schwenken (ich hörte schon geraume Zeit nicht mehr zu), sagte ich ihr: «Machen wir Feierabend. Des morgigen Tags kann's wieder losgehen.»

Sie sagte: «Guten Abend! Du willst also wahrhaftiglich nicht?»

Mein Mund blieb verschlossen.

«Du Hochmut!» sagte sie noch einmalen.

«Hör, Liebling. Ich bin ein hochmütiger Kerl, ein Pfau, alles, was du willst. Aber sag mir freimütig: Was würdest du tun, so du an meinem Platz wärest?»

Sie dachte nach und sagte: «Ich wollt's gleicherweis machen.»

«Da siehst du wohl. Daraufhin gib mir einen Kuß, und nun: Gute Nacht!»

Sie küßte mich verdrießlich, ging davon und brummte: «Das ist ein Unglück, wenn man vom Himmel zween solcher Dickköpfe in die Familie bekommen hat!»

«So ist's recht», meinte ich, «beklage dich beim Himmel, meine Teure, und nicht bei mir.»

«Ich werd's tun», sagte sie, «aber du wirst auch dein Teil bekommen.»

Und ich bekam's. Des folgenden Morgens begann sie von neuem. Wie's dem Himmel erging, solches weiß ich nicht. Ich aber hatte nichts zu lachen.

Die ersten Tage saß ich wie der Vogel im Hanfsamen. Jedweder verhätschelte und verwöhnte mich. Florimond selbsten war voller kleiner Aufmerksamkeiten und erwies mir mehr Ehre, denn mir not tat. Martine paßte ihm auf und war um meinetwillen mißtrauischer denn ich selbst. Glodie ergötzte mich mit ihrem Geplauder. Ich hatte den besten Stuhl, bei Tisch reichte man mir als erstem die Schüssel; wollt ich sprechen, da hörte man mir zu. Es ging mir überaus gut, überaus gut... Uff! Ich konnt's nimmer aushalten. Ich war ohn Behagen; ich konnt nimmer ruhig sitzen; wohl zwanzigmal in einer Stunde ging ich meine Bodentreppe hinunter, hinauf und wieder hinunter. Jedermann ward davon halb närrisch. Martine, die mitnichten geduldig ist, fuhr stumm und erregt zusammen, alsobald sie meinen Schritt krachen hörte. Wär's zumindest Sommer gewesen, da wär ich in den Feldern umhergestreift. Ich streifte wohl herum, aber in der Wohnung. Der Herbst war eisig; dicke Nebel lagerten auf den Wiesen; und der Regen fiel und fiel Tag und Nacht. Ich war an meinen Platz gebannt. Und dieser Platz, Gott verdamm mich, war nicht der meine! Der arme Florimond hatte einen törichten, aber anmaßenden Geschmack; Martine ließ es gehen, mich aber ärgerte alles im Haus, jedwedes Möbel, jedwedes Ding; ich litt darunter; in meinen Fingern juckte es, alles zu ändern, umzuformen, oder umzustellen. Aber der, dem's gehörte, paßte auf: alsobald ich nur mit der Fingerspitze einen seiner Schätze berührte, da gab's eine Aufregung! Da war insonderheit im Speisezimmer eine Wasserkanne, die war mit zwei sich schnäbelnden Tauben geziert und mit einer Jungfer, so mit ihrem faden Liebhaber schöntat. Mir ward ganz übel davon; ich bat Florimond, sie zumindest vom Tisch zu nehmen, wann ich aß. Die Bissen blieben mir im Schlund stecken, ich erstickte schier. Aber der Kerl weigerte sich (das war sein Recht). Er war stolz auf sein Marzipan; solch ein überladen Stück war für ihn das größte Kunstwerk. Und meine Grimassen verlustierten das ganze Haus.

Was tun? Über mich selbst lachen; ich war töricht, das ist gewiß. Aber des Nachts drehte ich mich in meinem Bett um und um, gleichwie ein Kotelett, dieweil auf dem Rost, will sagen auf mein Dach, der Regen unaufhörlich tropfte. Und dazu wagte ich nicht, auf meinem Boden hin und her zu spazieren, sintemalen er unter meinen schweren Schritten erzitterte. Am End, als ich einmal nachdenkend mit nackten Beinen auf meinem Bett saß, sagte ich mir: Mein lieber Colas Breugnon! Wohl weiß ich nicht, wie und wann, aber ich werd mein Haus wieder aufbauen. – Von diesem Augenblick an ward ich frohgemuter: ich hatte einen heimlichen Plan. Ich hütete mich weislich, meinen Kindern davon zu sprechen: sie hätten mir geantwortet, die einzige Behausung, die für mich gut sei, sei das Tollhaus. Wo aber das Geld hernehmen? Seit den Tagen des Orpheus und des Amphion tanzen die Steine nicht mehr heran, helfen einand nicht mehr Mauern und Häuser aufführen, es sei denn beim Klang der Geldkatze. Die meine hatte ihren Klang, der niemalen sonderlich schön war, verloren.

Ohn Zögern nahm ich zu der von Freund Paillard Zuflucht. Wohl hatte sie mir der wackere Mann, um die Wahrheit zu gestehen, mitnichten angeboten. Aber gleichweis wie es mir eine Vergnügung ist, einen Freund um eine Gefälligkeit zu bitten, glaube ich, daß es für ihn ebenso eine sein wird, sie zu erweisen. Ich nutzte einen Augenblick, da es sich aufklärte, und ging nach Dornecy. Der Himmel hing schwer und grau, der Wind strich feucht und müde vorbei gleichwie ein großer, durchnäßter Vogel. Die Erde klebte einem an den Füßen; und die gelben Blätter der Nußbäume rieselten auf die Felder herab. Bei den ersten Worten, so ich sagte, unterbrach mich Paillard beunruhigt, indem er über die schlechten Geschäfte, über ausstehende Zahlungen, Geldmangel, böswillige Kunden jammerte, und dies so lang und breit, daß ich zu ihm sagte: «Wohl, wohl, Paillard, soll ich dir einen Heller leihen?»

Ich war verkrumpelt. Er war's noch mehr. Und wir maulten miteinand, dieweil wir mit eisiger Mien über dies und jenes sprachen, ich zornmütig und er beschämt. Ihm tat sein Geiz leid. Der arme Alte ist kein schlechter Kerl; er mag mich gern, das weiß ich; potz Herrgott, er hätte nichts lieber getan, als mir sein Geld zu geben, wann's ihn nur nichts gekostet hätt! Und selbst bei einigem Drängen hätte ich von ihm erlangt, was ich wollte; es ist nicht seine Schuld, so er in seiner Haut drei Generationen von Wucherern umherträgt. Ohn Zweifel kann man ein wackerer Bürger sein und freigebig dabei: ab und an kommt das vor, oder es ist vorgekommen, wie man sagt. Jedweder gute Bürger aber wird fürs erste, wann man an seine Börse rühren will, mit Nein antworten. Freund Paillard hätte in diesem selbigen Augenblick mancherlei darum gegeben, ja sagen zu können; dazu aber hätte ich ihm von neuem entgegenkommen müssen. Ich hütete mich jedoch. Ich habe meinen Stolz: wann ich meinen Freund um ein Ding bitte, da glaube ich ihm eine große Vergnügung zu bereiten, und so er zögert, da will ich nimmer. Um so schlimmer für ihn! Also sprachen wir von anderen Dingen, doch in verdrießlichem Ton und schweren Herzens. Ich lehnte ab, bei ihm zu frühstücken (das betrübte ihn tief). Ich stand auf. Mit gesenktem Kopf begleitete er mich bis zur Schwelle; aber im Augenblick, da ich die Tür öffnen wollt, hielt ich's nimmer aus: ich legte meinen Arm um seinen alten Hals, und ohn ein Wort küßte ich ihn. Er gab mir den Kuß gar herzlich zurück. Schüchtern fragte er: «Colas, lieber Colas, willst du…»

Ich wehrte ab.

«Reden wir nicht mehr davon.»

(Ich bin ein Dickkopf.)

«Colas», fing er noch einmal mit beschämter Mien an, «bleib zumindest zum Frühstück.»

«Das ist ein ander Ding», sagte ich. «Wohl, mein guter Paillard, frühstücken wir.»

Wir aßen für vier; aber ich blieb unerbittlich und gab meinen Entschluß nicht auf. Wohl weiß ich, daß ich solcherart am meisten gestraft war. Er aber war es auch.

Ich kehrte nach Clamecy zurück. Nunmehr galt's, meine Behausung ohn Arbeiter und ohn Geld wieder aufzubauen. Ich ließ mich desohngeachtet nicht abschrecken. Was ich mir einmal in den Schädel gesetzt habe, das läuft, bei Gott, nimmer davon. Ich begann damit, den Schauplatz des Brandes fürsorglich abzusuchen, indem daß ich alles, was noch irgend dienen konnte, als beschädigte Balken, geschwärzte Ziegel, alte Schlösser, die vier wackligen Mauern, die schwarz waren gleich einem Kaminfegerkäppchen, in Augenschein nahm. Alsdann ging ich in aller Heimlichkeit nach Chevroches in die Steinbrüche, um mich über die Knochen der Erde herzumachen, über den schönen Stein, der da aussieht, als sei er warm und bluterfüllt, und darein man Ströme sieht als wie von geronnenem Blut. Und dann kann's auch geschehen sein, das ist wohl möglich, daß ich auf meinem Weg quer durch den Wald hie und da irgendeiner alten Eiche, so schon am End ihrer Laufbahn war angelangt, zur ewigen Ruhe verholfen habe. Mag sein, daß das nicht erlaubt war. Doch dafern man niemalen tät, als was erlaubt ist, da wäre das Leben allzu schwer. Die Wälder gehören der Stadt, damit man sie nutze. Man nutzt sie, jedweder ohn groß Lärmens, das versteht sich. Und man ist nicht unmäßig, man denkt: Nach mir die andern! Das Nehmen war ein Geringes, aber nun galt's auch fortschleppen. Dank der Nachbarn kam ich damit zustand. Der eine lieh mir seinen Wagen, der andere seine Ochsen oder sein Werkzeug oder noch lieber seine Hilfe, dieweil das nichts kostet. Man kann von seinem Nächsten alles, selbst sein Weib verlangen, nur nicht, daß er sein Geld hergebe. Ich begreife das: Geld bedeutet alles das, was man dafür *haben kann*, dafür *haben wird*, dafür *haben könnte* – alles, was man erträumt; das übrige *hat man*: also hat man's kaum.

Des Tags, an dem wir, ich und mein Freund Robinet, genannt Binet, schließlich konnten beginnen, die ersten Gerüste aufzuschlagen, da trat der Frost ein. Man schalt mich einen Narren. Meine Kinder machten mir jedweden Tag einen Auftritt; und die Wohlwollendsten rieten mir, zumindest bis zum Frühjahr zu warten. Aber ich hörte auf nichts. Nichts ist mir ein so trefflicher Spaß, als die Leute und die Obrigkeit rasend zu machen. Ei, ich wußte gar wohl, daß ich nicht gänzlich allein, und dazu im Winter, ein Haus bauen konnte! Aber mir genügte eine Hütte, ein Dach, ein Kaninchenstall. Wohl bin ich gesellig, aber unter der Bedingung, daß ich es sein oder nicht sein kann, wann mir's beliebt. Ich bin ein Schwätzer, ich mag gern mit anderen plaudern, wohl, wohl; aber ich will zu Stunden auch mit meinem Ich alleinig plaudern können: von allen meinen Genossen ist dies doch der beste, mir liegt an ihm, und um ihn wiederzufinden, würde ich sonder Schuh und sonder Hos unterm eisigen Nordwind gehen. Nur auf daß ich mit mir nach meinem Belieben könnte Unterhaltung pflegen, derhalben versteifte ich mich darauf, ohngeachtet allem, was man darüber sagte, und der guten Lehren meiner Kinder spottend, mein Haus zu bauen.

Aber ach, ich war nicht der, so zuletzt lachte... Eines Morgens zu End Oktober, da die Stadt sich in Reif hüllte und auf dem Pflaster der Silberschaum des Glatteises glitzerte, glitt ich, dieweil ich mein Gerüst bestieg, auf einer Stange aus, und plumps, lag ich unten, schneller, als ich hinaufgekommen war. Binet schrie: «Er hat sich zu Tod gefallen!»

Man lief herzu, mich aufzuheben. Ich ärgerte mich. Ich sagte: «Laßt doch, ich hab's mit Willen getan!»

Ich wollte allein aufstehen. O weh, der Knöchel! Das arme Knöchelein! Ich fiel wieder zurück. Der Fußknöchel war gebrochen. Auf einer Bahre trug man mich davon. Martine lief herzu und machte groß Geschrei; und die Nachbarinnen begleiteten mich, jammerten und beredeten das Ereignis; wir sahen aus gleichwie ein Heiligenbild: der Gottessohn, so man ins Grab legt. Und die Marien sparten nicht an Geschrei, an Gefuchtel und an Gelauf. Sie hätten einen Toten wieder auferweckt. Ich war's mitnichten, aber ich spielte einen: es war das beste Mittel, mich vor diesem Sturzbad zu schützen. Und mit sanfter Miene, regungslos, mit zurückgelehntem Kopf und den Bart spitz nach oben gereckt, spielte ich still meine Rolle, dieweil ich innerlich raste...

Plutarch-Lektüre

Ende Oktober

Da liege ich nun, und der Huf hält mich fest. Just der Huf! Guter Gott, konntest du mir nicht, so es dich verlustierte, eine Rippe oder eine Pfote brechen und mir meine Läufe lassen? Wohl hätt ich nicht minder darob gejammert, hätt aber doch nicht zu Boden geworfen gejammert. Ach, der Elende, der verfluchte Kerl! (Sein heiliger Name sei gelobet!) Man sollte schier vermeinen, er trachte nur darnach, einen zur Raserei zu bringen. Er weiß gar wohl, lieber als alle Güter dieser Erde, lieber als Arbeit, Wohlleben, Liebe, Freundschaft ist sie mir, so ich mir selbsten eroberte, die Tochter – nicht der Götter, sondern der Menschen: meine Freiheit. Derhalben hat er mich (wie mag er jetzo lachen, der Schalk!) auf meinem Hundelager mit dem Fuß angebunden, und da betrachte ich nun, wie ein Käfer auf dem Rücken liegend, die Spinnengewebe und die Balken der Bodenkammer. Das ist nunmehr meine Freiheit... Wohl, wohl, noch aber hast du mich mitnichten vollkömmlich, alter Knabe. Feßle meinen Leib, binde, umwickle, umschnüre mich, nur zu, noch einmalen herum, gleichwie man bei den Hühnern tut, so man am Spieß bratet! Nun, hast du mich jetzo fest? Und der Geist, wie steht's damit? Ätsch, der ist mit meiner Phantasia davongeflogen! Fang ihn doch! Da mußt du Beine machen. Gevatterin Phantasia hat nicht den Knöchel gebrochen. Vorwärts, lauf, Freundchen!

Ich muß gestehen, daß ich fürs erste schlimmer Laune war. Dieweil mir die Zunge geblieben, nutzte ich sie, um zu fluchen. In jenen Tagen tat's nicht gut, mir in die Nähe zu kommen. Dabei wußte ich sehr wohl, daß nur ich selbsten an meinem Fall schuld sei. O je, ich wußte es nur allzu gut. Alle, die mich besuchten, bliesen mir die Ohren davon voll.

«Hat man's dir nicht zuvor gesagt? Was tat dir not, einer Katze gleich herumzuklettern? Ein Graukopf in deinem Alter! Man hat dich gewarnt. Aber du willst niemals hören. Ewiglich mußt du herumlaufen. Wohlan, lauf nur auch jetzo! Du hast dir's wohl verdient...»

Ein schöner Trost! Wann es dir schlecht geht, da mühen sie sich zu deiner Aufmunterung, dir obendrein zu beweisen, daß du ein Esel seist! Martine, mein Eidam, Freunde, Gleichgültige, alle, so mich besuchen kamen, hatten sich schier verabredet. Und ich, der ich in der Falle saß, mich nicht rühren konnte und vor Wut platzte, mußte ihre Vorwürfe über mich ergehen lassen. Ja, selbst dieser Dreikäsehoch von Glodie tat mit und sagte mir: «Du bist nicht artig gewesen, Großvater, es geschieht dir ganz recht.»

Ich warf meine Mütze nach ihr und schrie: «Mach, daß du wegkommst!»

Da blieb ich denn alleinig, und das war nicht ergötzlicher. Martine, das gute Kind, bestand darauf, daß man mein Bett unten im Hinterladen aufschlagen solle. Aber ich (ich gestehe, im Grund, da wär ich recht froh darob gewesen), habe ich einmalen nein gesagt, potz Kuckuck, da bleibt's beim Nein! Und dann mag man sich, wenn man hilflos ist, nicht gern vor den Leuten sehen lassen. Martine kam ohn Unterlaß auf die Sache zurück, quälend, wie Fliegen und Weiber sind. Hätte sie nicht gar soviel geredet, da hätte ich, so bedünkt's mich, nachgegeben. Aber sie zeigte allzuviel Eigensinn: hätt ich nachgegeben, da hätt sie von früh bis spät ihren Sieg ausposaunt. Ich schickte sie ihrer Wege. Und die ging sie wie jedermann, mich ausgenommen natürlich; mich überließ man meiner Langeweile da droben in meiner Bodenkammer. Beklage dich nicht, Colas, du hast es so gewollt!

Aber den rechten Grund, den wahrhaftigen, um deswillen ich mich so hartnäckig sträubte, den sagte ich nicht. Wann man nicht mehr bei sich zu Hause ist, wann man bei den anderen lebt, fürchtet man zu stören. Man will ihnen nichts schulden. Doch das ist eine schlechte Rechnung, so man sich beliebt machen will. Sich vergessen machen ist die ärgste Dummheit, so man begehn kann... Man vergaß mich gar leichtlich. Man sah mich nimmer. Man besuchte mich nimmer. Glodie gar verließ mich. Ich hörte sie unten lachen. Und ich freute mich, wann ich sie hörte; aber ich seufzte auch, denn ich hätte gar gern gewußt, weshalb sie lachte... Die Undankbare! Ich machte ihr Vorwürfe, und ich dachte dabei, daß ich an ihrer Stelle es akkurat so getan hätte... Sei fröhlich, mein Herzblatt! Man muß halt, so man sich nimmer rühren kann, wohl oder übel ein weniges den Hiob spielen, so auf seinem Misthaufen fluchte.

Eines Tages, da ich verdrießlich auf dem meinigen lag, erschien Paillard. Meiner Treu, ich empfing ihn nicht allzugut. Da saß er vor mir am Fuß des Bettes. Fürsorglich hielt er ein eingewickelt Buch in der Hand. Er versuchte eine Unterhaltung und berührte ohn Erfolg diesen und jenen Gegenstand. Ich drehte jedwedem mit einem einzigen Wort und mit zornmütiger Miene den Hals um. Er wußte nicht mehr, was reden, hüstelte und trommelte auf den Rand meines Bettes. Ich bat ihn, solches zu lassen. Nunmehr blieb er stumm und wagte sich nimmer zu rühren. Ich lachte mir ins Fäustchen. Ich dachte:

Mein wackerer Junge, jetzo hast du Gewissensbisse. Hättest du mir das Geld geliehen, das ich erbat, da wär ich nicht gezwungen gewesen, den Maurer zu spielen. Ich habe mir das Bein gebrochen: ätsch, das geschieht dir recht! Denn soweit hat mich dein Geiz gebracht.

Also wagte er nimmer, das Wort an mich zu richten. Ich aber, so mich gleichermaßen zwang, meine Zunge im Zaum zu halten, und doch vor Lust, sie in Bewegung zu setzen, schier starb, platzte endlich los: «Rede doch endlich!» rief ich. «Vermeinest du, du seist an einem Sterbelager? Zum Teufel, man besucht doch die Leute nicht, um den Mund zuzukneifen. Also los, rede, oder mach, daß du fortkommst! Rolle nicht so mit den Augen. Dreh das Buch nicht alleweil herum. Was hast du denn da?»

Der arme Mann stand auf.

«Ich sehe wohl, ich reize deinen Zorn, Colas. So gehe ich denn lieber. Ich hatte dir ein Buch mitgebracht... Es ist ein Plutarch, siehst du, die *Lebensbeschreibungen berühmter Männer* ins Französische übertragen vom Bischof von Auxerre, Herrn Jacques Amyot... Ich dachte...» (er war noch nicht vollkömmlich entschlossen) «...du vermöchtest darin möglicherweis...» (Gott, was wurde es ihm sauer!) «...Vergnügung, Trost wollt ich sagen, in seiner Gesellschaft zu finden...»

Ich, der ich wußte, wie dieser alte Schätzesammler, so seine Bücher noch mehr liebte als seine Gulden, darunter litt, sie zu verborgen (wann man nur eines in seiner Bibliothek berührte, da machte er eine Mien gleichwie ein fassungsloser Liebhaber, der sieht, wie ein alter Haudegen in den Busen seiner Schönen faßt), ich war gerühret über die Größe seines Opfers. Ich sagte: «Mein alter Kamerad, du bist besser denn ich. Ich bin ein wüster Kerl; ich habe dich arg angeschnauzt. Nichts für ungut, komm, gib mir einen Kuß.»

Ich küßte ihn, ich nahm das Buch. Am liebsten hätte er's mir wieder weggenommen.

«Du wirst es trefflich in acht nehmen?»

«Sei unbesorgt», sagte ich, «ich werde es unterm Kopfkissen bergen.»

Er schied ungern und sah nicht allzu beruhigt aus.

Und ich blieb mit Plutarchus von Chäronea zurück, einem dickbäuchigen Bändchen, das mehr dick als lang war und dreizehnhundert enggedruckte, vollgepackte Seiten hatte: man hatte die Worte hineingestopft gleichwie Hafer in einen Sack. Ich sagte mir:

Da ist Futters genug, um drei Esel drei Jahre lang ohn Aufhörens fressen zu lassen.

Vorerst ergötzte ich mich damit, am Anfang eines jeden Kapitels in den runden Medaillons die abgeschnittenen und mit Lorbeerblättern umflochtenen Köpfe jener Berühmtheiten zu betrachten. Es fehlte ihnen nur noch ein Petersilienstengel an der Nase. Ich dachte:

Was sollen mir diese Griechen und Römer? Sie sind tot, mausetot, und wir sind lebendig. Was können sie mir groß erzählen, das ich nicht ebensogut wüßte? Daß der Mensch ein gar böses, aber pläsierliches Tier ist, daß der Wein beim Altern gewinnt, das Weib aber mitnichten und daß in jedwedem Land die Großen die Kleinen fressen und daß, heute oben morgen unten, die Kleinen wiederum die Großen verlachen? Alle diese römischen Großsprecher schwingen männiglich lange Reden. Beredsamkeit ist etwas Gutes; aber ich sage ihnen im voraus, sie werden mitnichten alleinig das Wort führen; ich werde ihnen das Maul schon stopfen...

Darauf blätterte ich mit herablassender Mien in dem Buch und ließ meine gelangweilten Blicke zerstreut aufs Geratewohl herabfallen, gleich einer Angelschnur, die man längs des Flusses auswirft. Aber vom ersten Augenblick an, da war ich gefesselt, Freunde. Liebe Freunde, was ein Fischfang! Der Korken schwamm kaum auf dem Wasser, als er schon niedersank, und was Karpfen, was Hechte zog ich da herfür! Unbekannte Fische, goldige, silbrige, vielfarbig glitzernde, mit Edelsteinen besetzte, die rings um sich einen wahren Funkenregen ausstreuten... Und sie lebten, tanzten, spannten sich, sprangen, bewegten die Kiemen und schlugen mit dem Schwanz! Und da hatt ich vermeint, sie wären tot! Vom selbigen Augenblick an hätte die Welt ringsumher können untergehen, ich hätte nichts gemerkt; ich sah nur auf meine Angelschnur. Wie das anbiß, wie das anbiß! Welch Ungetüm wird diesmal von der Welle herfürsteigen? Und klitsch, klatsch, da fliegt der schöne Fisch am Fadenend, weiß am Bauch und mit einem Schuppenkleid, das glitzert in der Sonne und ist grün gleichwie ein Grashalm oder blau gleichwie eine Pflaume... Die Tage, die ich dergestalt verbrachte (warens Tage oder Wochen?), sind ein Kleinod meines Lebens. Meine Krankheit sei gesegnet!

Und gesegnet auch seien meine Augen, durch die das Wunderbild, so in den Büchern verschlossen ist, in mich einträuft! Meine Zauberaugen, die aus der Stickerei der dicken, enggereihten Zeichen, deren schwarze Herde zwischen den beiden Gräben der Seitenränder einhermarschiert, die vernichteten Heere wieder auferstehen läßt, die zertrümmerten Städte, die großen Redner und die gewaltigen Streiter Roms, die Helden und die Schönen, so sie an der Nase herumführten, den Sturmwind über den Ebenen, das übersonnte Meer, den Himmel des Orients und den ewigen Schnee!

Ich sehe Caesar vorüberziehen, blaß, schmächtig und schlank, in seiner Sänfte ruhend, inmitten der Kriegsknechte, die ihm murrend folgen. Und ich sehe diesen Schlemmer von Antonius, so mit allen seinen Speisevorräten, seinem ganzen Tafelgeschirr, seinen Huren über die Felder zieht und am Rand irgendeines grünen Wäldchens Gelage abhält; der trinkt, es wieder von sich gibt, von neuem trinkt, der acht gebratene Wildschweine zu Mittag verspeist und einen alten salzigen Fisch angelt. Ich sehe den gemessenen Pompejus, der Floras Liebesbiß empfängt, sehe Poliorketes mit seinem großen Hut und seinem goldenen Mantel, darauf das Bild der Welt und die Kreise des Himmels dargestellt sind, und den großen Artaxerxes, so gleich einem Stier über die weiße und schwarze Herde seiner vierhundert Frauen herrscht, und den schönen Alexander, der als Bacchus gekleidet aus Indien zurückkehrt, auf einem von acht Pferden gezogenen, mit frischem Laub und Purpurteppichen bedeckten hohen Gerüst, beim Klang der Geigen, der Pfeifen, der Hoboen, sehe, wie er trinkt und Feste mit seinen Marschällen feiert, die Blumen an den Hüten tragen; und sein Heer folgt ihm zechend nach und die Weiber, die gleich Zicklein springen... Ist das nicht wunderbar? Die Königin Cleopatra, Lamia, die Flötenspielerin, und Statira, die also schön war, daß einem die Augen weh taten, so man sie anschaute: dem Antonius, dem Alexander und dem Artaxerxes zum Trotz sind sie mein, so es mir gefällt, ich genieße ihrer, ich besitze sie. Ich ziehe in Ekbatana ein, ich trinke mit Thais, ich schlafe mit Roxane, ich trage an meinem Hals Cleopatra in Schleier gehüllt davon. Mit dem errötenden, nach Stratonike sich verzehrenden Antiochus entbrenne ich für meine Schwieger (eine merkwürdige Sache!), ich rotte die Gallier aus, ich komme, sehe und siege, und das alles (was mir sehr wohlgefällt), ohne daß es mich einen Tropfen Blut kostet.

Ich bin reich. Jede Geschichte ist eine Galeere, so mir kostbare Metalle, alte Weine in Schläuchen, merkwürdige Tiere, erbeutete Sklaven aus Indien oder wohl auch aus Barbarenland bringt. Die schönen Kerle! Was Brustkasten! Was Rücken! Alles das ist mein! Kaiserreiche entstanden, wuchsen und vergingen zu meinem Ergötzen …

Welch Fastnachtstreiben ist das! Mich dünkt, ich lebe nacheinander in allen diesen Masken. Ich gleite in ihre Haut, ich passe mich ihren Gliedern an, ihren Leidenschaften; und ich tanze. Ich bin gleicherzeit der Tanzmeister, dirigiere die Musik, bin der gute Plutarch selbst; ich, jawohl, ich selbsten habe diese kleinen Schnurren niedergeschrieben (an jenem Tag war ich gut gestimmt; meint ihr nicht also?). Wie schön ist's, zu fühlen, wie die Musik der Worte und der Reigen der Sätze einen frei von allen leiblichen Banden, frei von allem Übel und vom Alter, tanzend und lachend in die Welträume entführet! Der Geist, das ist Gottvater selbst! Der Heilige Geist sei gelobet!

Ab und an halt ich mitten in der Geschichte inne und ersinne die Fortsetzung; darnach vergleiche ich das Werk meiner Phantasie und das, so Leben oder Kunst gebildet haben. Tat es die Kunst, dann ahne ich oft des Rätsels Lösung, denn ich bin ein alter Fuchs, ich kenne alle Schliche, und ich lache mir ins Fäustchen, wenn ich sie ausfindig gemacht habe. Doch habe ich das Leben mir gegenüber, dann gehe ich manchmal fehl. Es schlägt unserer Findigkeit ein Schnippchen, und seine Einfälle sind den unseren bei weitem voraus. Welch toller Schwafler! Nur in einem Punkt läßt es sich wenig kosten, seine Berichte unterschiedlich zu gestalten: das ist das Ende der Geschichte. Ob sich's um Kriege, Liebesdinge, Possen handelt, immer endet's mit einem Kopfsprung in das tiefe Loch, das ihr alle kennt. In solchem Fall wiederholt es sich immer und immer. Es macht's in der Art eines eigenwilligen Kindes, das sein Spielzeug zerbricht, wann es genug davon hat. Ich bin voller Zorn, ich rufe ihm zu: Du arger, grober Wicht, willst du, willst du es mir wohl lassen! – Ich entreiße es seinen Händen... Zu spät! Es ist zerbrochen... Und ich finde gleichwie Glodie einen Trost darin, die Trümmer meiner Puppe im Arm zu wiegen. Und letztlich wirkt dieser Tod, der gleichwie der Stundenschlag einer Uhr bei jedweder Umdrehung des Zeigers erscheint, wie ein schöner Kehrreim. Klingt, ihr Glöcklein, brummt, ihr Glocken, ding, ding, dong!

Ich bin Cyrus, König der Perser, der ganz Asien besiegte, und bitte dich, Freund, neide mir nicht das bißchen Erde, das meinen armen Leib bedeckt...

Ich lese diese Grabschrift noch einmal, Alexandern zur Seite, dessen Leib erbebt, schon im Begriff, entrückt zu werden; denn ihm ist, als vernehme er schon seine eigene Stimme, die aus der Erde emporklingt. O Cyrus, o Alexander, um wie vieles seid ihr mir näher, wann ich euch als Tote schaue!

Schau ich sie, oder träume ich? Ich kneife mich, ich sage: Holla, Colas, schläfst du? Dann nehme ich vom Rand des Tischleins neben meinem Bett die beiden Medaillen (ich hab sie Jahrs zuvor in meinem Weinberg ausgegraben) vom bärtigen, als Herkules gekleideten Commodus und von Crispina Augusta mit ihrem Doppelkinn und ihrer Hakennase. Ich sage: Ich träume mitnichten, meine

Augen sind weit offen. Ich halte Rom unterm Daumen meiner Hand...

Welch Vergnügen, sich in Betrachtungen über sittliche Gedanken zu verlieren, mit sich selbsten zu streiten, alle Fragen der Welt, so die Macht entschieden hat, neu erörtern, den Rubikon überschreiten – nein, an seinen Ufern verbleiben und sich fragen: Soll man, oder soll man nicht hinüber? –, sich mit Brutus schlagen oder wohl auch mit Caesar, seiner Meinung zuneigen und darnach der gegensätzlichen Meinung und solches mit so trefflicher Beredsamkeit und solchem Eifer, daß man am End selbst nicht weiß, mit welcher Partei man's hält! Das ist das ergötzlichste: man wird schier erfüllt von seinem Gegenstand, läßt sich auf Streitigkeiten ein, man beweist, will beweisen, man entgegnet, man repostiert; Leib an Leib, Kopfhieb, hohe Prim, pariere mir diesen Stoß...! Und am End, letztlich, findet man sich aufgespießt – von sich selbsten geschlagen! Darob gerate ich in Harnisch... Plutarch ist schuld daran. Mit seiner gewandten Zunge und seinen gutartigen Mienen, damit er einen «lieber Freund» nennt, erreicht er, daß man alleweil, wahrhaftig alleweil seines Meinens ist; und seiner Meinungen sind so viele, als er Geschichten hat. So geschieht's, daß von allen seinen Helden ich unfehlbar den letzten, von dem ich gelesen, am liebsten mag. So sind sie auch allesamt just wie wir selbsten derselbigen Göttin untertan und vor ihren Siegeswagen gespannt. Was sind die Triumphzüge des Pompejus dagegen? Sie treibt die Geschichte vorwärts. Sie, das heißt Fortuna, deren Rad sich ewig, ewig dreht und niemalen stille steht, die niemalen «im selben Stand verbleibet, sowenig als der Mond», wie der Sophokles Menelaus, der Gehörnte, sagt. Und das ist noch ein trefflicher Trost – zumindest für die, so noch im ersten zunehmenden Viertel sind.

Ab und an sage ich mir: Aber Breugnon, Freund, was, zum Teufel, kann dir in Wahrheit an alldem liegen? Sag mir, was hast du mit den römischen Ruhmestaten zu schaffen? Und noch minder mit den Torheiten dieser großen Streithähne? Du hast mit deinen eigenen genugsam zu tun, und die sind nach deinem Maß zugeschnitten. Wie gar weniges mußt du zu schaffen haben, daß du dich mit den Lastern, dem Elend derer belädst, die seit achtzehnhundert Jahren dahin sind! Denn schließlich, mein Junge (es ist der Herr Breugnon, der vernünftige, sparsame, gescheite Clamecyer Bürger, der nunmehr spricht), du mußt zugeben, daß mein Caesar, dein Antonius und Cleo, ihre Lustdirne, deine persischen Herrscher, die ihre Söhne erdrosseln und ihre Töchter heiraten, großmächtige Nichtsnutze gewesen sind. Sie sind gestorben: etwas Besseres haben sie ihr Leben lang nicht getan. Laß ihrer Asche den Frieden. Wie kann ein Mann von Jahren an derlei Widersinnigkeiten Vergnügen finden? Schau ihn dir ein weniges näher an, deinen Alexander; bäumt's dir nicht das Herz auf, wenn du siehst, wie er, um Hephästion, den schönen Liebling, zu begraben, die Schätze eines Staates vergeudet? Töten geht ja noch an! Menschenkraut ist Unkraut. Aber das Geld in die Winde streuen! Man sieht wohl, daß diese Schurken mitnichten Mühe damit hatten, es wachsen zu lassen. Und solches findest du ergötzlich? Du reißt die Augen auf, bist von stolzer Begeisterung ergriffen, als wären dir diese Gulden aus den Fingern gewachsen! Wären sie da herausgewachsen, so wärest du ein großer Narr. Und ein doppelter bist du, so dir die Narrheiten Freude machen, die andere begangen haben und nicht du.

Ich antworte: Lieber Breugnon, du redest goldene Worte, du hast allweil recht. Das hindert nicht, daß ich mich für diese Hirngespinste verprügeln lassen wollte und daß diese seit zweitausend Jahren fleischlosen Schatten immerhin noch mehr Blut haben als die Lebendigen. Ich kenne sie und liebe sie. Wollte Alexander mich so beweinen, wie er Clitus beweinte, so würde ich fröhlichen Herzens einwilligen, daß er mich tötet. Es schnürt mir das Herz ab, wann ich sehe, wie Caesar sich unter den Dolchen im Todeskampfe windet gleichwie ein von Hunden und Jägern gehetztes Wild. Offenen Munds bleibe ich stehen, so Cleopatra in ihrer goldenen Barke erscheint, umgeben von den Nereiden, die am Tauwerk lehnen, und ihren schönen kleinen Pagen, die nackt wie Amoretten einhergehen; und ich weite meine große Nase, auf daß ich tiefer den duftenden Seewind einzuatmen vermag. Und wann am End Antonius, der sterbende, mit Blut besudelte Antonius, mit Tauen umschnürt von seiner Schönen emporgezogen wird, die sich aus dem Turmfenster beugt und mit aller Kraft seinen Körper zu sich hinaufzieht (wenn sie ihn nur nicht fallen läßt! Er ist gar schwer!) und der arme Mann ihr die Arme entgegenrecket, da weine ich wie ein Schloßhund.

Was ist es nur, was mich solcherart bewegt und was mich an sie bindet wie an eine Familie? Nun, sie gehören zu meiner Familie, sie sind ich selbsten, sie sind: der Mensch.

Wie inniglich leid tun mir die armen Enterbten, so die Wollust des Lesens nicht kennen! Da gibt es Menschen, die die Vergangenheit stolz verachten, die sich eitel nur an die Gegenwart hängen. Einfaltspinsel, die nicht über ihre Nasenspitze hinaussehen! Freilich, das Gegenwärtige ist gut. Aber, potz Blitz!, alles und jedes ist gut, ich nehme mit vollen Händen, ich maule nicht vor offener Tafel. Auch ihr würdet sie nicht schlechtmachen, so ihr sie kenntet. Oder ihr müßtet einen schlechten Magen haben, meine Freunde. Ich begreife, daß man fest an sich drückt, was man im Arm hält. Aber ihr umarmt wenig, und euer Feinsliebchen ist mager. Gut und wenig, das ist wenig genug. Viel und gut finde ich besser... Sich ans Gegenwärtige halten, das war zur Zeit des alten Adam gut, meine Freunde, der mangels der Kleider ganz nackt fürbaß ging und, dieweil er nichts nicht gesehen hatte, nichts zu lieben vermochte als das Weibchen aus seiner Rippe. Wir aber, die wir das Glück haben, nach ihm in ein volles Haus zu kommen, darein unsere Väter, unsere Großväter und unsere Ururväter aufgeschichtet und hineingestopft haben, was sie angesammelt haben, wir wären gar närrisch, wollten wir unsere Speicher abbrennen, dieweil unsere Felder noch fürders Getreide hervorbringen. Der alte Adam war nur ein Kind! Ich selbsten bin der alte Adam, denn ich bin derselbige Mensch, doch seit der Zeit bin ich gewachsen. Wir sind derselbige Baum; aber ich bin höher emporgeschossen. Jedweder Schlag, darunter einer der Zweige blutet, zittert in meinem Blätterdach nach. Die Leiden und Freuden des ganzen Weltalls sind auch die meinen. Mit jedwedem, der leidet, traure ich; mit jedem Glücklichen lache ich. Weit besser als im Leben fühle ich in meinen Büchern die Gemeinschaft, so uns verbindet, uns männiglich, die Lastträger und die Kronenträger; denn von den einen gleichwie den anderen bleibt nichts nicht als Asche und die Flamme, so, vom Mark unserer Seelen genährt, in vielgestaltiger Einheit gen Himmel emporsteigt und mit den tausend Zungen ihres glühenden Mundes den Ruhm des Allmächtigen singet...

Solcherart träume ich in meiner Bodenkammer. Der Wind legt sich. Das Tageslicht schwindet. Der Schnee streift mit seinen Flügeln das Fenster. Das Dunkel schleicht herein.

Meine Augen trüben sich. Ich beuge mich tiefer auf mein Buch und suche der Geschichte zu folgen, die in die Nacht entflieht. Meine Nase berührt schier das Papier: gleich einem Hund auf der Fährte wittere ich den Menschenduft.

Die Nacht kommt. Sie ist da. Und mein Wild entschlüpft mir und dringt tiefer in die Waldwege. Da bleibe ich inmitten des Waldes stehen und lausche. Das Herz schlägt mir von der Verfolgung und der Flucht. Auf daß ich im Dunkel besser sehe, schließe ich die Augen. Und so träume ich, reglos auf mein Bett hingestreckt. Ich schlafe mitnichten; ich grübele; ab und an betrachte ich den Himmel durchs Fenster. Wann ich den Arm recke, berühre ich die Scheibe. Ich sehe die Kuppel von Ebenholz, darein eine Sternschnuppe mit einem Tropfen Bluts einen Streifen zieht... Andere kommen hinzu... Es regnet Feuer in der Novembernacht... Und ich denke an Caesars Kometen. Mag sein, es ist sein Blut, das dort am Himmel rieselt...

Der Tag kommt zurück. Ich träume noch immer. Sonntag. Die Glocken singen. Meine Phantasie berauscht sich an ihrem Summen. Sie erfüllt das Haus vom Keller bis zum Boden. Sie bedeckt mein Buch (der arme Paillard) mit meinen Aufzeichnungen. Mein Zimmer dröhnt von Wagengeroll, von Heeren, von Hörnern und Gewieher. Die Scheiben zittern, meine Ohren klingen, mein Herz springt, ich möchte schreien:

«Ave, Caesar imperator!»

Und mein Eidam Florimond, der heraufgekommen ist, nach mir zu sehen, schaut aus dem Fenster, gähnt geräuschvoll und sagt:

«Wahrlich, keine Katze ist heute auf der Straße zu sehen.»

Der König trinkt

Sankt Martin
(11. November)

Heute morgen war es auffallend mild. Es schwebte etwas in der Luft also lau wie die Liebkosung einer samtenen Haut. Es strich an einem vorüber gleich einer vorbeistreifenden Katze. Es rann längs meines Fensters gleich einem goldenen Muskateller. Der Himmel hatte sein Nebellid emporgeschlagen, und sein blaßblaues Auge schaute mich friedvoll an, und auf meinem Dach sah ich einen blonden Sonnenstrahl lachen.

Ich fühlte mich erschlafft, ich alter Dummkopf und Träumer, gleich einem Jüngling. (Ich habe aufs Altern verzichtet, ich wandle meine Jahre rückwärts; wann das noch fürderhin so geht, dann werde ich in Bälde ein Wickelkind sein.) So war also mein Herz erfüllt von phantastischer Erwartung, als wär ich der wackere Roger, der nach Alcine schmachtet. Ich betrachtete jedwedes Ding mit gerührtem Blick. Ich hätte an jenem Tag keiner Fliege weh zu tun vermocht. Und mein Bosheitsranzen war leer.

Und dieweil ich mich noch eben allein glaubte, gewahrte ich plötzlich Martine, die in einem Winkel saß. Ich hatte nicht bemerkt, wann sie eingetreten war. Sie hatte mich wider ihre Gewohnheit nicht angesprochen; sie hatte sich mit einer Handarbeit niedergelassen und schaute mich mitnichten an. Es drängte mich, andere an meinem Wohlsein teilnehmen zu lassen, und so sagte ich aufs Geratewohl (jedweder Gegenstand ist gut, eine Unterhaltung zu eröffnen): «Weshalb hat denn heut morgen die große Glocke geläutet?»

Sie zuckte die Achseln und sagte: «Nun, für Sankt Martin.»

Ich fiel aus allen Himmeln. Wie, meine Träumereien hatten mich den Schutzgott meiner Vaterstadt vergessen lassen?

Ich fragte: «Heute ist Sankt-Martins-Tag?»

Und alsobald tauchte aus der Herde der Edelknappen und der Damen des Plutarch zwischen meinen neuen Freunden der alte Freund empor (er ist ihres Schlages), der Ritter, der mit dem Säbel seinen Mantel zerschneidet.

«Ei der Daus, Martinlein, mein alter Zechgenoß, habe ich wahrlich deinen Geburtstag vergessen!»

«Du wunderst dich dessen?» meinte Martine. «Es ist hohe Zeit, du vergißt alles, den lieben Gott, die Familie, die Teufel und die Heiligen, Martinlein und Martine; nichts ist mehr für dich da außer deinem verflixten Schmöker.»

Ich lachte; ich hatte allbereits jedweden Morgen, wenn sie kam, ihren scheelen Blick bemerkt, wann sie sah, daß ich mit Plutarch geschlafen hatte. Niemalen wird eine Frau die Bücher mit selbstloser Liebe lieben; sie sieht in ihnen Nebenbuhlerinnen oder Liebhaber. Ob Mädchen, ob Weib, wann sie liest, treibt sie ein Liebesspiel und betrügt den Mann. Derhalben schreit sie Verrat, sobald sie uns lesen sieht.

«Das ist des Martinus Schuld», sagte ich. «Man sieht ihn nimmer. Dabei ist ihm doch die Hälfte des Mantels geblieben. Er behält sie. Das ist mitnichten schön. Ja, so ist's nun einmal, mein gutes Kind. Man darf sich im Leben nicht in Vergessenheit bringen. Wer sich in Vergessenheit bringt, wird vergessen. Merke dir das.»

«Das tut mir nicht not», meinte sie. «Allwo ich bin, da komme ich bei niemand in Vergessenheit.»

«Das ist wohl wahr. Man sieht dich, man hört dich noch mehr. Ausgenommen heut morgen, als ich dein täglich Gezänke erwartete. Warumb hast du's mir mißgönnt? Es fehlt mir. Verabfolge mir's jetzo.»

Sie aber sagte, ohn den Kopf zu erheben: «Nichts verabfolge ich dir. Und hören sollst du mich auch nicht.»

Ich blickte in ihr eigensinniges Gesicht, wie sie die Lippen zusammenkniff, um den Nähsaum ihrer Arbeit festzuhalten. Sie schaute traurig und niedergeschlagen drein, und mein Sieg tat mir leid.

Ich sagte: «Gib mir zumindest einen Kuß. Wenn auch den Martinus, die Martine habe ich nicht vergessen. Es ist dein Namenstag, komm, ich habe ein Geschenk für dich. Hol es dir.»

Sie zog die Brauen hoch und sagte: «Du schlimmer Spaßvogel!»

«Ich spaße nicht», sagte ich. «Komm, komm doch. Du wirst schon sehen.»

«Ich habe keine Zeit.»

«O du entartete Tochter! Wie? Du hast keine Zeit, mir einen Kuß zu geben?»

Es tat ihr leid, sie stand auf; mißtrauisch kam sie nun näher.

«Welchen Streich, welchen Possen wirst du mir noch spielen?»

Ich streckte ihr die Arme entgegen.

«Nur zu», sagte ich. «Küsse mich.»

«Und das Geschenk?» fragte sie.

«Da hast du's, du hast es ja. Ich bin es selbsten.»

«Ein schön Geschenk! So ein Kerl!»

«Ob häßlich oder schön, alles, was ich habe, gebe ich dir. Ich übergebe mich bedingungslos auf Gnade und Ungnade. Tu mit mir, wie du willst.»

«Du willigst darein, hinabzukommen?»

«Ich liefere mich dir aus, gefesselt an Händen und Füßen.»

«Und du versprichst mir Gehorsam? Du wirst verstatten, daß man dich liebt, dich leitet, schilt, verwöhnt, pflegt, demütigt?»

«Ich habe meinem Willen entsagt.»

«Ah! Nunmehr werde ich mich rächen! Warte, mein lieber Alter! Du arger Bursch! Wie gut du bist! Du alter Dickkopf! Hast du mich nun genug zur Verzweiflung gebracht?»

Sie küßte mich, schüttelte mich wie ein Bündel und zog mich gleichwie ein Pausbäcklein auf ihren Schoß.

Sie wollte nicht eine Stunde warten. Man packte mich auf. Florimond und die Bäckerburschen mit ihren baumwollenen Mützen schoben mich, die Füße voran, den Kopf hinterher, über die enge Treppe hinab in ein helles Zimmer, in ein großes Bett, darein mich Martine und Glodie feststopften, mich verspotteten und wohl an die zwanzigmalen wiederholten:

«Da hat man dich am End! Jetzo hat man dich, nunmehr hat man dich fest, du Strolch!»

Wie wohl das tat!

Und seither bin ich gefangen; ich habe meinen Stolz eingepackt; ich alter Ölgötz habe mich Martine unterworfen... Und doch bin ich's, ohn daß man's merkt, der alles im Haus regiert.

Martine setzt sich von nun ab häufig neben mich. Und wir plaudern. Wir gedenken daran, daß schon einmalen, das ist gar lange her, wir also einer neben dem andern saßen. Derzeit aber war sie es, so der Fuß festhielt, dieweil sie sich eine Verstauchung hätt zugezogen, als sie eines Nachts (die verliebte Katz!) aus dem Fenster wollt springen, um zu ihrem Galan zu laufen. Ohngeachtet der Verstauchung tät ich sie – heidi! – gut verwamsen. Heutigentags lacht sie derhalben und meint, ich hätt noch nicht genugsam geprügelt. Derzeit aber konnte ich noch sosehr prügeln und aufpassen und bin doch geziemlich schlau; sie war es zehnmal mehr denn ich, der verschmitzte Schalk, und schlüpfte mir zwischen den Händen hindurch. Am End war sie nicht also töricht, wie ich glaubte. Sie verlor nicht den Kopf, wenn auch manches andere. Sonder Zweifel verlor dafür der Galan den seinen, dieweil er heutigentags ihr Mann ist.

Sie lacht mit mir ihrer Tollheiten und sagt mit einem tiefen Seufzer, daß das Lachen nun ein End hätt, der Jungfernkranz sei verwelkt, zu Spiel und Tanz würd nimmer geführt. Und wir reden von ihrem Ehemann. Als brave Frau findet sie ihn bieder und rechtschaffen, alles in allem zu ihrem Genügen, obzwar nicht sonderlich vergnüglich. Die Ehe ist nicht zur Verlustierung da...

«Jedweder weiß das», sagt sie, «und du besser als irgendwer. So ist's nun einmal. Man muß Vernunft annehmen. Bei einem Ehemann die Liebe suchen wär ebenso närrisch, wie mit einem Sieblein Wasser schöpfen wollen. Ich bin nicht närrisch. Ich schaffe mir keine Verdrießlichkeit und weine nicht über das, so ich nicht habe. Mit dem, was ich habe, da gebe ich mich zufrieden; was da ist, ist gut, wie es ist. Immerhin, heutigentags sehe ich wohl, welch Unterschied zwischen dem ist, was man wünscht, und dem, was man kann; zwischen dem, was man in seiner Jugend träumt, und dem, woran man sich im Alter oder wann man älter wird, genügen läßt. Und es ist rührend oder lächerlich: man weiß nicht recht, was von beiden. All unser Hoffen und Harren, diese ganze Glut und diese Sehnsucht, diese heißen Wünsche und diese prächtigen Strohfeuer sind nur dazu da, um letztlich den Topf zum Sieden zu bringen, darin wir unser täglich Süpplein in Zufriedenheit kochen! Und wahrlich, es ist gut, gut genug für uns: es ist alles, was wir verdienen... Doch so man's mir seinerzeit vorausgesagt hätt...! Nun, am End bleibt uns für jeden Fall unser Lachen, damit wir die Mahlzeit würzen; es ist eine herrliche Zutat, es könnte gar Steine genießbar machen. Ein trefflich Heilmittel: sich selbst verspotten können, wann man dämisch war und es einsieht! Mir hat's niemalen gefehlt und dir gleicherweis nicht.»

Noch minder lassen wir uns entgehen, der anderen zu spotten. Ab und an schweigen wir, träumen, grübeln; ich die Nase in meinem Buch, sie auf ihrer Arbeit; aber die Zungen wandern heimlich weiter gleichwie zwei Bächlein, die unterirdisch ihren Weg machen und, jählings aufsprudelnd, wieder ans Sonnenlicht kommen. Mitten aus der Stille heraus bricht Martine in ein schallend Gelächter aus, und die Zungen beginnen von neuem ihren Tanz!

Ich mache den Versuch, Plutarch in unsere Gesellschaft einzuführen. Ich wollte Martine Geschmack finden lassen an den schönen Geschichten und an der ausdrucksvollen Art, in der ich sie vortrage. Indes, wir hatten keinen Erfolg. Um Griechenland und Rom schert sie sich allsoviel wie ein Fisch um einen Apfel. Selbst wann sie aus Höflichkeit zuhören wollte, so war ihr Sinn augenblicks in der

Weite und lief davon über die Felder; oder vielmehr er lief treppauf, treppab in ihrer Behausung umher. An der spannendsten Stelle meiner Erzählung, wann ich mit der Erregung klüglich sparte und einen Anlauf zum wirksamen Schluß machte, unterbrach sie mich und rief Glodie oder wohl auch Florimond am andern End des Hauses etwas zu. Ich war gekränkt. Ich gab es auf. Man darf von den Weibern nicht verlangen, daß sie unsere tiefen Gedanken teilen. Das Weib ist die Hälfte des Mannes. Freilich, aber welche Hälfte? Die obere? Oder etwan die untere? Auf keinen Fall ist beiden das Hirn gemeinsam; jeder hat das seine, hat seine eigene Schachtel voll Narrheiten. Gleichwie zwei Reiser, so aus demselben Stamm hervorgingen, sind sie durch Herz und Trieb verbunden...

Ich verbinde mich den Weibern sehr wohl. Obzwar ein verbrauchter, welk und schlapp gewordener Graubart, verstehe ich's doch, fast jedweden Tag eine Leibgarde junger und hübscher Gevatterinnen aus der Nachbarschaft um mich zu versammeln, so, um mein Bett gereiht, mir frohgemute Gesellschaft leisten. Sie kommen, um mir eine wichtige Zeitung zu überbringen oder um einen Dienst zu erbitten oder um sich ein Werkzeug zu leihen. Jedweder Vorwand ist ihnen gut, vorausgesetzt, sie brauchen seiner nimmer zu denken, sind sie nur erst im Haus. Einmal darinnen, lassen sie sich gleichwie auf dem Markt nieder: Guillemine mit den lustigen Augen, Huguette mit dem niedlichen Näschen, die erfahrene Jacquotte, Marguerón, Alizon, Gilette und Macette; allesamt ums Kalb im Daunenbett; und wir schwatzen, Gevatterin hin, Gevatterin her, wie die Glockenschwengel, und wir lachen, daß es einen hellen Klingklang gibt! Ich bin die große Glocke. Ich habe in meinem Säckel alleweil irgendeine feine, kitzlige Geschichte, so sie am rechten Punkt zu treffen weiß.

Wie schön ist's, wann sie dann übers ganze Gesicht strahlen! Bis auf die Straße hört man ihr Gelächter! Und Florimond, den mein Erfolg ärgert, fragt mich neckend um mein Geheimnis. Ich erwidere: «Mein Geheimnis? Ich bin jung, alter Freund!»

«Und dann», meint er gereizt, «macht's auch dein schlechter Ruf! Alten Weiberhelden laufen die Weibchen nach!»

«Ohne Zweifel!» erwidere ich. «Hat man etwan vor einem alten Soldaten keine Achtung? Man drängt danach, ihn zu sehen, man sagt sich: Er kommt aus dem Land des Ruhmes. – So sagen sich auch diese: Colas hat im Land der Liebe den Feldzug mitgemacht. Er kennt sie, er kennt uns... Und dann, wer weiß? Vielleicht ist er noch kampftüchtig.»

«Alter Schwerenöter!» erregt sich Martine. «Daß dich das Mäuslein beiß! Wird es ihm etwan beifallen, sich noch zu verlieben!»

«Und weshalb nicht? Das ist ein Gedanke! Dieweil euch das in Zorn bringen wird, werde ich wieder heiraten.»

«Ei freilich, heirate du nur wieder, mein Junge, laß dir's wohl bekommen! Man muß seine Jugend genießen!»

Sankt Nikolaus (6. Dezember)

Zu Sankt Nikolaus bin ich außer Betts, und man hat mich in einen Sessel zwischen Tisch und Fenster gerollt. Unter meinen Füßen steht ein Fußwärmer, vor mir ein Holzpult mit einem Loch für die Kerze.

Gen zehn Uhr zog die Gilde der Flußschiffer und der Floßmacher mit Geigenspiel an unserem Haus vorbei,

Arm in Arm im Tanz hinter ihrem Gildewahrzeichen. Bevor sie sich zur Kirche begaben, machten sie eine Runde durch die Wirtshäuser. Als sie mich sahen, riefen sie mir zu. Ich stund auf, ich grüßte meinen Schutzherrn, der mir den Gruß zurückgab. Durchs Fenster drückte ich ihre schwarzen Pfoten und goß in den Trichter ihrer großen, gähnenden Mäuler einen guten Tropfen (ebensogut könnte man wahrhaftiglich einen Tropfen auf ein trocken Feld gießen).

Über Mittag kamen meine vier Söhne, mir ihre Glückwünsche darzubringen. Versteht man sich auch nicht allzugut, einmalen im Jahr gilt's miteinander im Einvernehmen zu sein; der Namenstag des Vaters ist geheiligt: er ist der Halt, an den sich die Familie hängt gleichwie ein Bienenschwarm; dieweil sie ihn feiert, knüpft sie ihre Bande fester und unterwirft sich ihrem Zwang. Und darauf halte ich.

Also fanden sich an diesem Tag meine vier Jungen bei mir vereint. Sie hatten keine sonderliche Freud daran. Sie lieben einand wenig, und ich glaube wohl, ich bin das alleinige Band zwischen ihnen. In unserer Zeit schwindet alles, was die Menschen einander einte: das Haus, die Familie und die Religion. Jedweder glaubt, alleinig Recht zu haben, und jedweder lebt für sich selbsten. Ich mag nicht den Alten spielen, der sich entrüstet und die Nase rümpft und vermeinet, mit ihm gehe die Welt zu End. Die Welt wird sich trefflich zurechtfinden; und ich glaube, die Jungen wissen besser, was ihnen frommt, denn die Alten. Aber die Rolle des Alten ist undankbar. Die Welt rings um ihn her ändert sich; und dafern er sich nicht auch ändert, ist kein Platz mehr für ihn da! Nun, ich für mein Teil bin auf diesem Ohr taub. Ich sitze in meinem Sessel. Und sachte, sachte, da bleibe ich auch! Und wenn's gilt, um seinen Platz zu behalten, anderen Sinns zu werden, so werde ich gewißlich anderen Sinns, und ich werde es derart einrichten, daß ich beim Sinnesändern immer der gleiche bleibe (das versteht sich). Unterdes schaue ich von meinem Lehnsessel aus zu, wie die Welt sich ändert und die jungen Leute sich streiten; ich bewundere sie und warte desohngeachtet heimlich auf den rechten Augenblick, um sie dahin zu führen, wohin ich will...

Meine Buben blieben vor mir am Tisch stehen: rechts Jean-François, der Frömmler; links Antoine, der Hugenott, der in Lyon ansässig ist. Ohn sich anzuschauen, saßen sie beide, in ihren Kragen verkrochen, mit steifem Hals und erfrorenem Steiß da. Jean-François mit blühenden Wangen, hartem Blick und lächelndem Mund sprach unaufhörlich von seinen Geschäften, rühmte sich, protzte mit seinem Geld und seinen Erfolgen, lobte sein Tuch und Gott, der es ihn verkaufen ließ. Antoine, der die Lippen rasiert und ein Bärtchen am Kinn trägt, saß mürrisch, steif und kühl da, redete, als spräche er zu sich selbsten, von seinem Buchhandel, von seinen Reisen nach Genf, von seinen Geschäfts- und Glaubensbeziehungen und lobte gleichermaßen Gott; nur daß es nicht der nämliche Gott war. Sie redeten umschichtig, achteten mitnichten, was der andere sang, und jedweder nahm, alsobald die Reihe an ihn kam, seinen Kehrreim wieder auf. Am End aber begannen beide, geärgert, Materien zu behandeln, die den andern aus dem Häuslein bringen konnten. Dieser redete von den Fortschritten der alleinig wahren Religion und jener von den Erfolgen der wahren und alleinigen Religion. Und dabei taten sie hartnäckig, als sähen sie einand nicht; ohn sich zu regen, gleichsam von der Steifhalsigkeit befallen, kläfften sie mit wütender Miene und scharfer Stimme ihre Verachtung für den feindlichen Gott in die Luft.

Zwischen ihnen stand mein Sohn, der Sergeant im Regiment von Sacermore, der Streithahn Aimon-Michel (er ist kein schlechtes Kind), betrachtete sie, zuckte mit den Schultern und lachte laut. Er konnte sich mitnichten ruhig verhalten, lief wie ein Wolf hin und her, trommelte wider die Scheiben oder trällerte: «Halli, hallo!», hielt inne, um den beiden streitenden Älteren ins Gesicht zu sehn, lachte sie aus oder unterbrach sie roh, um zu verkünden, daß zween Hammel, seien sie mit einem roten oder einem blauen Kreuz oder auch gar nicht gezeichnet, immerhin zu mancherlei gut wären, dafern sie nur recht gemästet waren, und daß man ihnen das schon zeigen werde. «Da haben wir noch ganz andere verspeist...»

Anisse, mein jüngster Bub, der wahrlich nicht das Pulver erfunden hat, schaute ihn entsetzt an, Diskussionen beunruhigen ihn. Nichts auf der Welt ficht ihn an. Er kennt nur ein Glück, das ist, in Frieden gähnen und sich den lieben langen Tag langweilen können. So findet er auch die Politik und die Religion teuflisch, sintemalen sie nur erfunden seien, um den Geist der Leute, so da schlafen, zu verstören. «Mag das, was ich habe, gut oder schlecht sein, dieweil ich's habe, warumb sollt ich's ändern? Das Bett, darein man sein Loch gelegen hat, ist von uns und für uns geschaffen. Ich will's nicht neu gemacht haben...» Aber ob er wollte oder nicht, man schüttelte seine Matratze auf. Und darob war dieser sanfte Mensch also empört, daß er die, so ihn störten, männiglich am liebsten dem Henker überliefert hätt, auf daß er seine Ruhe wiederherstelle. Für den Augenblick hörte er den Reden der anderen mit erschrockener Miene zu; und alsobald ihr Ton sich erhob, zog sich sein Hals in seine Schultern zurück.

Ganz Auge und ganz Ohr, verlustierte ich mich, zu entdecken, inwiefern diese vier da vor mir von mir sind und zu mir gehören. Sie sind doch nun einmalen meine Söhne; dafür steh ich ein. Aber stammen sie auch von mir, so sind sie mir doch weidlich entwachsen. Und wie waren sie, potz Zickel!, in mich hineingekommen? Ich betaste mich: wie habe ich in meinem Ranzen diesen Sittenprediger, diesen Scheinheiligen und diesen ausgemachten Hammel herumtragen können? (Bei dem Abenteurer mag's noch eher gehen...) O du betrügerische Natur! Waren sie wahrhaftig in mir? Ja, ich trug die Keime zu ihnen; ich erkenne gewisse Gebärden wieder, die Redeweise und wohl gar mancherlei Gedanken; ich finde mich in ihnen vermaskiert wieder; die Maske macht stutzig, aber darunter ist derselbige Mensch; derselbige einmal und vielfältig. Jedweder Mensch trägt in sich zwanzig verschiedene Menschen: einen lachenden und einen weinenden, einen, der für Regen, und einen, der für schön Wetter unempfindlich ist gleichwie ein Klotz, einen Wolf, einen Hund und ein Schaf, einen guten Kerl und einen Taugenichts; einer von den zwanzig aber ist der stärkste, er maßt sich alleinig das Wort an, er stopft den neunzehn anderen den Schnabel. Derhalben kommt's, daß die, alsobald sie die Tür offen finden, sich aus dem Staube machen. Meine vier Söhne haben sich aus dem Staube gemacht. Die armen Burschen! Mea culpa. So nahe mir, sind sie so fern! Und doch, sie bleiben allzeit meine Kinder. Wann sie Dummheiten reden, kommt mich die Lust an, sie um Verzeihung zu bitten, maßen ich sie so dumm geschaffen habe. Zum Glück sind sie zufrieden und finden sich schön! Mögen sie sich bewundern, das ist mir überaus recht; doch was ich nicht vertragen kann, ist, daß sie nicht dulden mögen, so andere zur Genüge häßlich sind, dafern es ihnen so behagt.

Wie sie, so sich in die Brust werfend, mit Auge und

Schnabel alle vier sich bedrohten, sahen sie wie Kampfhähne aus, bereit, aufeinander loszuspringen. Friedfertigen Herzens beobachtete ich, alsdann sagte ich: «Bravo, bravo, meine Lämmer, ich sehe wohl, man wird euch nicht leichtlich die Wolle vom Rücken scheren. Das Blut ist gut (das glaube ich, es ist das meine), und die Stimme ist noch besser. Jetzo aber, da man euch zugehört hat, ist die Reihe an mir! Die Zunge jücket mich. Und ihr könnt euch nun ausruhen.»

Aber sie hatten's nicht sehr eilig, mir zu gehorchen. Ein Wort hatte den Sturm zum Ausbruch gebracht. Jean-François sprang auf und packte den Stuhl. Aimon-Michel zog seinen langen Degen, Antoine sein Messer; und Anisse (zu brüllen versteht er wie ein Kalb) schrie: «Feuerjo! Feuerjo!» Ich sah den Augenblick kommen, da die vier Kerle mit Mord und Totschlag widereinander wüten würden. Ich ergriff ein Ding, das erste, was mir zur Hand war (just wollt es der Zufall, daß es die Wasserkanne mit den beiden Tauben war, die meine Verzweiflung und Florimonds Stolz ausmachte), und gedankenlos zerschlug ich sie am Tisch in drei Stücke. Unterdes kam Martine herzugelaufen, schwenkte einen dampfenden Kochkessel und drohte, sie damit zu übergießen. Sie schrien gleichwie eine Herde junger Esel; doch wann ich schreie, da ist kein Esel, der nicht die Flagge streicht. Ich sagte: «Hier bin ich der Herr, ich befehle. Schweigt, ihr! Ja, sagt mal: Seid ihr närrisch? Sind wir beisammen, um über das Credo von Nicäa zu diskurrieren? Ich mag's gern, so man diskurriert, ei freilich; aber wenn's beliebt, meine Freunde, so wählt neuere Themen. Die da hab ich überdrüssig, damit könnt ihr mich totschlagen. Dafern's für eure Gesundheit euch verordnet ist, so streitet zum Teufel über diesen Burgunderwein oder über diese Zervelatwurst; über alles, so man sehen oder trinken oder anrühren oder essen kann; dann essen und trinken wir, um es nachzuprüfen. Aber über Gott streiten? Du lieber Gott! Über den Heiligen Geist? Das beweiset, meine Freunde, daß man wenig Geist besitzt... Ich sage niemand, der da glaubt, Übles nach: ich glaube, wir glauben, ihr glaubet – alles, was ihr wollt. Aber reden wir von anderem. Gibt's nicht noch anderes auf der Welt? Jedweder von euch ist sicher, ins Paradies zu kommen. Ausgezeichnet, ich bin's überaus zufrieden. Man harret euer da oben. Der Platz steht für jedweden der Auserwählten bereit; die anderen bleiben vor der Tür; das versteht sich... Ei, potz Blitz!, so laßt doch den lieben Gott seine Gäste unterbringen, also wie es ihm beliebt: es ist sein Haus, drängt euch nicht dazu, seine Polizei zu spielen. Für jedweden sein Königreich. Den Himmel für Gott, für uns die Erde. Unsere Sache ist, sie bewohnbar zu machen, dafern es angeht. Wir allesamt sind nicht zuviel, um das fertigzubringen. Vermeinet ihr, man könnte einen von euch entbehren? Ihr seid alle vier dem Land nützlich. Es bedarf deines Glaubens, Jean-François, in betreff dessen, was war, wie des deinen, Antoine, in betreff dessen, was sein wird, es bedarf deines Abenteurersinns, Aimon-Michel, wie deiner Unbeweglichkeit, Anisse. Ihr seid vier Grundpfeiler. So einer schwankt, stürzt das ganze Haus zusammen. Und ihr selbsten würdet als nutzlose Ruine zurückbleiben. Wollt ihr das etwan? Das wäre, meiner Treu, trefflich ausgedacht! Was wolltet ihr zu vier Seeleuten sagen, die im Sturmwetter auf den Wogen, anstatt das Takelwerk zu bedienen, nur daran dächten, miteinand zu streiten? Ich erinnere mich, daß ich dereinst eine Unterhaltung zwischen König Henri und dem Herzog von Nevers mit angehört habe. Sie seufzten über den Hang ihrer Franzosen, einand zugrunde zu richten. Der König sagte:

‹Alle Wetter und heiliger Muck! Ich möchte sie am liebsten, auf daß sie sich beruhigen, zu zween und zween in einen Sack nähen lassen, allweil einen wütigen Mönch und einen verbissenen Verkünder des Evangeliums, und sie alsdann gleich einem Wurf Katzen in die Loire werfen!› Und der lachende Herzog von Nevers sagte: ‹Ich meinesteils wollte mich damit begnügen, sie in Ballen auf jenes Inselein zu spedieren, an dessen Ufer, wie man uns erzählt, die Herren von Bern die streitsüchtigen Ehemänner und ihre Frauen absetzten, allwo man sie einen Monat darnach, wann das Boot sie wieder abholte, gleichwie Turteltauben vor Zärtlichkeit liebegirrend fand.› Euch täte eine gleiche Kur not! Ihr schmollt, ihr Knirpse? Ihr dreht euch den Rücken? Ei, schaut doch einander an, Kinder! Wann ihr auch noch sosehr glaubt, daß jedweder von euch aus anderem Teig geknetet und trefflicher sei denn seine Brüder: ihr seid vier Mischungen eiusdem farinae, richtige Breugnons, wie sie leiben und leben, Burgunder von echtem Schrot und Korn. Sehet mir doch diese großspurige Nase an, die sich übers ganze Gesicht erstreckt. Diesen breit in die Rinde hineingeschnittenen Mund, diesen Trichter, zum Trinken, diese überbuschten Augen, die grimmig dreinschauen möchten und doch lachen! Ihr seid ja gezeichnet! Sehet ihr nicht, daß ihr euch selbsten zerstört, so ihr einand Schadens tut? Und tätet ihr nicht besser, euch die Hand zu geben? Ihr denkt nicht das gleiche? Das wär mir auch was Schlimmes! Ei, potz Zickel!, um so besser! Wollt ihr männiglich dasselbe Feld bearbeiten? Je mehr Felder und Gedanken die Familie hat, um so glücklicher und stärker werden wir sein. Dehnet euch aus, mehret euch und umarmet alles auf Erden und in der himmlischen Gedankenwelt, was immer ihr vermögt. Jedem das Seine, und alle vereinet (vorwärts, meine Söhne, umarmen wir einand!), auf daß die große Nase der Breugnons ihren Schatten über die Felder dehne und die Schönheit der Welt einschnüffele!»

Sie schwiegen mit saurer Miene und bissen sich auf die Lippen; aber man sah, daß es ihnen schwer ward, nicht zu lachen. Und plötzlich brach Aimon-Michel in ein lärmend Gelächter aus, reckte seine Hand Jean-François entgegen und sagte ihm: «Wohlan, Nasenältester! Topp! Tölpel, schließen wir Frieden!» Sie küßten einander.

«Martine, holla! Auf unsere Gesundheit!»

In diesem Augenblick merkte ich, daß ich mich ins Handgelenk geschnitten, als ich meinen Zorn an der bewußten Wasserkanne ausgelassen hatte. Ein weniges Blut befleckte den Tisch. Der allweil feierliche Antoine hob meine Hand auf, hielt sein Glas darunter, fing meinen tiefroten Adersaft darein auf und sagte pomphaft: «Trinken wir vier aus diesem Glas, auf daß unsere Brüderschaft besiegelt sei!»

«Nicht doch, nicht doch, Antoine!» rief ich. «Gottes Wein also zu verpanschen! Pfui, du machst mir übel! Fort mit dieser Mixtur! Wer mein Blut rein trinken will, der möge herb und rein seinen Wein trinken!»

Daraufhin tranken wir, und über den Geschmack des Weines stritten wir mitnichten.

Wann sie davongegangen waren, sagte Martine, dieweil sie meine Hand verband: «Alter Bösewicht, hast du's diesmalen doch erreicht?»

«Was soll ich erreicht haben? Sie zusammenzubringen?»

«Ich rede von einem andern Ding.»

«Und wovon denn?»

Sie wies auf dem Tisch auf die zerbrochene Wasserkanne.

«Du verstehst mich sehr wohl. Spiele nicht den Unschuldigen... Gestehe... du mußt es gestehen... Nun los, mir ins Ohr! Er soll es nicht erfahren...»

Ich spielte den Erstaunten, den Entrüsteten, ich leugnete und leugnete. Aber ich platzte vor Lachen und erstickte schier. Sie drohte mir abermals: «Bösewicht, Bösewicht!»

Ich sagte: «Sie war allzu häßlich. Wahrhaftig, mein gutes Kind: Sie oder ich, eins von beiden mußte verschwinden.»

Martine sagte: «Der Hinterbliebene ist nicht schöner.»

«Nun, dieser Vogel mag häßlich sein, soviel es ihm beliebt, das ficht mich nicht an. Ich brauch ihn ja nicht zu sehen.»

Weihnachtsabend

In seinen geölten Angeln dreht sich das Jahr. Die Pforte schließt sich und öffnet sich aufs neu. Gleich einem Stoff, den man zusammenfaltet, sinken die Tage tief in den bergenden, weichen Schrein der Nächte. Auf der einen Seite kommen sie herein und auf der andern heraus, nach Sankt Lukas schon um einen Flohsprung gewachsen. Durch einen Spalt sehe ich allbereits den Blick des neuen Jahres glänzen.

Ich sitze in der Weihnacht unter dem großen Kamindach und beäugle wie vom Grund eines Brunnens aus den besternten Himmel ober mir, seine blinzelnden Lider, seine zitternden kleinen Herzen; und ich höre die Glocken daherkommen, so auf der glatten Luft näher und näher schweben und die Mitternachtsmesse läuten. Ich mag es gerne denken, daß das göttliche Kind zu dieser Stunde der

Nacht geboren, zu dieser düstersten Stunde, in der es mit der Welt zu Ende scheint. Sein Stimmlein singt: «O Tag, du kehrest wieder! Du kommst uns nah! Da bist du, neues Jahr!» Und die Hoffnung brütet unter ihren warmen Flügeln die eisige Winternacht und rühret ihr Herz, so daß es schmilzt.

Ich bin ganz allein im Haus; meine Kinder sind in der Kirche; zum erstenmal gehe ich nicht mit. Ich bleibe mit meinem Hund Citron und meinem grauen Kätzlein Patapon zurück. Wir träumen und schauen zu, wie das Feuer den Kamin beleckt. Ich denke meinen Abend durch. Noch eben hatte ich meine Brut um mich; ich erzählte Glodie, die große Augen machte, Märchen, vom häßlichen Entlein und vom gerupften Hühnchen, vom Burschen, so sein Glück mit seinem Hahn machte, maßen er ihn den Leuten verkaufte, die auf ihrem Wäglein den Tag suchen gingen, um ihn darauf zu entführen. Wir haben uns trefflich unterhalten. Die anderen horchten auch und lachten, und jeder fügte noch ein weniges hinzu. Und dann schwieg man eine kleine Weil, lauschte dem Wasser, so da kochte, lauschte dem Feuer, dem Fallen der weißen Flocken gegen die Scheiben und dem Heimchen unter der Asche. Ach, wie schön diese Winternächte sind, das Schweigen, die Wärme der aneinandergedrängten kleinen Herde, die Träumereien beim nächtlichen Wachen, da der Geist abzuschweifen liebt, aber er weiß das, und wenn er phantasiert, so geschieht das zum Spaß.

Jetzo mache ich meinen Jahresabschluß und stelle fest, daß ich binnen sechs Monaten alles verloren hab: mein Weib, mein Haus, mein Geld und die Beweglichkeit meiner Beine. Aber das Vergnüglichste ist, daß, wann ich jetzo am End meine Waage aufstelle, da finde ich mich ebenso reich wie vordem! Ich habe nichts nicht mehr, sagt man? Nein, nichts mehr zu tragen. Nun wohl! Da bin ich entlastet. Niemalen bin ich so frisch gewesen, bin so frei mit dem Strom meiner Phantasie geschwommen... Wer indes hätte mir vergangenen Jahres gesagt, daß ich es so frohgemut hinnehmen würde! Habe ich nicht allweil geschworen, ich wollte bis zu meinem Tod Herr in meinem Haus, Herr meiner selbst bleiben, unabhängend, und wollte niemand denn mir selbsten mein Lager und mein Zubrot und Rechenschaft ob meiner Narrheiten schulden? Der Mensch denkt... Am Ende gehen die Dinge gänzlich anders, wie man will; und just gerade so mußte es kommen. Schließlich ist der Mensch alles in allem ein braves Tier. Alles schlägt ihm zum Guten aus. Er paßt sich gleichweis dem Glück wie dem Leid an, dem Überfluß wie der Not. Gebt ihm vier Beine oder nehmt ihm seine zween beiden, macht ihn taub, blind, stumm, er wird Mittel und Wege finden, sich anzupassen und in seinem heimlichen Innern zu sehen, zu hören und zu reden. Er ist wie Wachs, so man auseinanderzieht und wieder zusammendrückt; die Seele knetet es in ihrem Feuer. Und gar schön ist, zu fühlen, daß man diese Geschmeidigkeit des Geistes und der Sprunggelenke hat, daß man ebensogut ein Fisch im Wasser, ein Vogel in der Luft, im Feuer ein Salamander oder auf der Erde ein Mensch sein kann, der fröhlichen Herzens wider die vier Elemente ankämpft. Solcherart ist man um so reicher, je ärmer man ist: denn der Geist schafft, was ihm fehlt; der allzu buschige Baum, den man ausschneidet, wächst in die Höhe. Je weniger ich habe, desto mehr bin ich...

Mitternacht. Die Turmuhr schlägt...

Es ist geboren das göttliche Kind...

Ich singe die Weihnacht...

Spielet, Hoboen, tönet, Sackpfeifen!
Ach, wie ist es schön, ach, wie ist es reizend!

Ich nicke ein und mache ein Schläflein, sicher im Sessel verstauet, auf daß ich nicht ins Feuer falle.

Es ist geboren... Hoboen, spielet, tönet,
Sackpfeifen... Es ist geboren der kleine Messias...

Je weniger ich habe, desto mehr bin ich...

Epiphanias

Ich bin ein rechter Schelm! Denn je weniger ich habe, desto mehr habe ich. Und ich weiß es sehr wohl. Ich habe das Mittel gefunden, reich zu sein, ohn irgendein Ding zu haben, reich an Gut der anderen. Ich habe Macht sonder Last. Was redet man nur von alten Vätern, die, nachdem sie sich vollkömmlich entblößt haben, nachdem sie ihren undankbaren Kindern alles gegeben, ihr Hemd und ihre Hose, einsam im Stich gelassen werden und sehen müssen, wie aller Blicke sie in die Grube stoßen? Das sind jämmerliche Tölpel. Niemalen bin ich, meiner Treu, mehr geliebt, mehr gehätschelt worden denn in meiner Armut. Also aber ist's, dieweil ich nicht so dumm bin, mich von allem zu entblößen und nichts nicht zu bewahren. Hat man denn nur seine Börse zu geben? Ich bewahre, wann ich alles hergegeben habe, das Beste. Ich bewahre meinen heiteren Sinn, bewahre, was ich 50 Jahre lang beim Bummeln kreuz und quer durchs Land aufgesammelt habe: gute Laun und Pfiffigkeit, tolle Weisheit oder weise Tollheit. Und der Vorrat ist noch lange nicht erschöpft. Ich erschließe ihn allen; mögen alle daraus schöpfen! Ist das etwan nichts? Empfange ich von meinen Kindern, so gebe ich auch. Wir sind quitt. Und geschieht es, daß der eine etwas weniger gibt als der andere, so stellt die Liebe das Gleichgewicht wieder her; und niemands beklagt sich über die Rechnung.

Wer einen König ohne Königreich, einen Hans ohne Land, einen glücklichen Schelm sehen will, einen gallischen Breugnon, der schaue zu, wie ich heutigen Abends auf meinem Thron dem lärmenden Fest fürstehe! Heut ist Epiphanias. Am Nachmittag sah man die Heiligen Drei Könige und ihre Gefolgschaft, eine weiße Herde, sechs Hirten und sechs Hirtinnen, singend durch unsere Straßen ziehen; und die Hunde des Stadtviertels kläfften. Und heutigen Abends sitzen wir allesamt um den Tisch: alle meine Kinder und meine Kindeskinder. Das macht dreißig, mich mitgezählt. Und alle dreißig schreien miteinand:

«Der König trinkt!»

Der König, das bin ich. Ich trage als Krone eine Kuchenform auf meinem Haupt. Und meine Königin ist Martine: wie in der Heiligen Schrift habe ich meine Tochter geehelicht. Jedwedes Mal, da ich mein Glas zum Mund führe, jauchzt man mir zu. Ich lache und schlucke mit der falschen Kehle; aber ob mit der falschen oder der rechten – ich schlucke und verliere nichts nicht davon. Meine Königin trinkt gleicherweis und läßt mit nacktem Busen an ihrem roten Sauger ihren roten Säugling trinken, meinen jüngsten Enkel, der da plärrt, trinkt, sabbert und seinen

Arsch weiset. Und der Hund unterm Tisch schlappert und schleckt seinen Napf aus. Und die Katze schnurrt, macht einen runden Buckel und schleicht sich mit einem Knochen davon.

Und ich denke (ganz laut, denn leis zu denken behagt mir nicht):

«Das Leben ist schön, meine Freunde! Sein alleiniger Fehler ist, daß es gar so kurz ist: man hat nicht genugsam für sein Geld. Ihr werdet mir sagen: Sei zufrieden, dein Teil ist gut, und du hast es gehabt. Ich sage nicht nein. Aber ich möchte zwei haben. Und wer weiß! Am Ende bekomme ich, dafern ich nicht zu ungebärdig schreie, ein zweites Stück vom Kuchen. Aber das Traurige ist, wenn ich selbsten auch noch da bin, da sind so manche wackeren Burschen, so ich gekannt habe, ach, wohin? Gott, wie die Zeit vergeht und die Menschen gleicherweis! Wo ist König Henri und der gute Herzog Louis?»

Und siehe, da habe ich mich auf den Weg der Vergangenheit begeben, um die welken Blumen der Erinnerung aufzusammeln; und ich erzähle und erzähle immer wieder meine Geschichten, werde nie müde und kaue sie allzeit von neuem durch. Meine Kinder lassen mich gewähren; und wann mir in meinem Bericht ein Wort fehlt oder ich mich verhasple, dann helfen sie mir mit dem Schluß der Geschichte ein; und ich reiße mich vor ihren spottlustigen Augen aus meiner Verträumtheit.

«Nicht wahr, alter Vater», sagen sie, «mit zwanzig Jahren lebte sich's gut! Dazumal hatten die Frauen einen schöneren und volleren Busen; und die Männer hatten das Herz auf dem rechten Fleck, und das übrige gleichermaßen. Den König Henri und seinen Zechgenossen, den Herzog Louis, mußte man gesehen haben! Aus solchem Holz schnitzt man heute keinen mehr...»

Und ich erwidere: «Schelme, ihr lacht? Nun, ihr tut recht daran, lachen tut wohl. Bei Gott, ich bin nicht so närrisch, zu glauben, daß bei uns Mangel an Weinernte oder Mangel an Burschen zur Weinlese sei. Ich weiß wohl, daß für einen, der davongeht, drei neue kommen und daß das Holz, daraus man die stämmigen Kerle, die gallischen Burschen zimmert, alleweil wächst, dicht, gedrungen und gerade. Aber die man daraus zimmert, sind nimmer die gleichen. Fällte man auch tausend und aber tausend Klafter, niemalen mehr würde man Henri, meinen König, noch meinen Herzog Louis wieder fertigbringen. Und just diese liebte ich... Nun, nun, mein Colas, werden wir nicht gerührt! Wie? Eine Träne im Auge? Alter Esel, willst du etwan bedauern, daß du nicht all dein Leben lang denselben Bissen wiederzukäuen vermagst? Der Wein ist nimmer der gleiche? Derhalben ist er doch nicht minder gut. Trinken wir! Hoch der trinkende König! Und hoch auch sein zechend Volk!

Und dann, um unter uns offen zu reden, Kinder, ein guter König ist wohl was Gutes; aber das Beste bin wiederum ich selbsten. Bleiben wir frei, liebwerte Franzosen, und schicken wir unsere Gebieter zum Teufel! Meine Erde und ich, wir lieben und wir vergnügen einand. Was soll mir ein König des Himmels oder der Erden? Ein Thron tut mir nicht not, weder hienieden noch da oben. Jedwedem seinen Platz in der Sonne und seinen Schatten! Jedwedem sein Stückchen Land und seine Arme, es zu beackern! Mehr brauchen wir nicht. Und käme der König, mich zu besuchen, wo würd ich ihm sagen:

Du bist mein Gast. Auf dein Wohl! Da setz dich, Vetter! Ein König ist des andern wert. Jeder Franzose ist König. Und Meister Breugnon ist Herr auf seiner Scholle.»

Inhalt